永山正昭

星星之火

平岡茂樹・飯田朋子編

みすず書房

星星之火

星星之火通信

NO. 1
1977.3.20

はじめに

「海の旧友クラブ」に参加協力して下さるみなさんに、そのつどの礼状に代えて、とりあえずなるべく定期的に"個人通信"といったものを出そうと考えてから、いつか半年あまりも経ってしまった。

今年の正月の前、年が変るのを契機に必ず、と思ったのに、これまた一月も、二月もすぎてしまった。

嬶の瑞枝が長期の難病で、何かと困難な事情はあるにしても、つまりは私自身の怠惰と無気力とに因るものだが、早々に題名だけは思いついて、それにふさわしく少しは読めるものをという、身のほど知らずの見栄とあったかと思う。

しかしこのまま過ぎていっては、ますます不精に、いよいよ無気力になってしまいそうで、夜中に目がさめてひとりいろいろ考えたりすると、一種虚無的な気分にもなったりした。

やはり、まず出すことから始める以外ないのだから、最初、いや当分は恥さらしを敢てする覚悟で、逐っていくらかは題名にふさわしいものに、努力して充実させていくつもりである。

また出す以上は、毎月一回は必ず出すことを、何としてでも強行するつもりである。

ここに更めて、各位お一人おひとりの御支援、御協力に、厚く御礼申し上げる。

—△—

歳月

—誰にも話さなかった話—

一

一九四五（昭和二〇）年八月十五日には、東京にいた。

当時私は九州若松に本社のあった西日本石炭輸送統制株式会社に勤めていて、八月上旬社用で上京中だったが、八月七日広島に原爆が投下され、戦争終結の動きがあるという情報を得たので、ならばとにかく終戦まで東京にいつづけて、情況をみることにしたのだった。

しかし終戦とともに一般の混乱と台風による出水などもあって国鉄幹線は全く不通になった。一両日して開通した一番列車で、それまで東京においていた家族を連れて私は若松に帰った。復員兵士その他で車中は大変な混雑であったが、子供づれは殆ど私たちだけだったためか、人々に大切にされて大いに助かった。

帰るとすぐ私は本社の船舶部長兼常務取締役の鈴木倉吉に、見聞したかぎりの終戦前後の中央の情況を細大洩さず詳細に報告した。

南原繁ら学者グループの戦争終結工作、数次の御前会議を経てのポ宣言受諾決定、軍の一部の叛乱と放送局の一時占拠後の"玉音放送"の実現、騒然とした上層部と対照的な一般国民の静謐さ、などであったが、今後の見透しとなれば米軍上陸までは皆目不明で、官庁は軸の外れた歯車さながら、朝から晩まで物資の隠匿や書類の焼却にのみ夢中という為体だった。

浮かぬ表情で聞いていた鈴木は、私が報告を一通り終り、いくつかの質問に答えた後に、ぽつりと言った。

「米軍がやってくると、おれなども四年か五年はくらうかも知らんな」

一瞬私は何のことかと思ったが、「まさか死刑にもなるまいが」と鈴木がつづけて言ったので、その意味を了解した。

軍人や政府のおえら方でもないのだから、そんな心配は無用だろうと私は言った。

しかし鈴木は冗談を言っているのではなく、又反対に虚脱感で腰抜け症状になっているのでもなかった。やはり彼なりに、何かしか考えてそう言っているのにちがいなかった。

いかに石炭が重要軍需物資だったとしても、又

凡例

1　本書は永山正昭の書き残した文章を、『星星之火通信』に収録されたものを中心に編集し、永山の一生にほぼ沿うかたちに構成したものである。『星星之火通信』は、永山がA4判の紙に手書きし（毎回八ページ前後）、コピーを数十部つくり、当時支援してくれていた友人知人に配ったものである。発行の経緯については、本書、第二章第二節「星星之火可以燎原——私事蕭蕭」に詳しい。

さらに、左の刊行物に掲載された文章と、未発表の文章も、必要に応じて組み込んだ。

『金釘通信』　一九八八年一二月、永山七五歳のときに『星星之火通信』の続きとして発行。六号で終刊となる。

「近況一束」　未発表。晩年、宮路貞純に宛て、よしなしことを日誌メモ風に書きなぐったもの。

『無線通信』　『無線技士倶楽部会報』を一九三四年に改名。戦時中廃刊したが、一九四七年復刊。現船舶通信士労働組合機関誌。

『制海』　海員協会機関誌。

『かもめ通信』　日本共産党の党員や活動家が船員を対象として発行した機関誌。発行元はかもめ書房。一九六八年一〇月、一二〇号で終刊。永山は日本共産党組織活動指導部、労働組合対策部に在職していたときに編集にたずさわった。

『一同』　社会主義啓蒙のために、渡辺四郎、増山太助らを中心に一九七六年創刊された雑誌。『朝日新聞』に紹介された。経営困難から七八年一一月一八日号をもって廃刊。

『一石通信』　横浜の古書店一艸堂石田書店店主石田友三発行の隔月刊ミニコミ紙。

『辺境』　影書房。第三次第一〇号（一九八九）で終刊となる。

2　文中の（　）は著者による補い、〔　〕は編者による注である。編者のさらに長い注は、＊1、＊2と番号を付して、それぞれの文章の後に置いた。
3　各文章末の（　）内は著者による執筆年月日。その次の行の〔　〕内は、初出にかんするデータ。
4　各文章の見出しは原則として初出の見出しを活かしたが、見出しのない場合、あるいは文脈のわかりにくい場合は、編者が補いまたは変更し、†を付して、文章末の〔　〕内に原題を補った。
5　旧漢字は一部新漢字に直し（「廣島」を「広島」に、など）、旧仮名遣いは新仮名遣いに直した。
6　書籍、雑誌、新聞、ミニコミ紙・誌名は『　』を付して統一した。
7　原文をそのまま復元することを原則としたが、読みにくい漢字にルビを付し、明らかな誤りは訂正した。また、ページ数の制限から省略した場合があり、その場合は文章末の〔　〕内に「抄」と付した。
8　「敬称略」と明記された文章とされない文章があるが、敬称はほぼ略されている。そのため、「敬称略」は削除した。
9　同じ著者の『という人びと』（西田書店、一九八七）に収録された文章とは、重複を避けた。

目次

第一章　海上へ

第一節　出会い（一）友

第二節　洋　上

第一章　海上へ

第一節　出会い（一）　友

梅津先生[*1]

色内小学校の五年生〔一九二四年〕のとき、第二学期のはじめの日であったと思う。

担任の梅津儀雄先生が、今日は私たちみんなと、また先生にも、とてもうれしい知らせがあるのだ、と前おきして話された。その時の先生の話し方が、ほんとうにうれしくてたまらない、といった風で、生徒の私たちみんなはよくわからないのに、先生のうれしがりようにつりこまれてとにかく先生とおなじにうれしくてたまらない気持になってしまったというのがほんとうなのであった。それは今日、五十年あまりむかしのその場面を考えると、考えるだけで目頭の熱くなるような感動をおぼえるほどである。

先生は、私たちのクラスに、新しく四人のお友だちが入って来たのだ、と話された。そしてその四人は、日本人ではなく、朝鮮の人たちなのだ、と言った。日本人と朝鮮の人とは人種がちがう、したがって風俗、慣習、ものの見方、考え方なども随分ちがう、四人の友だちをクラスに迎えることで、私たちは日本人とはちがう朝鮮の人びとをじかに知ることができる、それは本当にすばらしいことだ。だから先生も本当にうれしく思っているし、みんなにも本当によろこんでもらいたい。この新しいお友だち四人と、みんな仲よしになってもらいたい……。あらまし、そんな意味のことを熱っぽくのべて、先生は徐載運《ソジエウン》、金武宣《キムムソン》、沈毅《シムイ》、禹傑《ウゴル》の四人を紹介した。徐、金の二人は私たちより二歳年長で、沈、禹の二人は同年ということであった。そしてこの四人の名前をこの通り、半世紀以上経った今も私ははっきりおぼえている。

　その日帰宅して、私は両親に学校での、このとてもうれしい話を報告した。得々とそれを告げる私に父も母も不審げな顔つきだったが、「それはよかったね」としか言わなかった。私はそのころ私たちの家庭教師格だった親戚のひとりにも得意げに話したが、彼はにこりともせず、「朝鮮人のこどもと一緒のクラスになるのが、それほどうれしいことなのかね」と言った。一途にうれしがっていたことに急に冷水をかけられたといおうか、ゆめのような世界から、急につめたい現実に落とされたような気がしたが、私にはそれも一ときのことでしかなかった。

　私は四人それぞれと親しくなった。徐載運、金武宣の二人とは殊に親しくなった。徐の家にも何回かあそびに行った。あまりひろくない家中に、沢山の家族がごたごたしていたが、徐の父親は立派な髭をしていて、母親はやさしい人だった。みんな私を歓迎してくれた。上の妹は目のきれいな子で、下の妹はよちよち歩きで可愛かった。金順（キムスナ）という名は、下の妹だったと思う。

金の家にも一、二度行った。この方は立派な家で、大きな部屋のまん中に、机にむかって金の父親がどっしりとすわっていた。八字髭をはやし、武者人形のような上品な顔をしていた。私は金の父親に丁寧に挨拶されてびっくりした。金の父君は当地の朝鮮人社会で、かなりえらい地位にいるときいた。

徐の方はことに二歳年長のせいもあってか、当初はみんなとあまりなじまなかった。おれはおまえたちこどもとちがう、人間の生まれる場面も、死ぬ場面も、直接目でみたことがあるのだから、などと言った。しかし私とは、いつか無二の親友みたいになった。六年を了えて卒業のとき、彼は優等生のひとりであった。

それにしても、私はその後朝鮮人の友人を次々と幾人も持ち（そのうちの幾人かは故人になった）、今も持っている。それは、時として、私のひそかな誇りとも、また幸運とも思っている。そしてそれが徐ら四人の小学校クラスメートのおかげであると思いいたり、亡くなった梅津先生という先生は、なんというよい先生であったか、とたまらなくなってしまうのであった。（一九七八・九）

注　一九八一年になって庁立小樽中学で同期だった広谷俊二[*2]から徐が北米合衆国ロスアンゼルスに健在であることを知った。——永山注

〔未発表〕

*1　永山正昭の幼少期は、家業（薬工品問屋「永山商店」）の最盛期にあたり、永山は当時としてはめずらしかったミッション系のローズ幼稚園に通った。続いて小樽市立色内小学校に入学する。
*2　広谷俊二（一九一三—）　小樽中学を経て二高へ進学。在学中治安維持法違反で退学。一九三三年日本共産

党入党。全協（本書三六ページ、注3を参照）小樽地方協議会を確立。敗戦後小樽合同委員長。

斉藤磯吉先生 †

大学生の数が百五十万人を越した、と新聞に出ていた。青年五人につき一人のわりで、戦前の中学生なみだとのことである。

一九二六（大正十五）年、北海道小樽市（まだ市制でなく小樽区だったかもしれない）の色内小学校六年級の私のクラスは、全員八十数名で、上級学校受験志望者は十人であった。八人に一人、十六人に二人であったわけだから、五人に一人というのは、戦前といっても随分と後のことなのであろう。

八人に一人といえば、今の大学生などというものではなかったことになるから、少々おどろかされる。八人に一人の中等学校受験グループと、八人に七人の非受験グループとの、およそ目立たない、それだけに底のふかい、おのずからできてくる対立、どうにもならない分裂、そうしたことを思いおこすと、やはり寒々とした思い出ということになってしまう。

そこで、小学生というのは、あのころどれくらいの数だったのだろうか、と私は考えた。

「長き行列」というのが、当時の国語読本の巻五か巻六かにあった。小学生が「長き行列」をつくって行進するのをうたった詩であった。詩というより「うた」というのであったかもしれぬ。

「全校生徒六百が、一列になりてすすむとき」などという一節があり、「なかの一人は君にして、なかの一人は僕なるぞ」などというのもあった。やがて、全国の小学生が「一列になりてすすむとき」を想定した一節がおしまいの方にあり、「八百万の小学生」だったか、「九百万の小学生」だったか、全国の小学生の数が出ていたのだが、「一千万の小学生」ではなかったことはたしかだと思われる。

そして「長き行列」を思い出したことで、私ははからずも小学校四年生のはじめのころの、そのときの国語（私たちは多く、書方、綴方とあわせて読方といっていた）の時間のことを思いうかべた。

国語の授業時間に、斉藤先生はきれいな白墨の字で黒板一ぱいに「長き行列」の第一行から最後の一行までその全文を書きあげた。そしてその一行ずつを辿って、やさしい話し言葉にして、私たちに説明してくれた。

私たちは、しずかに、先生の説明をきいていた。いや、はじめのうちは、あまりしずかにということでもなかったのだったろう。となりの席のこどもと私語したり、鉛筆を削ってみたり、ふざけあったりなどもして、少しくざわついていたのだったかもしれない。

斉藤先生はそういう私たちの態度にかかわりなく、一行一行を熱心に説明していった。そして一行ずつがすすむにつれて、小学生の「長き行列」がすすみ、全校生徒の「長き行列」がすすみ、全国数百万の小学生の「長き行列」がすすみ、つまりその「長き行列」がすすんでいくすがたを、まざまざと私たちの目の前にうかびあがらせてくれたのであった。

そしてそのなかで、私たちはその説明していく先生の声が、いつのまにか涙ごえになっているのに気がつき、それをあやしむ間もなく、説明をつづける先生の声が泣き声となり、めがねをかけた先生の目が涙でぐしゃぐしゃになっているのにおどろかされた。

先生の声はとぎれとぎれとなったが、先生は説明を中途でやめたりなどせず、そのとぎれとぎれの泣声のままで、熱心に説明をつづけた。

教室は、水を打ったようにしずかになって、私たちは一人のこらず、そのとぎれとぎれの泣声の先生の説明を、息を詰めるようにして聴き入っていた。

そして先生が、

「〝九百万の小学生、二列になりてすすむとき〟……全国の九百万人の小学生が二列になって、……長い行列になって、……長い長い行列になって、……、長い長い、……いつまでもつづく長い長い行列になってすすんでいくんだ、……その長い行列、……その長い長い行列、……行進していくその長い長い行列を思いうかべてみてごらん、……」

と言って、おしまいに本当に泣き出してしまったときには、私たちのほとんどみんなが、先生と一緒に涙を流していたのであった。

ほんとうのところ、私たちは先生がなぜ泣き出してしまったか、そのときはよくわからなかったのだと思う。しかし、先生が泣き出し、私たちもいつのまにか一緒に泣いてしまったことで、やはりなにがしかはわかったのだった、とも思う。

とにかく、後になってそのときのことを思い出すと、何年経っても、数十年も経ってしまった今にしても、私自身何かこみあげてくるものがあり、心が洗いきよめられるような気がするのである。

その日私は家に帰ってから、母に読方の時間の話をした。母は私の話にたちまち涙ぐんで、「いい先生でよかったね」と言った。


童謡「七つの子」「赤い靴」などを作曲した本居長世、その娘のみどり、喜美子（一ばん下の本居若葉は、まだ幼かったためか、来なかったと思う）父子が小樽に来て、公会堂で音楽会がひらかれたとき、私は母、姉、兄につれられて行って、小樽高等商業学校の学生となっていた斉藤先生と出会った。音楽会が終ったあと、先生は私を探しに来て、是非一度あそびに来るように、と言った。

そのとき、私は、「寄宿舎かい？」と聞き、先生は学校でも寄宿舎でも、どちらにでも訪ねてくればわかるから、と言ってくれたが、その「寄宿舎かい？」という口のきき方は、受持の先生だった人に対して何ということかと、母や兄たちに何回も何回も、それこそいやというほどきびしく叱られた。

そのためもあってか、私は訪ねてみたいと思いながら、とうとう斉藤先生を一度もたずねないでしまった。


岩波の日本史年表をみると、一九二四（大正十三）年十一月十二日に、「全国学生軍教反対同盟結成」とあり、翌一九二五（大正十四）年十月十五日に「小樽高商、軍事教練で朝鮮人暴動を想定し問題となる」と出ている。

小樽高商のこの事件が全国的に問題となり、軍事教練反対の学生運動は一時全国を席捲したのだったが、小樽高商事件の指導者が斉藤先生で、小樽高商の学生斉藤磯吉の名は、当時全国に鳴りひびいたのだった。

一九二九（昭和四）年、私は教師と悶着を起したり、百十点をもらった作文の内容が問題にされたりして、[*1]「諭旨退学」ということで小樽中学を退学したが、[*2]その折担任の教師は私が斉藤先生の受持だったことを調べあげていて、斉藤先生から〝思想的影響〟を受けたのではないかと私に質問した。小学四年生のこどもだったのだから、そんなことは全然あるはずもない旨を答えたが、「思想的影響」などは別として、「人間的」には私は斉藤先生から、随分大切なことを教えられていたのだと思う。しみじみと、言いようもなく有難いことである。（一九六八・一一）

（『星星之火通信』二七号、一九八〇・四・一〇、〈旧稿抄〉欄「斉藤先生」抄）

＊1　中学四年のとき、作文コンクールのために、永山は鶴見祐輔[*3]の「母」とゴーリキー[*4]の「母」を比較した作文を提出し、候補作品の筆頭となったが、職員会議で作品の「思想傾向」が問題とされた。

＊2　退学の理由とその後のことについて、永山は、めずらしく「事件」と表現して、次のように説明している。
「そのころ、[*5]家産を傾けた父[*6]は、私の進学資にも困り、次々多額の生命保険に入って自決をはかった。すでに私は意図的に学校をさぼり、成績を落とし、教師と争ってのちには諭旨退学処分になったが、父の決心は変らなかった。追いつめられた私には〝不惜身命〟の実力行使のほかとめだてがなかった。

……

しかし、二人（竹浪謹爾[*7]と岸秀雄[*8]）が通報に来て私は重傷のうちに発見された。私の事件は未遂に終ったが、父を思い止まらせることになったから、目的は達したかたちになった。以来、父と私との間も、ただならないものになった如くである」(『星星之火通信』八号、一九七八・五・二〇、『という人びと』一一九ページ)。

退学の翌年、周囲の期待にも押されて、一応旧制一高を受験はしたが、不合格だった。

*3 鶴見祐輔(一八八五―一九七三) 作家・政治家。社会学者の鶴見和子、哲学者・評論家の鶴見俊輔の父。

*4 マクシム・ゴーリキー(一八六八―一九三六) ロシアの小説家・劇作家。

*5 一九三〇(昭和五)年、中学四年の終わりか五年のはじめごろと思われる。

*6 「永山商店」の主力商品であった俵・叺《かます》が、大正末期から次第に麻製品に置き換えられつつあったのに加え、一九二七年からはじまった金融恐慌、一九二九年からの世界恐慌は、日本を不況のどん底に陥れた。結局「永山商店」は一九三一年に倒産した。

*7 竹浪謹爾 小樽中学の同級生。画家。二科展会員だったが、一九四五年に彫刻の渡辺義知らとともに脱退し、「一九四五年協会」を創立。のちに洋画グループ「紀元会」に参加。

*8 岸秀雄(一九一四―一九七八) 小樽中学の同級生。中央大学卒業後、文部省勤務を経て、ベアリング会社社長。

四人組 †

小樽中学時代の私の友人亀田喜美治《きみじ》は、*1 是が非でも官吏になって欲しいという養父の厳命で一高を受験し二回落第した。二回目のとき彼は男泣きに泣いたが、その泣き顔は六十年経った今でも私の目にあざやかにうかぶ。

浪人になった彼は上京し、東京府立一中の補習科に入学したが、そこで同じ年同じく一高を受験して失敗した丸山眞男[*2]と知り合い、翌年二人とも一高に合格、その後一緒に東大法学部にすすんで無二の親友になった。彼らの、その無二の親友ぶりは、いずれ後に書くことになるだろう。

さて、ということで、亀田を通じていつのまにか、私も丸山を知ることになった。けれど、それがいつごろからだったか、亀田の結婚前後と思うが、あまりはっきりしない。学士会館での亀田の結婚披露宴で、神戸から上京して来た私は、いくらか遅れて会場につき、のどのかわきにやみくもに杯を重ねたが、いきなりスピーチを求められて、酔ったいきおいで勝手気ままに喋べりまくった。それを丸山の兄、丸山鉄雄がどういうわけかむしょうにほめてくれたとか後にきいたが、それがいくらか契機だったのかもしれない。

そのとき、亀田はたしか高文試験に東大生のうちに合格し、農林省の事務官になっていたと思うが、丸山は東大の助手か助教授だったろう。

私は、無線電信講習所を出て、ニューヨーク／香港の定航貨物船の通信士をつとめ、アメリカの通信士組合の幾人かと親しくなり、下船して通信士の労働組合運動に没入した。そして戦後は一九四六年の海員ストのあと、知らぬまに、共産党の組織活動指導部員というのか、海員関係担当のいわゆる全国オルグというのにならされていた。

ところで、亀田、丸山と私、もうひとり、私の小樽中学時代、そこでの三年、四年生の二年間、私が組長、彼が副組長のコンビでめっぽう親しくなった本当の秀才、岸秀雄も加わり、私たち四人が、隔月くらいだったか、一緒に会食するグループになったのだった。私の同僚で丸山の弟子でもある平岡茂樹、亀田の下僚の神庭明、などが、幾度か加わったのだったが、丸山がつれてきた辻清明[*3]、佐藤功[*4]、私がつれてきた清水達夫[*5]、伊井弥四郎[*6]が一度だったと思うが、加わったと思う。

そういう、亀田、丸山、私、岸の四人組の集まりが、戦前戦後を通じて、亀田が南京駐在になったり、丸山が召集されて広島で軍務に服したり、私が九州若松に赴任したりで、随分中間とだえもしたものだったが、とにかく、四人集会は戦前戦後十数年、いや二十数年つづいたのだった。少なくも私には、それは大変な勉強だったのもたしかだが、それにもましてなんともなつかしい、うれしい、あたたかい集まりだった。

そのあと亀田、丸山とも次々と交替するように結核に度々おそわれて、その会合もいつしかとだえ、そのうち岸も死んでしまった。

四人会合も今ではむかし語りになってしまった、ということである。

およそそういったのが、丸山と私とのつきあいである。（一九八六・九）

『一石通信』一八号、一九九〇・三、「という人とのこと（第1回）」の一部分「始まりのこと」

＊1　亀田喜美治（一九一二―一九九二）　小樽中学の上級生。東京帝国大学卒業後、農林省勤務。第二次大戦中、一時南京大使館勤務。敗戦後、農林省労働組合の副委員長をした。北海道開発局次長を最後に退官。

＊2　丸山眞男（一九一四―一九九六）　大阪府出身。東京帝国大学法学部政治学科卒。政治学者・思想史家。在

学中南原繁に師事して政治思想史を専攻。「超国家主義の論理と心理」その他の著作は『丸山眞男集』（全一七巻、岩波書店）を参照。

＊3　辻清明（一九一三―一九九一）　政治学者。日本官僚制の研究で有名。

＊4　佐藤功（一九一五―）　元内閣法制局。著書『日本国憲法概説』（学陽書房）『憲法』（有斐閣）他。

＊5　清水達夫（一九一三―一九九二）　日ソ親善協会を経て日ソ旅行社社長。

＊6　伊井弥四郎（一九〇五―一九七一）　富山県出身。岩倉鉄道学校卒。一九二六年国鉄入社。敗戦後国鉄労働組合結成に参加。二・一スト[*7]の全官公庁共闘議長。一九五七年日本共産党中央委員。

＊7　二・一スト　一九四七年二月一日に予定されたゼネスト。参加予定人員六〇〇万人といわれたが、占領軍総司令官マッカーサーにより禁止された。

亀田について

丸山が応召したあと、古本屋で『日本學研究』という雑誌に、彼の北畠親房の政治観という論文の出ているのをみつけ、買ってきて読み、実にこの論文が彼そのもので、読んでいると彼と話している様な身近さを感じ、涙が出てきた……、尚友とは古人を友とすることと教わったが……。

亀田が南京大使館勤務となって留守のころ、岸、丸山と三人で板橋の私宅で〝例会〟をやったことがある。

亀田は友だちづくりの天才である……、丸山眞男というような友人をもって……否つくっている亀田を、あらためて見直さないわけにいかない……、私はそう思ってそんなことを言い、丸山君も同じようなことを言っていた……、岸もにやにやとしていた。

帰朝してから亀田が留守中悪口ばかり言ってたんだろうと言い、ますさん（丸山）が、そりゃそうにきまってると答え、私は「やはり本人のいない時の方が言いやすい」と答えた……。

私は亀田と同年代に生きるまわりあわせとなったことを、生涯の幸福の一つに思いはじめている。

*

私は労働学校[*1]で、亀田の話を幾度かした。それは次のような話である。

農林省の女子事務員諸君がバレーボールの試合をした時のことだという。

亀田事務官も同僚と一緒に試合を見に、いや応援に行った……亀田事務官は、女子職員の人気者である……、まことに、それに値するのだ。

ふと、みると、可憐な選手たちは、殆どはだしであった。戦争が終って男女同権となり、女子も一般に勇敢になった。しかし勇敢になりすぎるのもあまりいいことではない。

「……なぜ裸足でやるのかね、運動靴くらいはいた方がいいだろうに……」

亀田事務官の質問に、女子選手たちは答えなかった。その代わりに、顔を見合わせて微笑しあった……。

その美しい（だったにちがいない）微笑に、淋しいものがあった。事務官は瞬間すべてを了解し、つまらない質問を発したことをたまらなくすまなく思った……。

女子選手たちの立っているグラウンドに、小石がいくつもあるのに、事務官は気がついた。バレーボールの試合だというのに、（それは彼女らにとってどんなに楽しいものだったろう、たとい小さな楽しみだとはいえ）はいてゆく運動靴も買えない農林省女子事務員の生活を、他人ごとと考えられないこの労働組合副委員長……いな、この一人の男は、グラウンドの石ころを一つずつ拾いはじめた……。拾ってはグラウンドの外へすてた……グラウンドに、石ころが一つもなくなるまで。

女子選手たちは、涙を流して泣いたとのことである。泣かれて、亀田はびっくりした……。

「ところで、この亀田という男は、共産党員ではないんだ……」

私は労働学校で、若い（そしてこれもまた美しい）青年共産党員にそう語るのである。青年は、けげんな顔をする。そんな男が共産党員でないなどと、考えられないのである。

共産党員は、議論がうまいことよりも、革命家の名前を沢山知っていることよりも、そうしたことのすべてよりも第一に、人びとのくるしみを自分のくるしみとし、人びとのよろこびを自分のよろこびとするあたたかい気持をもたなくてはならぬ。

共産党員でない人のなかに、亀田の如き男がいる。ことに若い党員諸君は、この非党員に恥ないだけの心がけをもたなければならない。そうでなくて、どうして大衆がついてくるだろう……。

＊

私は亀田が共産党員でないことを、時に考え、時にそれでよいとも思う。私もまた、固い言い方になるのだが、そうでない人びとに対する共産党員の優越（少し変だが）を主張したいし、また主張する。すごいもんだという亀田のいいところに対しても、そのすごいよさに於いて、私は彼を優越せねばならない。……たしかに、一生をかけての仕事にちがいない。また、一生をかけるに足る仕事にちがいない……。（一九四七・一〇・一七）

〔「亀田について」未発表・抄〕

＊1　労働学校　戦後まもないころ、永山が若い船員を集めて開いた学校。

放　言[*1]

戦後、一九五三（昭和二八）年に刊行された『日本政治思想史研究』（東京大学出版会）は、丸山眞男の最初の本で、この本の第一章、第二章が多少の補正はあったにしても、いずれも昭和十年代の後半、『国家學会雑誌』に発表された個々独立の論文で、それぞれ発表誌を筆者が貸してくれて、私は読んでいた。

当時私はその二つの論文に無条件に感心した。学者の論文というのは、まさしくこういうものをいうのだろうと感嘆した。いや感銘したと言った方がいいかもしれない。論文に涙が出るというのは、いかに泣き上戸の私にしてもそういつもあることではなかったが、筆者を直接なまに知っていたこともあったろう。幾度か涙ぐまされた思い出が今日なおあざやかなのだった。

余談になるがその感銘のあまりということになろうか、戦後私と一緒に仕事をすることになった若い友人の平岡茂樹に、彼が丸山眞男のゼミにいたときいて減らず口をきいた。丸山眞男は終戦後の翌年創刊された雑誌『世界』の巻頭論文「超国家主義の論理と心理」によって一躍論壇の第一人者となったらしいが、正直なところ私はこの論文も含めて、彼が戦後次々と書いたそれぞれそれなりに立派な論稿よりも、むしろ戦前のうそ寒い時流に抗して、目先をたぶらかせながらギリギリのところで書き綴ったいくつもの文章の方を高く買うんだがね、云々。

そして後にこの放言の一切合切を平岡からきいた、と丸山に言われて私は閉口し、またどこか嬉しくもあった。[*2]（一九八四・三・二〇）

〔『星星之火通信』五三号「あまのじゃく」抄〕

＊1　『一石通信』一八号（一九九〇・三）に、「ある出会い」と題した、内容の重複する文章がある。
＊2　丸山もまた、一九六八年六月、ノート『春曙帖』のなかで、「フルトヴェングラーが一九四三年にベルリン・フィルをふった（ベートーヴェン）「第五」」に触れ、「これこそフルトヴェングラーの五つある「第五」のレコードの最上のものであり、しかも「第五」の演奏として群を抜いている。（中略）フルトヴェングラーがナ

チ時代の「第五」で最良の姿を見せているということは、ひとごとでない問題を、私につきつける。（戦争中の労作の方が、戦後の「解放」された時代の労作より迫力があるという批判を受けたのは私だけではない……）」と書いている（中野雄著『丸山眞男音楽の対話』文春新書、一九九九年、二二三、二二六ページ）。

溥濤《フウトウ》のこと

一

日本の軍部がかつぎあげた満洲国皇帝溥儀と同姓の溥濤という青年であった。

一九四二（昭和十七）年から四三（昭和十八）年にかけての頃だったろう、一年足らず、亀田喜美治が南京大使館づめになっていたあいだ、溥濤は、亀田の身のまわりを、言いようもなく誠実に世話してくれたという。それで感激した亀田が、帰国してからの後、関係のすじにいろいろ工作し奔走して、溥濤青年の日本留学が実現することになった。

その話をきいて、亀田らしいよい話だと思った。日本帝国主義の悪業のなかで、ひとかけらにせよ罪ほろぼしという気がしたが、勿論そんなことは口に出さなかった。

しかし、溥濤青年の身辺の事情もいろいろあったのだろう、彼の来日は話がきまったというのになかなか実現せず、「とうとう来てくれたよ」と私たちが亀田に彼を紹介されたのは、一九四五年に入ってからだったと思う。みるからに誠実そうな、素朴という字句をそのまま体現したような好青年――時として、私には青年というより、少年という印象になったりした――だった。亀田を通じて、私たちはあわただしく彼と親しくなった。

しかし、すでに戦局は深刻化し、いくらもなく日本の敗色は濃厚になるばかりだった。

帰国する彼の送別会が、ささやかに亀田宅でひらかれた。彼と亀田、丸山眞男と私との小宴で、物資欠乏の折柄、亀田が苦心して入手した料理の品々とのみものはそれだけで感激ものだった。なんとも、いいようもない陰気な小宴だった。丸山にせよ私にせよ、溥濤に何をどう話してよいのか途方にくれた。

丸山の父君は毎日新聞社の幹部社員で、私は船員の友人が無数だった。それぞれ、一般には知られない戦況情報、正確には敗戦情報が豊富だったから、あそこもうだめらしい、××も陥落したようだ、などの㊙情報を交換するしかなかった。

溥濤が小用かで席を外すと、亀田が噛みつくように私たちに詰めよった。

「なんだお前ら……、今日は溥濤のお別れ会なんだぞ……、勝手にお前らだけでの話ばかりして……」

亀田の憤るのは当然で、その通りで、私たちは一言もなかった。

席にもどった溥濤に、丸山と私とは日本語になれない彼に、せいぜいゆっくりと、かわるがわるにありのままを説明した。戦局がこんなことになってしまって、帰国せねばならなくなった彼に、なんともかんとも言うべき言葉もない、正直言って、なんにも言えない、申し訳ないというか、相済まないというか、気恥かしく、うしろめたく、只々お詫びするしかない始末で、……云々といったことだった。

すると溥濤は、いくらか改まった顔をして、たどたどしい日本語でしばしばどもりながら、しかも、私にはどうにも荘重という感じだったが、格別の気おいもないのにやはり堂々とした調子でのべたてた。要旨は、およそ、左のようなものだった。

——歴史の大きな動きというものは、個々の人の力ではどうしようもない。それは個々の人に何の責任もないし、個々の人を誰もとがめることはできない。個々のわれわれにとって、それはそれほど大したことではない。反対に、私にとって大きなことは、私が日本に来て、亀田《クウエティイエン》先生、丸山（グアンシェン）先生、永山（ユェンシェン）先生のような、よき友人を得たことである。……それは私にとって至上の幸運であり、それこそ永遠の意義をもつ心の支えである……。

おわり方、溥濤の目にうっすらと涙がにじみ、私ら、いや、私は感動を抑えきれなかった。そして同時に、日本人など到底適いそうもない中国人、中国民族のもつ底しれないものに、殆ど圧倒されてしまったのであった。

戦後、暫くして、亀田から、溥濤が漢奸として処刑されたらしい、ときかされた。私は愕然とし、暗然とし、また呆然としてしまった。

二

日本がもりたてた南京政府主席の汪兆銘[*1]が病死し、その後をついだ周仏海[*2]も急死して、急遽三代目の主席となった陳公博[*3]は、敗戦時たまたま来日していた。日本政府関係者の再三再四の説得にもかかわらず、彼は帰国を主張して譲らず、当局者の些か謀略的な妨害工作もあったらしかったが、断乎主張をくつがえさず、帰国した。帰国していくらもなく、通敵漢奸として刑場の露と消えた。

ここにも、日本人とはちがう、中国人の偉大な姿があった。

そしていつのまにか、私には溥濤と陳公博が重なりあい、はてはひとつになってみえてくるのであった。

こんな話を、私は、丸山眞男ととっくり語りあいたいと思っているのだが、いまに果せないでいる。

（一九八七・九・九）

〔『一石通信』二〇号、一九九〇・七、「という人とのこと（第三回）・溥濤のこと」〕

＊1　汪兆銘（一八八三―一九四四）　別名は精衛。一九二七年武漢政府主席。日中全面戦争とともに対日和議論に傾き、一九四〇年、日本支配下の南京「国民政府」主席となる。

＊2　周仏海（一八九七―一九四八）　日中戦争さなかの一九三八年、汪精衛に追随して重慶を脱出。南京「国民政府」結成に参画し、汪政権の要職を歴任。南京で獄死。

＊3　陳公博（一八九〇―一九四六）　一九二八年以後、汪精衛ら改組派の機関誌『革命評論』を主宰。南京「国民政府」の立法院長を経て、主席。

三人の学者

戦争はまだまだ終わっておらず、窓という窓には燈火管制[＊1]のための黒いカーテンがとりつけられていたころだった。

一夜はからずも私は、三人の学者と会食した。

私とほぼ同年輩の、当時三十歳前後だった丸山眞男、辻清明、佐藤功の三人で、以前から知っていた丸山から、あとの二人をその夜初めて紹介されたと記憶する。

ほかにも数人いたと思うが、私は少し遅れてそこに顔を出したぐあいであった。

佐藤功の父君が、東北大の憲法学者佐藤丑次郎であることも、その時きいたのだったろう。すでに故人だったが、そのむかし海員協会の委嘱をうけて、現行の船員不在投票制度のもととなった、船員のための選挙制度改正法案をわが国で初めて起草した人として佐藤丑次郎の名は私には馴染みふかいものだった。

しかしその夜、私にはそんなことを言い出す勇気はなくて、後で丸山から、言ってくれたらよかったのに、と言われた。

その夜は、学者三人を中心にして話がはずんだが、話題の中心が、降伏後の日本はどうなるか、といったことだったから、私はおどろいた。そんな話が当時外部に洩れたら、それだけで手がうしろにまわるのはたしかだし、またそういう話の席に、私などが何の気がねもなく迎え入れられていることについてもであった。

しかしそれよりも、その夜の論議の真剣さに、私は感動した。しかも話は具体的で、精緻で私はほとほと感心した。

三十年も前のことで、残念ながら論議の細かなことはおぼえていない。ただ、今もおぼえているのは、降伏後の日本を当分支配する社会勢力は、ほかの何にもまして官僚だろう、という三人の一致した「結論」だった。

私など、そのとき、なるほどそんなものかも、と思ったわけだった。

終戦後、丸山は雑誌『世界』創刊号巻頭に論文をよせて、たちまち論壇の第一人者となった。辻清明は行政法、地方自治法関係の、佐藤功は新憲法の、それぞれ一方の権威になった。

そして三人の学者の予言の通り、戦後の日本はまさしく「官僚」の支配するところとなった。私は、今さら、感心しないわけにいかぬのであった。

もっとも、三人の学者の予言は、あるいはあたりすぎてしまったのかもしれない。気がついてみると、今の世の中のほとんどすべての人間集団、実に労働組合や革新政党といったものまでが、官僚な

らざる〝官僚〟によって、いつのまにかすっかり牛耳られてしまっているのであった。(一九七五・九・二九)

(『星星之火通信』一一号、一九七八・一〇・二二)

*1 燈火管制　一九三八年に公布された「燈火管制法」により、敵機の襲撃目標にならないように、電灯には黒い覆いをかけ、窓には黒いカーテンをひき、燈火が外に漏れないようにした。ネオンや街灯も廃止。

広島まで †

敗戦の年、いや、その前年か、もう一度いや、やはりたしか敗戦の年のはじめころだったろう。九州から、たまたま所用で上京した私は、ついさきごろ結婚したばかりの丸山眞男に赤紙(召集令状)[*1]〔二度目〕が来て、すでに広島の連隊に入ったと亀田喜美治からきかされておどろいた。

その数ヶ月前、亀田にも赤紙が来たのだった。

旭川の第七師団に入ったのだったが、そこでの健康診断で、彼は結核の既往症によりすぐに除隊になったが、誰ひとり知る顔もない第七師団で、すでに二回目の赤紙でそこにいた私の兄〔公明〕に出会い、なんともうれしく有難くなって泣き出しそうになったと、後日述懐していた。

さて、そのとき、亀田は私に、食ってかかるように、亀田よりも丸山の結核既往症はずっとひどいのに、あんな病身の軀を兵隊にとるなんて、と毒づいたが、私に毒づく理由など全然なく、勿論なんにもならないことも亀田自身承知していての毒づきだったのも、おかしいような、かなしいような、またわかるような、わからないようなことでもあった。

戦局の深刻化で、めっきり兵隊が足りなくなってしまっていたのだったろう。

そして、更につづけて亀田は私に言った。

「まっちゃん（注、私のことである）。まっちゃんはいま、いい暮らしなんだろう?……」[*2]

なんのことか、当初はわからなかったが、いくらもなく、当時私が船舶運営会若松木船船員部の総務課長兼船員保険課長をしていて、比較的にということだが、わりかし高給をとっていることを指しているとわかった。

広島へ入隊した丸山は、いつなんどき前線へ送られるかわからない。九州への帰途、丸山夫人ゆか里さんを広島までつれて行って丸山に会わせてくれ、というのだった。

私は、妙な話だと思った。

丸山の父君は毎日新聞の論説委員、夕刊のコラム「余録」の健筆で有名な侃堂丸山幹治で、兄はNHK中央の音楽部長丸山鉄雄である。友人とはいえ他人の私より彼らにこそ、と思ったからだが、更に考えてみれば、ゆか里夫人を広島へなどというのは、その二人のいずれにも頼めることではなく、頼んでも承知されるはずもないに決まっていた。

私は亀田の丸山への友情に正直感動した。

私は運営会東京支部の経理課を訪れ、東京から広島までの二等切符二枚の代金を前借りし、「省線切符購入係」（当時そういう専門職があった）に幾度も頭を下げて入手のむずかしかった切符の手配を遮二無二頼みこみ、広島までゆか里さんをつれて行くことにした。

どうにか手に入れた切符を手に、混雑を予想して発車時刻の二時間あまりも前に、ゆか里夫人と私とは東京駅のプラットホームに行ったのだが、そこにはすでに乗客が山のようにつめかけていた。それよりおどろいたのは、二等車は全席軍服の兵隊が占領していて、一般乗客は誰ひとり坐れないでいるのだった。

そして更におどろいたのは、発車時刻になると兵隊らが一斉に席を立ち、将校たちとその家族が入れかわりに席に坐った。そして中には、家族とは思えぬ濃い化粧とけばけばしい服装の、明らかに水商売とみえる女性が幾人もいた。

「なんというざまだ。こんな軍人連中では、この戦争は負けるに決まっているわな……」

捨てぜりふを吐くように、一般乗客のひとりがうらめしげに呟いたのを思い出す。

通路は立ったままの私たち民間人乗客でぎっしり、身動き一つできない有様で、そのまま発車した。いくらもなく警戒警報、空襲警報*3のサイレンが鳴り、汽車が止る。止る時間は五分、十分、十五分と長くなり、やがて動き出すが、またすぐ止る。それを次々とくり返しながら、とにかく列車はぐずぐずと進むのである。

通路は民間人でぎっしりでトイレに行くこともできない。人々は汽車が止まるごとに、汽車を降りて用を足してくる始末なのである。

神戸をすぎたあたりだったか。ゆか里さんが私に「一寸降りてきます」と告げて止った汽車から降りて行った。

そして一ときして、彼女があらわれぬまま汽車が動き出したから私はあわてた。途方にくれた。

「お嬢さん（乗客たちはゆか里さんのことをお嬢さん、と呼んでいた）、どうした？……、どうなった？……」

私は青くなった。全く全身が凍えるようだった。飛び降りようか、と思ったがすでに汽車のスピードは速く、それにもまして飛び降りてもどうにもならぬことでもあった。

全く私は青くなった。乗客たちも口々にさわぎたてた。正直、私は生涯であんなに心配したことはなかったし、今後もないにちがいない。

今から考えると、十分か十五分、せいぜい二十分ほどのあいだだったろうが、私には一時間、いや二時間近くに思われたのだったが、一ときしてゆか里さんが姿をあらわしたとき、私は安心のあまり身躰がふるえた。乗客たちも、よかったよかったと口々に言って、私はそれにも感動した。

生涯であれほど心配して青くなったことはそれまでなかったし、今後もあると思えない。そしてそのあとあれほど安心したこと、ほっとしたことはなかったし、今後もありそうにもない。

ゆか里さんと別れて広島から私は三等車に移った。

北九州若松の自宅に帰って、瑞枝にことのいきさつを話すと、彼女は涙声になって言った。

「よいことをして下さったわ……ゆか里さん、丸山さん、どんなにうれしかったことか……」

それほど屢《しばしば》会ってはいないと思うのに、瑞枝はめっぽうゆか里さんひいきなのであった。

瑞枝が世を去ったとき、丸山夫妻はそろってお通夜にも告別式にも来てくれたのだったと思い出す。

ところでそのとき、私の話をきいたあと、瑞枝は私に言ったのだった。

「おとうさん、そのお話、人に話したり、文章に書いたりしないで下さいね、ゆか里さんにわるいわ……」

ゆか里さんにはわるいにちがいないが、丸山と亀田、亀田と丸山の友情に感動した私はこの話を書かぬわけにはいかないのであった。

その亀田も一九九二年三月二日世を去った。

やりきれないさびしさに、私はその夜、朝になるまで飲んだくれつづけた。（一九九二・三）

〔『一石通信』三二号、一九九二・五、「という人とのこと（第九回）広島まで」〕

＊1　赤紙（召集令状）　一九三八年公布された国家総動員法により、戦時に人的・物的資源を政府が統制運用した。この法律により、兵役を課するのに召集令状が出された。用紙が赤かったので「赤紙」といった。のちにはがきとなり、「一銭五厘」（はがきの価格）ともいわれた。

＊2　船舶運営会　一九四二年、戦時海運管理令により、各船会社の船舶および乗組員は国家が徴用し、船舶の運航および乗組員の手配を一元化した。そのために政府は船舶運営会を創設し、同会がその任にあたった。一九

四九年解散。船舶・乗組員は各会社に復帰した（民営還元）。当時永山がつとめていた西日本石炭輸送統制株式会社船員部も、そのまま国家徴用になり、船舶運営会若松木船船員部と名称を変えていた。

＊3 警戒警報、空襲警報　太平洋戦争中、日本へ向けて飛来する米軍機を発見したときに「警戒警報」、爆撃が開始されたときに「空襲警報」を発し、サイレンを鳴らした。

こがらし †

一

そのとき、丸山眞男はアメリカのハーバード大学とかに招かれて、一年あまり彼地ですごして帰って来た、ということだったと思う。

そのアメリカ滞在中、何かと丸山のためにいろいろつくしてくれた（といっても、つまり、しちめんどうくさい外交的事務手つづきといったことなんだろうと、私は後で思った）青年が、丸山よりはかなり遅れて、つい先日帰国したばかりとかで来ていた。

丸山宅訪問の約束はあらかじめとりつけていて、約束通りの時刻に訪ねたのだが、一身上の重大な相談があるという来客を、ことわりきれなかったときいて、私も承諾していた。

その相談客が彼で、某中央官庁の青年と紹介されて、私は知った。私については、ふるい友人で、と丸山が言い、それ以上私には何も言う必要もなかった。

一身上の重大な相談というのだから、私は席を外そうと言ったが、青年もかまわないと言い、丸山はむしろいてほしい、みたいな口調だったから、そこにいるしかなかった。

青年は、最近のアメリカ、なかんずくニューヨークの近況を、はじめはぽつりぽつりと、やがていろいろ詳しく話した。私のアメリカ、いやニューヨーク体験は二十年あまり昔になるが、かなりにちがうのがおもしろく、ひかえめにと反省しながらも、幾度か言葉をはさむ羽目になったが、青年も丸山も迷惑がる気配は全くなかったから有難かった。重大な身の上相談というのが、何がなんだかわからないまま時がすぎた。いささかうんざりして、煙草に私が火をつけたときだった。

「先生、私は共産党に入ろうかと思いまして、先生に相談しに来ました……」

なんと言ったらよいか、とたんに何か冷気といったものが漂うみたいになって、私も正直ハッとした。丸山も、たちまち表情を硬くして、一ときおいて、いくらかきびしい口調で言った。

「そういうことは、君自身が決めること、……第三者に相談することではないんだよね、……入りたければ、入ったらよい、それだけのことだろう……」

丸山の口調はいくらか重々しかったのに、青年は反対に、少々軽い調子（と私には思えた）で、言い立てた。

「私は、丸山先生が、共産党に入っているとばかり思っていたんです。ところが、そうでないと人にききまして、……それで一寸わからなくなって、……先生にそのあたりをうかがいたいと思ったものですから……」

丸山はいくらか不快げに、矢つぎ早に言った。

「そんな私のことなど、君になんの関係もないだろうが……。あ、そこにいるまっちゃん（私のことである）は共産党のえらい人だよ、……君の相談は、まっちゃんにこそした方がいいんでないかな……」

私は、あわてて口をはさんだ。

「えらい人なんて、冗談じゃない、とんでもない……。私は下っ端の、下働きのぺいぺいの党員でしかないんだから……」

青年が、一寸びっくりした表情で私をみつめたが、丸山はそれにかまわずに諭すように言った。

「まっちゃんの党での地位なんか、ぼくは知らないんだよ。……けれど、まっちゃんのような人が共産党にいるということで、いくらか、いや、何がしか、共産党にも希望というか、期待がもてるわけ、……そういう意味でえらい人と言ったんだがね……」

青年には私たちのやりとりはおよそおもしろくないようで、つづけて言った。

「先生が共産党に入らない理由は？　……それは何故ですか？」

丸山は、これではどうしようもない、といった不快の表情をかくしきれずに、突っぱなすように語りはじめた。

「個人主義というのと全く同じではないと思うんだがね、……ぼくは個人を大切に、……つまり、人間はひとり、自分を大切にしたい、……人びととの組織といったものに入って、しばられたくない、あくまで自由でいたい……、ひとりを通したい、それだけのことさ。

それはぼくの考え方で、別の考え方も当然あるだろう……。例えば目の前にして失礼だけど、ここにいるまっちゃんは、ひとりよりも人びとともに、人びととのつながり、組織をつくり、それに入り、それをつよく大きくしてその力によってこそ、まっちゃんの考える大切なことを実現できると確信している、……それも一つの考え方で、そういうまっちゃんの生き方だってあってよいし、私はそういうまっちゃんも、むしろ尊敬さえしているんだがね、……わかるかね？……」

その時もろに感動してしまった私は、その夜丸山宅でのその後のことは全然おぼえていない。

二

帰宅してめっぽう寒くなり、お湯わり焼酎を二、三杯あおって考えた。

丸山の幾度ものアドバイスにもかかわらず、某青年から私は何の相談もうけなかったのは有難かった。うけたとしても、丸山の答え以外の答えが私にあるはずもなかった。

私はその日のことを誰かに話したくなって困った。一ばん話してやりたい伴侶の瑞枝はすでにこの世にいないのだった。とたんに胸の中を木枯しが吹きすぎていくような、底しれないさびしさに私は殆ど呻いた。よい友人を持ったという、つい先刻までの幸福感が、たちまち木枯しに吹き消されてしまうのに、私は慄然としてしまった。（一九八四・一〇）

〔『一石通信』二二号、一九九〇・九、「という人とのこと（第四回）こがらし」〕

第二節　洋　上

島という人——『労働新聞』と兄の逮捕[*1]　†

一九三一（昭和六）年冬から翌年春にかけてのひところ、私は『労働新聞』のガリ版切りを手つだったことがある。

東大生だった兄が駒込神明町に下宿していて、私はそこに同居していた。すぐ近くに〝ます屋〟という母親と娘二人だけでやっていた実に感じのいい食堂があって、なるべく遅くたべる朝めしが十銭、いくらか早めにする夕めしが十五銭で、計二十五銭、兄と二人で一日二食五十銭の食生活だったから、重いものを持って坂みちを登る折など、足に力が入らなくて苦笑したりする日々だった。

同じ神明町で、私たちの下宿から目と鼻のところに染物店があり、その二階をやはり東大生で、兄とは仙台二高時代からの親友だった石川二郎[*2]が借りていて、そこが『労働新聞』の印刷所になっていた。かなり立派な謄写版印刷機一式や沢山の用紙類などがそろっていて、そこでガリ版切りや、印刷作業、仕上った『労働新聞』の仕分けなどをするのだった。

『労働新聞』の仕事が一通りしあがると、鯛焼三個を買ってきて三人で一個ずつ喰べて、染物店の女主人のいれてくれるお茶をのんだ。そしてせいぜい低い声で「インタナショナル」を合唱するのだったが、それは大抵夜分かなり遅くだったから、今から考えると少々乱暴な警戒心不足の気もするが、そのしめやかな合唱にはそのつどぞっこん感激したものだった。

のち、兄や石川二郎がともに検挙された直後、私は早速染物店へ行って謄写版一式やそのほかの何から何まで、揮発油の空瓶までごっそりと大きなボール箱につめてよそへ移したのだが、数日して捜索に来た特高や警官に、女主人は私のことなど一言も喋らなかったのだから、ものしずかな中年女性だったが彼女は或は「シンパ」といった人だったのかもしれない。

それにしても今思うのは『労働新聞』はどれほど出ていたのだったろう。ガリ版刷なのだからせいぜい千部どまり、或は数百部でなかったかと思うがはっきりしない。

『労働新聞』は全協[*3]の中央機関紙で、全協はその下に産業別の組織があってそれぞれ機関紙を出していたと思うが、その一つ、印刷関係の『印刷労働者』が、『労働新聞』がガリ版刷りなのに活版刷なのはおかしいと問題になったりしていた。とにかく『労働新聞』がせいぜい千部どまりでなかったかというのは、当時の「全協」の力関係を示すものだったろう。

どこへ、どんなふうに、どういう人に配ったのだったかも、みんな忘れたが、私は詰襟の金ボタン服に下駄ばきという中学生の恰好で、『労働新聞』そのほかの印刷物で一ぱいのリュックサックをかついで、運搬役をひきうけたこともあった。足に力の入らないのに気づいたのは、たぶんそんなときだったのだろう。

兄も石川二郎も、ともに「Y」というものらしかった。「Y」は、おそらく「youth」の略で、そのころ、青年共産主義同盟員のことをいうのだった。「Y」の上に「おやじ」というのがあって「おやじ」の方は正式の党員で、「おやじ」の人たちは桁ちがいにえらいことになっていた。私は幾人か、その桁ちがいにえらい「おやじ」の人びとを知ったが、その中に「中西」[*4]「山本」などという人がいた。その「中西」のすすめで、はからずも無線電信講習所[*5]に入ることになった。

島という人も、その「おやじ」の一人だった。私はほんの一、二度しか会っていないと思うが、しずかな物言いをする人で、およそえらぶるところが全然なかったので、逆に、私にはこういう人こそ、ほんとうにえらいのにちがいない、と思われた。兄や石川二郎が「島さん」とよんでいたので、その人を私は島という人と思ったのだが、勿論それは本名であるはずもなかった。

〔執筆年不詳〕
〔未発表、「島という人」〕

*1　兄　永山公明（一九一一―一九七三）　東京帝国大学経済学部卒。在学中、全協（*3参照）傘下の日本通信労組の活動を支援していたときに、有賀勝[*6]の手引きにより検挙、拘留される。一九三四年、新聞聯合社（現共同通信社）に入社。労働組合副委員長、同社理事。のちに山形テレビに就職、在職中に死去。
一九三一年「永山商店」の倒産後、公明は東京帝国大学に入学して下宿していたので、永山は上京して兄の下宿に寄寓し、家庭教師をしながら受験勉強をはじめる一方、永山一家の落ち着き先を探した。一家は一九三

二年一月、小樽を引き払い、東京小石川（現文京区）の借家に移り住む。父は「大正かまど」（鋳物製で、従来の据え置き型でなく持ち運びのできる煮炊き用の道具）の委託販売をして暮らしを立てるようになった。兄の逮捕は、永山一家の移住後まもなくのこと。

＊2　石川二郎　東京帝国大学在学中、公明とともに全協日本通信労組で活動。

＊3　全協　日本労働組合全国協議会の略称。産業別組合の統一体として一九二八年に発足。日本最初のプロフィンテルン[＊7]加盟組合。大衆的基盤を欠き、内部対立が続いたが、一九三二年の東京地下鉄スト（モグラ争議）の指導は有名。弾圧とスパイ活動により、三六年消滅。

＊4　「中西」　第一章第二節「真夜中の灰皿」参照。

＊5　無線電信講習所　官立無線電信講習所（通称「目黒無線」）、現電気通信大学。

＊6　有賀勝（一九〇六―一九四四）　長野県出身、東京帝国大学卒。全協日本通信労組の常任オルグ。四〇年検挙され、豊多摩刑務所在獄中に死亡。

＊7　プロフィンテルン　赤色労働組合インターナショナルの略称。一九二一年、コミンテルン[＊8]の指導のもとにモスクワで結成された国際組織。全協が加盟していた時期もある。コミンテルン第七回の方針により一九三八年に解散。

＊8　コミンテルン　共産主義インターナショナル（一九一九―一九四三）の略称。レーニン指導下で設立された、世界の共産主義運動の統一的な国際組織。第七回大会（一九三五）で反ファシズム統一戦線を提起。一九四三年解散。

始めのころのことなど――目黒無線　†

一

昭和七〔一九三二〕年四月、目黒〔目黒無線。前ページ＊5参照〕の入学式の日、最初に口をきいたのは森田正男[*1]で、彼の生地佐賀県鹿島を私は全然知らず、私の北海道小樽も彼とは無縁だったが、東京高師〔東京高等師範学校〕に合格しながら奨学金が出なくなって断念したという彼の話を聞き出して私が同情し、反対に一高入試に落第して胸がスカッとしたなどと粋がった私に彼が興味を示して、以来教室で隣どうしに坐ることになった。二年間、それがつづいた。

入学式の次の日の朝、顔を洗いながら、数学だけが好きという彼のとっつきにくい顔を思いうかべて、一瞬思わず涙が出たことを記憶する。

私は彼と親しくなるために『葉隠』を読み、数学者ガロアの伝記を探したりしたが、なかんずく私がつよくすすめて岩波の講座『数学』を購読させたことで、いくらもなく彼の下宿に出入自由自在となった。彼ももっぱら数学の本をかかえて、度々小石川の私の家に来た。

学校の掲示板に授業料滞納者として私の名が出たとき、彼が私に何もいわずに立替払いをしてくれていたのにはおどろいた。私たちは親友になり、或いは親友以上になった。

目黒卒業後、彼は同じニューヨーク航路の関東丸に、少しおくれて私は姉妹船の関西丸に乗船し、太平洋で東西にすれちがう数日間、そのつど深夜をねらって周波数を変え、トンツーで「密談」を楽しんだ。その楽しさは、何という楽しさだったことだろう。

昭和十四（一九三九）年四月森田正男は栗林商船神瑞丸に乗船中福島県小名浜沖で遭難殉職した。それはたぶん私の生涯のいくつかの大きな不幸のほとんど最初のそれといってよかった。

二

しかし目黒の同期生同級生のうち、私が最初に知った、精確には顔をおぼえたのは園部茂[*2]だった。というのは目黒に入る以前に、本郷の第一外語学校にあった受験予備校で、彼をみかけていたのだ。たしか後に東京市立一中ときいたと思うが、ダブルの上衣にネクタイというハイカラな彼の制服姿に私は目を瞠った。そして何かの折にほんの一言、二言、言葉をかわして、きれいな東京弁に驚嘆し、また意外に慇懃な応待に感激もしたものだった。

目黒の入学試験で例の制服をみつけ、次いで入学式に彼が来ているのに、私はびっくりした。こういう因縁はやはり大切にしなくては、と思った。

ほどなく機会をつかまえて、第一外語のことを彼に話した。彼はその事実をみとめたが、果して私のことなど全然おぼえていなかった。しかし音楽の話が出てそれがはずみ、パデレフスキーのレコードをきかせるから一度来いと言われて私は驚喜した。

随分探しまわって園部宅を初めて訪ねたとき、「近くに武富時敏[*3]の邸があった」旨を言うと「この家がそうなんだよ」との答に私はびっくりした。更に彼自身が武富時敏の孫ときかされて私は二度びっくりした。

帰宅してそのことを告げると、両親は私以上にびっくりした。大隈重信のファンだった父は、清節無双の政治家と武富時敏を言っていた。

母方の私の祖母の弟（大叔父）が以前市ヶ谷加賀町に住んだことがあり、その夜早速母が電話で確かめると母の従弟たちの幾人かが、園部の幼年時代を知っていてこれにもおどろいた。

私の目黒入学の直前、当時東大生の兄が検挙されたりして、両親は私の友人関係に神経質だったが、紅木屋公爵（世間は武富時敏をそう呼んで称えたという、由来は忘れた）の孫である彼との交遊は全く公認された。他方日露戦争で二百三高地攻撃に参加し、その後函館要塞司令官をつとめた大叔父は退役陸軍少将だったが、その親戚ということで私もいくらか園部家の信用をましたらしかった。園部宅に私は自在に出入し、同様彼もまた幾度か私宅に来てくれた。

ある日、古武士然とした何とも立派な老人と門前ですれちがい、彼にきくと祖父の漢詩仲間で蔵原惟郭だと教えてくれた。牢屋にいる息子を自慢する変わった人物だ、とも言った。当時私は、その息子蔵原惟人[*4]の『芸術論』に心酔していたので手持の本を早速園部に貸した。

目黒を卒業した私に、園部は例のパデレフスキーのレコードを記念にくれた。レコードといえば彼がプロコフィエフの「鋼鉄の流れ」を買って来て二人でくり返しかけて一日中聴きつづけたことがあった。園部とも私は親友になり、或いは親友以上になった。

ところで大隈内閣の逓信大臣、後に大蔵大臣だった武富時敏は大隈とならぶ郷党出身の名士として佐賀県人の景仰の的だった。そのことに気がついて私は天にも昇る、といった気がした。果して森田は、是非一度謦咳に接したいといい、私から園部に頼みこんだ。園部は簡単に承知してくれた。武富時敏は感激一ぱいの森田青年と、一刻佐賀の話に興じたと後に聞かされた。

園部にもらった『武富時敏』（武富時敏刊行会、一九三四年）は戦災で亡失したが、さながら「虚室絶塵想」といったスナップ写真は今も私の手もとに残っている。

とにかく、こうしてそのはじめのころ森田、園部、私の三人は格別に親しいなかまとなった。山下功、*5 宮路貞純《さだずみ》が、*6 のちに加わった。

三

昭和九（一九三四）年七月、森田の関東丸を追いかけるように、関西丸で私がはじめてロスに向け横浜を出帆したとき、園部から電報をうけてまだ目黒の学生だった彼と東京で会った。私に渡してくれと、森田から金を預かっていると言うのだった。百円足らずの金額だったと記憶するが、とにかく何十何円何十銭という、端数のついた金額で、森田が持ち金全部をはたいて残してくれたのは明らかだった。

私から借金していて、その返済金だと言っていたという園部に、私は森田に金を貸したことなど後にも先にも一度もないこと、またそういうのが森田のやり方であることを詳しく話したが、私が話し終わると、園部は急に顔を赤くして、「森田ってホントにいい男だなあ」と言いざま、ぽろぽろと涙をこぼした。私より先に園部が涙を出したことに、少々あわてながら私は感動した。

その時と、それからかなり後だったと思うが、若く亡くなった妹さんについて「可哀想だった」と話してくれた時と、少なくも二度、園部の涙を流した顔をみていて、それが重なって、私は今もまざまざと思い出す。

晩年はお互い消息もとだえがちで、不慮の訃報も宮路貞純からきかされた始末だが、園部茂の思い出となれば五十枚でも百枚でも書きつづられそうである。

きりもないみたいなので、とにかく今回は、はじめのころのことに限ることにした。（一九七六・九・二九）

（『三四会ニュース』[*7]（号数不明）「はじめのころのことなど」）

＊1　森田正男（一九一四―一九三九）　福岡県出身。官立無線電信講習所の同期生。
＊2　園部茂（?―一九七三）　東京都出身。官立無線電信講習所の同期生。一九三九年、日本放送協会勤務、四六年の放送争議の委員長を務める。交通事故で死亡。
＊3　武富時敏（一八五六―一九三八）　九州改進党の結成に参加、佐賀県会議員を経て、明治二三年衆議院議員。第一次大隈内閣書記官長、第二次大隈内閣逓信相・蔵相を歴任。
＊4　蔵原惟人（一九〇二―一九九一）　文芸評論家。東京外語学校（現東京外語大学）露語科卒。一九二九年日本共産党入党。戦前のプロレタリア文学運動の指導的理論家。戦後は共産党の文化政策の指導者となる。『芸術論』（一九三二）『小林多喜二と宮本百合子』（一九五〇）他、著書多数。
＊5　山下功（一九一四―）　鹿児島県出身。官立無線電信講習所の同期生。

＊6　宮路貞純（一九一四―）　東京に生まれる。官立無線電信講習所以来の永山の友人。一九七三年、国洋海運を停年退職するまで、戦時中の一時期を除き、海上での労働運動を続けた。現在、鹿児島県出水市在住。船舶通信士労組特別組合員。
＊7　『三四会ニュース』　官立無線電信講習所の一九三四年卒業者の同窓会機関誌。一九七六年一〇月創刊、七六年一〇月より、『三四会だより』と改名。

真夜中の灰皿[＊1]

平野謙著『「リンチ共産党事件」[＊2]の思い出』（三一書房、一九七六年）を読んで、私は幾度か、かなりのショックをうけた。

同時にその一方、今の私などより、もっとつよくショックをうけた人、或いはうける人が幾人もいるにちがいないとも思った。やはりそれは、痛ましいというか、一種気の重くなるといったことだった。

ところが、そういう誰彼を思いうかべるなどしているうちに、案外そうした人びとは、平気なのかもしれぬ、とも思えてきた。みんな先刻承知といった顔つきをして、照れかくしみたいに苦笑するだけかもしれないという気がしてきた。ひとりつんぼさじきにおかれたような味気なさで悄気こんだりするのは、私などだけかもしれないと思われた。

しかし、私自身がショックをうけたことは、事実であった。あの当時、つまり一九三四（昭和九）年の初めころだったろう、その「リンチ共産党事件」を新聞で知った時のショックと、変らないほどのショックと思われた。

いや、つよさというとちがうかもしれぬが、いってみれば深刻さということでは、二番煎じの今度の方が、一そうショックだったという気もした。更に考えてみれば、同じショックといっても、昭和九年の時のと、今度のとは、質的にちがうのかもしれなかった。その通り、たしかにちがうようであった。

いずれにせよ、そんなふうにあれこれ考えるのも、ショックのあまりにはちがいなく、およそ楽しいことではなかった。

もっとも『「リンチ共産党事件」の思い出』を読んで、私はショックをうけただけでもなかった。数えてみると四五年ほどむかしのことを、次々と思い出したり、またそれらについて、改めていろいろ考えさせられたりもした。やはり、懐しいというようなことでもあり、反面、古傷を自身まさぐってみて、気のつかなかった別の傷口をみつけるというようなことでもあった。併せて私なりの感慨といったものも、何がしかあるのはたしかであった。

それで私は、そういうことのいくつかを、思いつくままに書いてみることにした。私自身に対しても、私なりに何かを確かめてみたいという気もしたのである。

懐かしいといえば、例えば「中西こと小畑達夫*3」というのがまずあった。「リンチ共産党事件」の主役のひとり小畑達夫が、中西という名で私が知っていた人にちがいないことは、昭和九年春の新聞記事、それに記事とともに出た写真で、当時から承知していることであった。しかし、活字ではっきりとそれを読んだのは、平野謙の今度の本で、初めて読んだように思われる。それはやはり、懐かしいというもののようであった。

平野謙は、私が「中西こと小畑」を知る昭和七年春の少し前に、小畑と一緒に仕事をしていたようで、他方横山不二夫[*4]は、私がきいた記憶によれば、逆に私より少し後に、小畑とともに働いていたようである。

私は横山不二夫からそのことをきいたとき、エライ労働評論家と思っていたのに、それなら私の〝後輩〟になる勘定ではないかなどと冗談口をきいたが、それまで何か近づきがたかった彼が、急に身近かに感じられて、それ以来親しくなれたような気がする。

明治神宮の内苑で、横山と二人列んで撮った写真が、今も私の手もとにあるが、そんなことで横山と親しくなってから、新型カメラをもらったとかいう袴田里見[*5]が撮ってくれたものである。

そのずっと以前、コミンフォルム批判[*6]の前になるが、袴田の下で働くようになってまもなく、私は袴田に、左翼になった経緯をきかれて、袴田の査問した小畑が、私の先生みたいなものだったと答えた。袴田は少しはびっくりしたらしく、「ホウ」と言ったが、それだけで、私の説明した以上に、そのことについていろいろ問い質したりなどしなかった。またそのために、私が何がしか疑いをうけたり、急につめたく扱われたりなどのことは、私の記憶のかぎり、何ひとつなかったと思う。横山と小畑とのことも、私は話したような気もするが、私たち二人の写真から考えると、袴田は知っていたように思う。

ところで私が「中西こと小畑」を知っていたというのも、中身といえばその当時、二、三回会って話したことがある、というだけのことである。それについては、いずれ後にまた書くつもりだが、しかしその出会いはとにもかくにも、私にとっては生涯にかかわるような意味をもつことになった。

私は無線電信講習所なるものについて、小畑によって何がしか、より詳しく知り、また小畑にすすめられ（？）て、その年の四月そこに入学し彼の指導によってR・S[*7]をつくり、翌々昭和九年三月卒業して通信士の免状を得、船舶の無線技士になったのだからである。

事実としてそういうことがあったのだから、勿論私は『「リンチ共産党事件」の思い出』を読んで、初めてそれを知ったわけではない。だからそのことは、必ずしも平野謙の今度の本と直接関係のないことだが、しかもこの本で「中西こと小畑」についていくつか新たに知ることもあって、私は改めてそのことを考えてみないわけにはいかなかった。

というのはつまり、この本によれば、小畑達夫は「昭和六年六、七月ころ」万世橋署に検挙されて以来、当局のスパイであったというのである。いってみればそれは、私にとって青天の霹靂であった。昭和九年はじめの新聞記事で、私は「中西こと小畑達夫」がスパイとして断罪されていたことに、びっくり仰天した。

しかし、よし小畑がスパイだったとしても、少なくとも私が会ったころの小畑がスパイであったとは到底信じがたかった。

小畑がスパイだとしても、その後スパイになったのであって、私が会ったころの小畑はスパイでなかった。私はそう信じたかったし、またそう信じた。或いはそれは私の希望的観測かもしれなかった。しかしより以上に、希望的観測でないかもしれなかった。当時私は私なりに、私の知ったかぎりの小畑についてあれこれと考えてみて、私はそのころの小畑がスパイだったとはどうしても考えられなかった。そこで私はそう信じ、今日までそう信じつづけてきた。

私は袴田里見に小畑につき話した時も、その私の考えを言ったのだと思う。今日、こんなことを軽々しく言うのは憚られる気もするが、私なりの記憶では袴田も私の考え方を否定しなかったような気がする。

「それは、そうだろう」程度のことだったと思う。あくまで私なりの、それほどさだかでない記憶である。

更にいえば、私を気落ちさせないために、袴田が調子を合わせてくれたのかもしれないが。

ところで平野謙によれば、小畑は「昭和六年六、七月ころ」からスパイだったというのだから、昭和七年二、三月ころ私と出会った時にはすでにスパイであったわけで、つまり私は、主観的にはともかく、客観的にはスパイに踊らされて、無電講習所に入り、卒業し、無線技士になったことになるのであった。このことがやはり、私に一つのショックとなったのは、きわめて当然のことであろう。

二日がかりで『「リンチ共産党事件」の思い出』を一読し終わった夜、たまたま訪ねて来たUに、読後の昂奮をもてあましていた私は、早速このことについて語らぬわけにいかなかった。UもUなりに、思いがけぬ私の話にびっくりしたようであった。Uの持参したウイスキーは上等だったので、明け方近くまでいろいろと話したあげくに、いささか感傷的になって私は言った。

「……というわけで平野謙によれば、海員運動にかかわった私の生涯は、その実スパイに踊らされてのことだったということになる。私は「スパイ」小畑をうらむべきか、或いは「スパイ」小畑に感謝すべきか。とにかくショックだったね……」

しかし、考えてみるまでもなく、そんな台詞そのものが今更おかしなことだった。そう私が話しかけるUにしろ、私が無線技士にならなければ、私と知り合うべくもないのである。また今ここに書くこの文章を読まれるむきのおおかたも、私が船員にならなかったとすれば、私の文章などを読まれるはずもないのである。私は「スパイ」小畑を到底うらむことはできず、反対に「スパイ」小畑に感謝するほかないのであった。

そしてその感謝のあまりか、『「リンチ共産党事件」の思い出』を、私はまことに感銘ふかく読んだのであるが、この点に関するかぎり、私には年来愛読してやまない平野謙に必ずしも同じがたいものがあるのである。

それと、もう一つつけ加えれば、私がこの本でショックをうけたのは、〝小畑昭和六年来スパイ説〟もであるが、それよりも一そう、巻末の「袴田里見供述調書」であった。〔執筆年不詳・未完〕

〔『星星之火通信』二号、一九七七・六・二四、〈誰かに話したかった話〉欄「真夜中の灰皿（1）」〕

＊1　永山正昭「石母田正のこと」（『石母田正著作集』第十一巻、月報）に重複する記述がある。
＊2　リンチ共産党事件　一九三三年一二月二三日、日本共産党中央委員、大泉兼蔵・小畑達夫をスパイとして、宮本顕治・袴田里見らが査問中、小畑が急死した事件。「スパイ査問事件」ともいわれている。
＊3　小畑達夫（一九〇七―一九三三）　秋田県大館中学校中退。日本共産党中央委員。全協中央委員。三三年一二月、スパイ容疑で査問中に死去。
＊4　横山不二夫（一九一〇―）　戦前、全協で活動。戦後は信夫清三郎、森長英三郎らと産業労働調査局をつくり、活動。労働問題にかんする論文多数あり。
＊5　袴田里見（一九〇四―一九九〇）　青森県出身。攻玉社中学中退。北海道で労働運動に参加。モスクワの東洋勤労者共産主義大学（クートベ）卒業後帰国。宮本顕治らと大泉兼蔵・小畑達夫を査問した件で逮捕・入獄。敗戦後党再建活動に参加し、中央委員、政治局員、書記局員などを歴任。七八年、規律違反で共産党を除名。
＊6　コミンフォルム批判　一九四九（昭和二四）年の総選挙で共産党は三五人の当選者を出した。しかし三月、日本経済安定九原則、いわゆるドッジ・ラインが発表され、大企業を中心に従業員の大量馘首がはじまった。占領軍総司令官マッカーサーは七月二日「日本は不敗の反共防壁」と声明、左翼労働運動の活動家が第一の標的となった。人員整理の最大のものは南満洲鉄道・朝鮮鉄道からの引揚者を吸収した国鉄であった。七月に下山事件[＊8]、三鷹事件[＊9]があいつぎ、八月には松川事件[＊10]が発生した。

騒然たる世相のなか、翌一九五〇年、コミンフォルム（共産党および労働者党情報局・一九四七―一九五六）の機関紙は、野坂参三の名をあげ、日本共産党の平和革命方式による活動路線を公然と批判した。この「批判」の受け入れをめぐって、共産党では幹部が、徳田球一、野坂参三、伊藤律などの「所感派」（主流派）と宮本顕治、志賀義雄などの「国際派」に事実上分裂し、やがてこの対立は、党組織のほとんどすべてにおよんだ。

講和条約発効後の一九五五年七月、日本共産党第六回全国協議会（六全協[＊11]）は、武装闘争の放棄を決定し、党の統一を回復する。

＊7　R・S　「リーディング・ソサエティ」（読書会）の略称で、当時の学生仲間の左翼グループのこと。永山によると、学校では、まずR・Sをつくれというのが合言葉で、一九三二年に目黒電信講習所に入ったときも、それが彼の第一の任務だったという。詳しくは『という人びと』九二ページ、参照。

＊8　下山事件　一九四九年七月六日、日本国有鉄道（国鉄）の初代総裁下山定則が、常磐線綾瀬駅付近の線路上で轢死体となって発見された事件。国鉄がドッジ・ラインにもとづく人員削減に着手し、第一次三万七〇〇〇名の通告をおこなって、国鉄労働組合が反対闘争に移ろうとした矢先のこと。共産党員、労組員の犯行を匂わす報道が出、自殺・他殺両説があったが、迷宮入り。

＊9　三鷹事件　一九四九年七月一五日夜、国鉄中央線三鷹駅構内で無人電車が暴走して死傷者を出した。容疑者として逮捕された共産党員一一名は裁判の結果無罪となったが、非党員の竹内景助に死刑が宣告された。竹内は無罪を主張。再審請求を出したが六七年東京拘置所で病死した。

＊10　松川事件　一九四九年八月一七日、東北本線松川―金谷川間で列車が転覆、三人が死亡。行政整理の強行、労使対立の激化のなかで、上記二つの事件とともに、共産党の破壊工作と見なされ、二〇名の逮捕にはじまる長期の裁判があったが、最終的に全員無罪が確定、戦後日本の最大の冤罪事件となった。ＣＩＡ陰謀説もあるが、真相は不明。

＊11　日本共産党第六回全国協議会（六全協）。一九五五年七月二七―二九日の三日間開催された。五〇年以降の党分裂に終止符をうつはじまりとなった。

ニューヨーク航路　†

一九三四（昭和九）年から三六年にかけて、私は岸本汽船関西丸[＊1]の無線電信次席通信士として乗船勤務、香港／ニューヨーク定航。イーストサイド一ヶ月、ウエストサイド二ヶ月、三ヶ月で一航海、年三回（なかに入渠があった）。イーストサイドでは清水、神戸、大阪、門司、基隆、釜山、仁川、大連、マニラ、イロイロ、シンガポールなど、ウエストではニューヨークを基地に、東はボストン、西はボルチモア、フィラデルフィア、ニューポートニュースなどで、延日数でいうと、ニューヨークには（今とはちがって）ほとんど一ヶ月近くいたので、私は横浜（すぐ、東京へ行くせいでもあった）よりもニューヨークの町並の方が詳しいくらいなのである。

私のニューヨーク航路体験は四航海、二年足らずだったが、ブルックリンの夕刊売少年とその家族、ボストンほかの美術館職員とその友人たち、ARTA（アメリカン・レジオテレグラヒック・アソシエーション）や全米海員組合を通じて知った人びとなど、知人友人が三、四十人もできたかと思う。彼らの幾人かは私を自宅に泊めてくれ、パーティに招んでくれた。ARTAの集会でスピーチを求められ、私の下手な英語のそれに涙してくれる聴衆がいて私の方がたまげた。大胆にも、すすめられて、機関紙『ARTA』に、私は「Radiomen's Movement in Japan」を寄稿した。

マッケイレジオのストライキ闘争に、私は〔僚船に乗船中の〕友人によびかけて支援を訴えたが、『逓信公報』に「最近我が国船舶無線電信技士にして、マッケイレジオのストライキに協力する者あり……是の如きは帝国政府の威信に関するものにして……云々」の文章が出たのにはびっくりし、苦笑するしかなかった。

私の得たアメリカの友人たちは、実にすばらしい、よきアメリカ人そのものであった。アメリカ政府、アメリカ政府要人などにはいやな奴が多いが、私の知ったアメリカ人庶民は全くすばらしい人たちだった。

けれど、日米戦争は、私のアメリカの友人、知人たちの消息を完全に断絶してしまった。例外が一つある。初航海でロスアンゼルスで知った日系内海牧師（彼は最後の航海の時『サンフランシスコ大争議の全貌』という原書を私にくれた）が、戦後米占領軍通訳として来日したとき、たまたま国会に喚問された私の名が新聞に出たことから、新聞記者の好意で再会した。彼は私を文字通り抱擁し、顔中にキスして涙を流した。私も涙潸然となった。（一九九〇・七・一二）

〔未発表・原題不明〕

〔編者補記〕

当時の状況を、おもに船舶通信士労働組合の『船舶通信士の歩み』（一九七三・七）から概観する。

昭和初期の日本の海員組織は、甲板部（甲板長、操舵手、甲板員など）、機関部（操機長、操機手、機関員など）、司厨部（厨房長、厨房手、厨房員など）の「一般船員」からなる「日本海員組合」（小林三郎氏の指摘による）と、船長、機関長、航海士、機関士および通信士の「高級船員」からなる「社団法人・海員協会」に分かれ、この二組織が、政府の慫慂と補助金によって成立した（一九二六年）「海事協同会」のもとで、船主協会と協議し、基本的な労働条件を決定していた。

また当時の海運業界は「社船」（日本郵船と大阪商船）と「社外船」（前記二社以外の船会社）に分かれ、海員組合、海員協会とも、社船・社外船の乗組員が中心であった。

一九二七（昭和二）年、社外船の大停船ストにより、普通船員の最低賃金が成立した。

一九二八年には高級船員の協定賃金が制定されたが、無線技士は除外された。ようやく一九三〇年に、海員協会は無線技士の賃金協定をおこなったが、他の高級船員の協定にくらべて著しく不利なものであった。

　無線技士の不満は高まり、一九三二年には、任意団体「無線技士倶楽部」を結成、無線技士の連帯を強めるため、一九三三年、求職者同盟を成立させた。

　求職者同盟とは「数少ない就職乗船の口を多くの求職者たちが、順序よく、かつ賃銀低下を来たさないで乗船して行く」(『船舶通信士の歩み』五ページ)ための同盟であり、「求職期間の長い者からの順位制と、経験年数の多い者が大型船という割当てが自ら原則となり、自主的な統制を守り、あらゆる情実や、船主の任意選択を防ぐということを組織的に行うということが申合せとなって行った」(同)という。

　その実行は困難であり、さらに海運不況が続いていたため、一九三五年まで、会員の失業者は減っていない。求職者同盟のリーダーたちは、船員職業紹介所の窓口に一日中椅子を持ち込んで、求職者ひとりひとりを説得する活動を続けた。

　無線技士倶楽部は、求職者同盟の拡大で力をたくわえつつ、一九三四年七月に、基本的な待遇改善、すなわち最低賃金制確立へ向け、停船ストをおこなうべく準備をすすめた。

　永山は、一九三四年春に、乗船の順番待ちの仲間に加わるとともに、無線技士倶楽部大阪支部の堤三郎[*2]の下で、この闘争に向けた活動に参加した。おもにビラ書きであった。しかし、小林亨[*3]らに、「君の出すビラは、当局から非常に睨まれている。君が書くとよけい弾圧をくうから船に乗ってほしい」と頼まれ、関係者と相談の結果、同年七月、岸本汽船の関西丸に乗船したのだった。

　停船スト予定日の直前になって、無線技士倶楽部の幹部は、神戸本部だけでなく、小樽、青森などでも相次いで検束され、ストライキ指令は出されなかった。しかし、海上の無線技士たちは所謂「山猫スト[*4]」に突入し、停船通告をおこなった船は百数十隻におよび、下船を表明する無線技士に一般の乗組員の支持は高く、「拍手を以って激励する場面が各船で見られた」(同)という。

　停船スト自体は成功とはいえなかったが、八月、無線技士の最低賃金は、要求額を下回ったものの、制定されることになった。

　このストで自信を強めた無線技士倶楽部では、「無線技士の問題は無線技士みずからの手で」というスローガンが浸透し、一九三五年一〇月の第四回無線技士倶楽部総会で、海員協会から脱退し、独立した労働組合「日本無線技士会」として発足することを決定し、永山も常任委員に選出された（＊1も参照）。かれは、無線技士会の結成には全面的に賛成したが、「無線技士独行主義」の強まりに危惧をいだき、船中から論文「独立後の問題」を、北川次郎名で、機関誌『無線通信』に投稿した。この論文が米山大甫の目に留まり、神戸寄港時に、海上の共産党グループのリーダー、増田正雄[*5]に紹介された。

＊1　岸本汽船関西丸　目黒無線を一九三四（昭和九）年に卒業した永山は、日本放送協会（現NHK）北海道支局への就職を希望したが叶えられず、全協日本通信労組の筋の紹介で、大阪の無線技士倶楽部を訪れ、船舶通信士運動のリーダーの一人、米山大甫[*6]に会う。この出会いが、海上労働運動にほぼ生涯を投入する端緒となった。永山は関西丸に一九三四年から二年間乗船し、海上生活はそれで打ち切られた。一九三五年の無線技士会第四回総会で、常任委員に選出されたためである。

＊2　堤三郎　無線技士運動のリーダー。一九七一年没。

＊3　小林亨　無線技士運動のリーダー。一九三七年、積丹岬沖で遭難、殉職。

＊4　山猫スト　ワイルドキャット・ストライキの訳語。労働組合員の一部が、組合の中央執行機関の承認を得ず、もしくは組合全体の意思を無視しておこなうストライキをいう。（平凡社・大百科事典）

＊5　増田正雄（一九〇八―一九四四）　静岡県出身。東京高等商船学校（現商船大学）卒、航海士。卒業後、全協海員港湾労組の指導にあたった。のち、アメリカ共産党と連絡し、文書を国内に流して検挙された。一九三六年から三九年まで静岡の刑務所で在獄。一九四四年、日寅丸二等航海士として乗船中、東シナ海で戦死。増田の逮捕の状況については、本書七三ページ、〔編者補記〕参照。

＊6　米山大甫（一九一〇―一九四三）　全協海員港湾労組に所属し、新聞『突堤』を発行した。三三年、陸軍御用船停船の件で神戸憲兵隊に検挙される。三四年、無線技士争議を指導。無線技士会常任委員、海員協会情報部長、理事。建国丸に乗船中戦死。

海上人民戦線へ †

一九三六年五月。世界中にファシズムがあれ狂い、これに対抗して反ファシズム統一戦線の結成が各国労働者階級の課題となっているいま、われわれ無線技士の運動もこのままでいいのだろうかという趣旨の意見書が編集部によせられ、私は感激してそれを小論文に書きなおし「海上人民戦線へ」という題をつけて、雑誌『無線通信』昭和十一年七月号の巻頭に掲載した。[*1]『無線通信』はいまの船通労の前身、当時の日本無線技士会の機関誌で、そのころ私が編集に当っていた。

今、読んでみると、とにかく生硬で気おいばかりという未熟なものだが、その時は米山大甫に、時節柄適切なトップ論だとほめられたりして、私はいくらか気をよくした。

ところがその後、増田正雄に、「あれはまずかった、出して了〔ママ〕ったものを今更仕方もないが以後気をつけるように」とかなりきびしく私は注意、というより叱責ないし批判された。

増田は私に、まず題名がよくないと言った。「人民戦線」などという言葉を使う必要はないし、使わない方がよく、それよりも使うべきでないと言った。「人民戦線をつくる」とか、「人民戦線をつくれ」とかは、禁句としろ、とも言った。

しかしそのころ、「人民戦線」の運動は一般の雑誌、新聞などでも紹介され論じられてもいたから、私は納得いかなかった。増田はそんなことはどうでもいい、私たちのあいだでは禁句だと言った。

そこで私はよその『労働雑誌』誌上の、「日本における人民戦線」という座談会で、司会者の小岩井浄《きよし》が、[*2]ヨーロッパ各国とは事情のちがう日本では、人民戦線運動というのは成功しないのではないか、云々との発言に対し、出席者の一人の米山大甫が、そんなことはない、日本だって人民戦線はできる、いや、私（米山）がつくってみせます、と言明していることを言うと、増田は「あれもまずい、『労働雑誌』の連中も困ったものだよ」と苦笑した。

その年の夏、いや秋のはじめだったか、増田によびつけられて『労働雑誌』の内野壮児、[*3]佐和慶太郎[*4]の二人が東京から神戸にやって来たのに私はおどろいた。

増田の紹介で、この二人に私も初めて会ったが、あとで増田は「あの連中もようやく、よくわかってくれたよ」と笑って言った。〔執筆年不詳〕

〔未発表、見出し不明、抄〕

〔編者補記〕

ナチズムの脅威に対抗し、一九三三年にフランス、翌年にスペインで始まった「人民戦線運動」は、一九三五年、コミンテルン第七回大会でのディミトロフ報告[*5]「ファシズムの攻勢とファシズムに反対し、労働者階級の統一をめざす闘争における共産主義インターナショナルの任務」となり、大きな波紋をよんだ。

一九三六年には、岡野（野坂参三[*6]の別名）・田中（山本懸蔵[*7]の別名）の名前で「日本の共産主義者への手紙」[*8]が日本に持ち込まれ、知識人、労働運動活動家、学生のあいだに衝撃が広がっていた。敵対していた社会民主主義者と共産主義者がファシズムに対して共闘することになったのである。くわえて、一九三七年の総選挙では、社会大衆党三七名、日本無産党一名、計三八名の当選者が出、労働組合数および労働組合員数も過去最高となった。

軍部と治安当局は、準戦時体制へ向けて、国家体制の整備を進めており、運動の拡大にたして激しい弾圧をくわえた（いわゆる「人民戦線事件[*9]」）。

無線技士会では増田正雄の指導の下で、御園潔、米山大甫を中心に常任委員が討議を重ね、一九三七年の第六回総会で、「海員協会との合同を期す」という決議をした。

ついで一九三八年、「海員協会との合同」が成立した。しかし、これらの無線技士会総会は平穏無事ではなく、永山によると第六回総会では、「時局協力」の問題が大きくのしかかった（第一章第二節「皇軍感謝決議」と「合同復帰前後のこと」参照）。

＊1　永山の常任委員としての担当は「情報部」すなわち広報であり、活動の中心を、訪船活動[*10]と機関誌『無線通信』に沖の仲間たちの投稿を増やすことに置き、みずからも、北川次郎、米山大甫その他の名で積極的に論文を発表した。永山のおもな論文は「海上運動の戦線統一——川崎汽船争議の追憶」（『無線通信』二五号、一九三六・三）、「春祥丸紛争記録」（『無線通信』二六号、一九三六・四）と、左記の「説論　海上人民戦線へ」がある。

＊2　小岩井浄（一八九七—一九五九）　長野県出身。東京帝国大学法学部政法学科卒業後、河合栄蔵弁護士事務所の弁護士となり大阪で社会運動に参加。同時に、結成されたばかりの日本共産党に入党。大阪で市議・府議をつとめ、三四年に上京して『労働雑誌』の創刊に係わるとともに「反ファシズム人民戦線」の論陣を張った。再三の弾圧で転向、中国へ渡ったが、戦後帰国して復党を希望したものの認められず、愛知大学学長などをつとめた。

＊3　内野壮児（一九〇八—一九八〇）　長崎県出身。東京帝国大学中退後労働運動に参加、『労働雑誌』を発行。戦時中たびたび検挙。四五年に釈放され、ただちに日本共産党に入党。本部勤務員を経て『アカハタ』編集局次長。六一年、党批判声明を出して除名。六九年、労働運動研究所を創立。

＊4　佐和慶太郎（一九一〇—一九九九）　東京都出身。早稲田商業夜間部卒業後、報知新聞社に入社したが、社

会運動に参加して馘首された。三七年頃『労働雑誌』を内野壮児などと発行。戦後、雑誌『真相』を発刊。五八年共産党を離党。一貫して左翼ジャーナリストとして過ごす。

＊5　ディミトロフ（一八八二―一九四九）　一九三五年から四五年までコミンテルン書記長。その後ナチの占領と戦うブルガリア抵抗運動を指揮、一九四六年、ブルガリア首相になる。

＊6　野坂参三（一八九二―一九九三）　日本共産党名誉議長。九二年、党より除名。

＊7　山本懸蔵（一八九五年―一九四二）　一九二二年の創立時からの日本共産党員。ソ連で活動し、スターリン粛清によりモスクワで死去。

＊8　「日本の共産主義者への手紙」　日本での統一戦線をよびかけた手紙。コミンテルン第七回大会に参加した野坂、山本がモスクワで発表。一九三六年に石井勇[*11]がアメリカから日本へ持ってきたとされている。

＊9　人民戦線事件　一九三〇年代の日本の人民戦線運動にたいする弾圧事件。加藤勘十・黒田寿男代議士、山川均・荒畑寒村・鈴木茂三郎など労農派の理論家および合法左翼の活動家など四四六人が検挙され、日本無産党の結社が禁止された（三七年十二月―第一次）。三八年二月には第二次として、大内兵衛・有沢広巳・脇村義太郎などの大学教授を中心に三八名が検挙された。

＊10　訪船活動　停泊中の船を訪れ、情報交換、教宣活動をおこなうことをいう。永山は一九三四年、はじめて無線技士倶楽部大阪支部を訪ねたとき、北海道出身ということで上西与一を紹介された。上西から訪船活動が重要であることを諭され、それを忠実に守った。関西丸乗船中、一三二隻の訪船をし「……それがどれ程私自身の勉強になったことか」と後年述懐している。

＊11　石井勇（一九〇八―一九四四）　兵庫県出身。東京高等商船学校卒（現商船大学）。全協日本海上労組に加入して活動し、三六年、橘丸に乗船中「日本の共産主義者への手紙」その他文献の持ち込み、連絡にあたった。同年一二月に逮捕され、四二年に出獄、四四年、乗船中台湾高雄港で戦死。妻雪江は河野実[*12]の妹。

＊12　河野実（一九〇九―一九四四）　熊本県出身。東京高等商船学校卒。航海士。全協日本海上労組に所属して活動。一九三六年一二月検挙。四〇年出獄後、海上生活に復帰し、組織再建にたずさわる。太平洋戦争中の四四年、比島沖で乗船が撃沈され、戦死。

【資 料】

説論 海上人民戦線へ

KS丸 東海林太郎[*1]

一

不況の底に喘いでいる資本主義諸国の行詰り、と言うよりも、寧ろ資本主義制度そのものの自己否定としての、最早抜きさしのならぬ状勢の中で、経済的にも、政治的にも社会的にも、所謂不安の時代と呼ばれるのは、世界的に一般的なものである事が喧しく毎日我々の耳朶に触れる。

労働者大衆を奴隷的賃銀に依って搾り上げて生じた、尨大な、但し捌け口の無い商品の集積、買手の無い商品、かかる生産の無政府状態の繰返し、即ち資本主義的生産は、結局に於いて、パニックの繰返しでしかない。

不況に対する資本家的切抜けは何か、それは必定労働者大衆の賃銀の切下げ、馘首の頻発、詰る処は国民大衆の購買力の減退、そして、それは三百六十度一回転して、再び不況を「生産」する。

そうした不安の中から、労働者は団結する事を知り、それに依ってのみ、克く狂悪なる資本の攻勢に抗し得ること、我々の生活を支え得る事を学びとり、またそれを実践する。

繰返される不況の深刻化は、資本家の、我々に対する、ことに団結することを学びとった我々に対する、加重的な圧迫、政治的な干渉となって我々を威嚇してきた。それが、今後共益々烈しくまた露骨になるであろう事は自明でなければならない。

然し、強固な大衆の団結は、よくかかる圧迫に抗し得るのであるし、また資本主義制度そのものの危機を自覚せる資本家の、躍起となった狂暴な姿を、我々は今日の時代、ファシズムの嵐の中にみるのである。

既に、ファッショ国家と称するものにドイツ、イタリアがある事は衆知の事であるが、他の各国、フランスにしろアメリカにしろ、資本主義国家群のほとんどの国に於いて、ファシズムの傾向は歴然と存在し、数多のファッショ団体の簇生をみるのである。

ファッショ国家に於いて、即ちその本尊たるドイツ及びイタリアに於いて、ファシズムこそは、我々労働階級大衆の敵であるという事を、我々は明確に知る。ドイツに於ける労働組合は何等経済闘争を為し得ない組合になり下っているし、以前にもました、ほとんど文字通りの奴隷的生活水準に迄切下げられ、そうした、屈辱に対して何事も抗議し得ない組合、単なる御用組合でしかないのである。

思うに我々は、我々の自由を確保せねばならぬ。団結の自由、言論の自由、集会、出版の自由、こうした一切の自由、ことに確固たる階級的組合結成の自由は、単なる月給値上、単なる退職手当にも数倍する、貴重なる我々の財産であり権利であらねばならない。

かかる自由無しには、仮令我々の月収が現在に数倍しようとも、事実上奴隷への転落以外の何ものでもないのである。ファシズムはかかる一切の自由を奪う。言論の、集会の、出版の自由を奪う。就中ファシズムこそは、自覚せる労働階級に対する、武装した独占金融資本の、狂暴な攻勢、最後の足掻きであるが故に一切の階級的組合結成の自由に対しては、もっとも厳しき攻撃を加える。

此の故に、ファシズムこそは、もっとも大いなる我々の敵でなければならない。ファシズム独裁は、労働者農民に対する、一切の方向からの圧迫以外の何ものでもない。

ファッショ国家は、いみじくもその「実践国家」は、その事を自ら暴露しているのである。

成程、ファシズムは、ファシズム国家というものが一応デッチあげられた程の成功を示した。権力の成功は、何よりも民衆が動く事に依ってのみ可能の事である。一時的のものにしろ、ファシズムが大衆を動かし得たし、また動かし得るというその可能性は、実に彼等の、厚顔なるデマゴギーに依るものでしかない。

ともかくも、彼等が一時的の成功を為し得たのは、お先まっくらの、団結する事を知らぬ、小市民等の不安の中にデマる事に依って、彼等の支持を獲得した事は事実であるし、或いは、一部の労働者達すらも獲得し得たのである。ファシスト達は、労働者を利用する。反資本家的スローガンを時には掲げ、また或いは資本家の横暴をなじったりもするし、而も労働者農民の利益の為に、などという欺瞞も並べるのである。更に彼等は「民族性」すらも利用する。国内に於ける大衆の不平不満を、排外主義、極端なる国粋主義へと逸脱せしめる。それに依って、大衆の不平不満の捌け口を、外にふりむける事に依り、ファシズムそのものの反動性を蔽いかくす。ファシズムは、理論的にも、何等資本主義のアボリションを意味せず、資本主義そのものの反動的型態でしかない。数万の進歩的労働者や、インテリゲンチァ達が、その狂悪な圧迫の下に、虐殺され追放され投獄されているのを、我々は一連のファッショ国家に於いてみるであろう。ファシズムが、如何なる仮面のもとに現われようとも、全労働者階級の最大の敵である事は、疑い得ざる事実である。そして現在の我々の階級運動に於いて、如何にも労働者の利益を代表する如き大言壮語に依って、我々大衆の純真なる動き、その行動性を利用せんとするファシズムの傾向を屢《しばしば》みるのである。我々は、そのファシズムの反動勢力を警戒せねばならぬし、また、反動に抗する真の運動、反ファッショの広汎なる戦線に精力的に参加せねばならぬし、また我々自身の立場からその活動を展開しなければならない。

二

我々の無線技士会は、某氏の名言せられた如くに「一杯のめしを二杯喰らうため」の、実に経済的にして健実なる組合であったし、またそうあらしめたいものである。すなわち、経済闘争は労働組合の、第一義の道である事は明らかであるから。

只、忘らるべきでない事は、我々が、日常の経済闘争のみに、いわばその目前の勝利の為にのみ、我々の使命をおくならば、即ち、単なる経済闘争主義に終始するならば、我々の「経済闘争」すらも敗北せねばならぬ日がくるであろうという事、これである。理論的にも公式とされているかかる原則は棄てられるべきでない。公式の公式的適用は誤りかも知れぬが、公式を棄てる事はより大いなる誤りであろう。

事実、我々は、単なる、我々の日常闘争に於いてすらも、露骨なる、所謂経済外強制、圧迫を受け、我々の妥当公正なる、最低限の要求さえが時として一層の譲歩を余儀なくされるではないか。

政治は経済の集中的表現であるといわれる。現在は資本制生産の社会であり、それ故に、その機構内に於ける政治とは、資本家的のものでしかない事は必然である。経済的に我々が資本家と対立すると同様、政治的にも、歴然と、階級としての対立が存在する。

我々の日常闘争に於ける、日常の生活に於ける、一切の反動的干渉に於いて、我々は政治と経済とが如何に不可分の関係にあるものたるかを知ると共に、我々にのみ与えられた処の、洞察力と、団結の力とを以て、積極的に闘争して行かねばならぬであろう。

そして我々の現在の段階に於いて、我々の最大の敵対的目標を何ものよりも先ず、ファシズムに於いてみるのである。

フランスに於ける人民戦線の勝利は、我々に人民戦線を如何に闘わなければならぬかを教え、且つこうした段階、こうした時機に於いてこそ、統一戦線はその線に沿って、広汎に結成されねばならぬ。海上に於ける戦線統一が、海上に於ける人民戦線の側に果されてこそ意義をもつ。

無線技士は、先ずその日常闘争を積極的に展開し、そうしてその経済闘争を、反ファッショ戦線結成への第一歩たらしめねばならない。我々の勝利は、全海員の、そして実に、海陸に亘る、全国労働者の、正しい目的に向っての、戦線統一に依って初めて可能であると言い得よう。一時的には、勝利や敗北は絶え間の無いものであろうが、我々の目的が、決して、さような一時的な勝利の為にのみ止まるものでない事が理解されねばばならない。今日の戦いは明日へのそれとして、初めて偉大なる意義をもつ。経済闘争は我々の重要な闘争である。だが経済闘争は、それ自身としてのみ終止する闘いであってはならぬ。

海上のもっとも進歩的技術労働者たる無線技士が、よく海上人民戦線の推進力たりうる事を、我々は身を以て証明しよう。実に「一杯のめしを二杯喰らう」ために、反ファシズムの広汎な共同闘争は、現下我々の緊要な任務だからである。（一九三六・五・一三　羅府《ロサンゼルス》停泊中）

〔『無線通信』二九号、一九三六・七〕

＊1　「説論　海上人民戦線へ」は、親友宮路貞純の投稿を永山が換骨奪胎し、改題して、東海林太郎の名で発表した。

皇軍感謝決議　†

（一）　無線技士会は前年一九三六（昭和十一）年の五回総会で社会大衆党支持を決議していた。六回総会では、その「路線転換」にひきつづき、海員協会との合同を決めることが課題であった。

総会前日の朝、緊急に内密の話があるとの連絡で、海員協会の鈴木倉吉に、米山大甫、私の二人が会った。鈴木が言うには、兵庫県警の西警部から、無線の連中は今度の総会で時局協力を謳うだろうか、謳わぬとまずいのだが、と注意があった、十分考慮してくれ、と。むやみと鼻のきく手合がいて、労働組合の大会でも次々と「皇軍感謝決議」が行なわれて、どうやら定例行事化したからなあ、とも言った。米山が二つ返事で「〝感謝決議〟くらい、ぼくらだってやりますよ」と言うのを抑えて、鈴木の忠告には折角考慮したい、の回答にとどめたのが、私にはやっとのことだった。

(二)　その夜の拡大常任委員会で米山は、鈴木の忠告を尊重したい、厭なこったが総会開会劈頭「皇軍将兵に対する感謝決議」をやろう、と提案した。総会の目的（海員協会との合同の決定）を貫徹することが大切で、そのために必要な妥協はやむを得ない、と彼は切言した。

前年の五回総会では、臨席警官のほかに制服が十数人も来て殺気立ち、全評代表菊地利一（戦後共産党兵庫県委員長、神戸市議）の祝辞が臨官から中止され、次いで「労働戦線統一の件」の議案説明まで中止を食い、肝心の緊急動議「社会大衆党を支持する決議」が危く流れそうになった苦い体験がまだ生々しいのでもあった。しかし、次期委員長に内定していた御園潔[*2]以下、多数意見は「感謝決議」に難色を示した。同様次期常任就任に下船してきたばかりの山科二郎[*3]は、支那事変での皇軍の戦闘行動になど、「抗議決議」ならいざ知らず「感謝決議」など絶対不可と熱っぽく反対した。愛国心のかたまりみたいな三井物産漢口（？）駐在員の彼の叔父ですら、今度の日本軍のやり方は滅茶苦茶だと痛憤している、などと言った。そのあまり、今回の支那事変は日清、日露戦役とは全くちがう、日露戦争でなら、ぼく（山科）だってすすんで銃をかつぐ、とまで言ったから私はびっくりした。自他ともに読書家とみとめていたが、山科は『帝国主義論』を読んでいないらしい、と思った記憶がある。

鈴木の忠告を尊重することには、異論はなかった。しかし「感謝決議」に反対の多数意見の側にも代案がないのだから議論は空まわりをつづけた。何らか、時局協力の恰好をつける必要はみとめながら、具体案が出なかった。一とき重苦しい沈黙がつづき、切羽詰められたかたちで山科が、皇軍将兵の武運長久を祈る黙禱をしてはどうか、と言った。まずまず次善（次悪？）の名案と思われた。米山が直ちに賛成した。議論は急に活発になり、居眠りしかけた者も目をさました。「兵」はとにかく「将」の武運長久を祈るのはおかしい、と誰かが言った。私の全面賛成を期待したらしい山科に「兵隊は引っぱられて戦争に行くのだ、N君は無事帰還を祈る気はないのか」と詰められて、「無事帰還と武運長久とは意味がちがうだろう」と私も言ったりした。

「戦没無線技士の冥福を祈る、にしたら……」「それだけでは却って挑発的にならないか……」「御用船乗組無線技士、軍属船員、前線兵士ということでどうか、……」などといろいろと出た。すったもんだのあげく、総会議長役に決まっていた御園潔が「今夜いろいろと出た意見をふまえて、何とかうまくやってのけよう」とまとめた時には、もう夜が白々と明けかけていた。

(三)　翌日の総会には、鈴木が西警部に手を打ってくれて、臨官一名のほかは私服数名が来ただけだった。御園はゆっくりと、しばしばとぎらせながら最初に発言した。

「開会に当り……まず第一に、戦没、殉職した同僚無線技士、軍属船員の諸君、軍人諸士のご冥福をいのり、……また御用船乗組の無線技士、船員のみなさん、……また前線の兵隊さんたちのために、五分間の黙禱をささげることにしたいのであります、……黙禱！」

最後の「黙禱！」という号令は、おどろくほど大声だった。まさに名人芸だ、と私は感心した。

懇請の末での来賓、米窪満亮《みちすけ》*4の祝辞は、はげしいファシズム批判で一貫した名演説だったが、国会議員の肩書のせいか、「弁士注意」すらうけなかった。「われらは海員協会との合同を決議する」という総会決議も無事可決された。

機関誌その他の文書発表では、いろいろ意見もあって「同職無線技士、軍属船員、皇軍将兵への武運長久祈願の黙禱」とされたと記憶する。

△しょせんコップの中でのじたばた行為にすぎなかったが、あの当時「感謝決議」問題で徹夜した労働組合というのは、あまりほかになかったのではなかろうか。それと当夜は二十人近くが出席していたが、支那事変を支持する者はひとりもいなかったわけで、今から思うと少々ハラハラさせられるほどだが、よくもそうなっていたものだと感心させられる。（一九八一・六）

〔『星星之火通信』三五号、一九八一・七・二五「桃花流水 7」〕

＊1　鈴木倉吉（一八九四―？）　千葉県出身。東京高等商船学校（現商船大学）航海科卒。山下汽船、国際汽船を経て海員協会に入る。海員協会主事。一九四〇年海員協会解散後、西日本石炭輸送統制会社の船員部長、常務取締役。敗戦後日本社会党若松支部長、全日本海員組合創立時の九州地区準備委員長を歴任。

＊2　御園潔（？―一九三二）　千葉県出身。無線技士。無線技士倶楽部創立に参加。三四年無線技士争議時に検挙。三五年以降全協海上グループに参加、無線技士会フラク（日本共産党の支部）責任者となり、無線技士会常任委員長を二期つとめた。四四年日本海運梓丸に乗船中、台湾―比島間の海上で爆沈、殉職した。

＊3　山科二郎（一九一〇―）　無線技士会の活動家。一九四六年、海員スト時は中闘派に属して活動。

＊4　米窪満亮（一八八八―一九五一）　長野県出身。官立高等商船学校（現商船大学）航海科卒。在学中、練習船大成丸実習中の航海記「海のロマンス」を執筆、朝日新聞に連載して好評を博す。日本海員組合で機関誌

『海員』を編集。社会大衆党中央執行委員。一九三七年、衆議院議員。四七年、片山内閣の初代労働大臣。

ある会見――増田正雄と米窪満亮 †

一

一九三九（昭和十四）年の夏だったと思う。その年の春、出獄した増田正雄が、静岡から神戸に出て来ていた。

その日の午後、神戸下山手、海員協会二階の編集部の部屋に、たまたまそこには私ひとりがいたのだが、突然増田があらわれたのに少々びっくりした。

彼は無線技士会館に部屋をとっていたし、須磨の当時の私宅にもすでに幾度か泊っていた。私と会うのには、何も私の勤め先に来なくてもすむことだった。刑期を終え出獄して自由の身になっていたのだから、どこで誰と会おうとどうもないわけだったが、それは今どきの考え方で、とにかく刑務所帰り早々の、頗るつきの札つき人間なのだから、協会に訪ねて来られては、やはり何がしか迷惑でなくもなかった。そして増田自身そんなことは百も承知のはずだった。

米山大甫を訪ねて来たのだが、不在ときいて、ここへ寄ったと、やや弁解するように、例の独特の笑い方で笑いながら言った。しようもなく椅子をすすめたが、格別の用件とてなく、雑談になった。

それで私は、下に米窪満亮が来ている、と言ったのだが、すると彼は「よし、会ってみよう、通してみてくれ」と言った。私はもう一度おどろいたが、その言い方につよいものがあって、止めようもなかった。

些か覚悟した気味で私は階段を降り、一階の大部屋の奥、会長室の隣の第一応接室へ行った。テーブルの一方に米窪が坐り、片方に鈴木倉吉と鹿子木伸吾がいて何か話していた。

増田正雄が米山を訪ねて来ていて、米窪に会いたいと言っている旨を私が告げると、鈴木と鹿子木とは一寸困ったような顔をしたが、果して米窪の方は「ほう、……増田君が、……」とおどろき、

「それなら今すぐ、ここへ来てもらおう、……」と言った。

私は二階の編集室にもどって、返事を待っていた増田にそれをつたえた。彼は例のように、してやったり、というふうに、にやりとしたが、すぐ生真面目な顔にもどって、いくらか緊張気味に下へ降りて行った。

二

増田が米窪に会いたいと言い出したのには、また米窪がすぐそれに応じたのにも、わけがあった。

前年、衆議院で、米窪は増田の名をあげて質問演説をしていた。一方、その速記議事録をとっておいた私は、増田が神戸に出てくると早速、彼にそれを読ませていたのである。

「死せる孔明、生ける仲達を走らす」さながら、「独房獄中の増田、議政壇上の米窪を励ます」といった恰好だと私が言うと、増田は苦笑したが、機嫌は全くわるくなかった。

「とにかく役に立ちさえすれば、それでいいんだよなあ……。まあ、使い方、使われ方なんて、どうだっていいのさ、……」

と、例の笑い方で笑った。

米窪の衆議院での質問は、およそ次のようなものだった。

「……目下、日本郵船会社の各船で、明朗会会員による暴行事件が頻発しているが、当局も会社も、明朗会の掲げる皇道精神発揚、国体明徴の看板におびえてか、その無法状態を全く放任、傍観しているだけなのは奇怪である。そもそも明朗会なるものは増田正雄という男がつくったのだが、その増田は数年前神戸で治安維持法違反で検挙されている。当局は明朗会の正体を徹底的に究明し、不法行為を断乎取締るべきでないか、」云々。

〝歴史的な〟？　二・二六事件満一周年の一九三七（昭和十二）年二月二六日、国体明徴、社内人事一新を叫んで起った停船ストが、日本郵船の明朗会争議だった。戦後、タブー視されていたかのような明朗会争議についてここで詳述する余裕はないが、そのころ『中央公論』（或いは『改造』だったか？）誌上に、山川均が「日本郵船高級船員の国体明徴争議」（？）と題する論文をよせて、「日本のファシズムが、船舶の高級船員という、まさに特殊独自な階層に、絶好の支持基盤を探しあてたということに注目せねばならぬ」云々と書いていたのに感銘した記憶があるが、この頃の雑誌『海洋』などをみると、この鋭利卓抜な分析は、残念ながら今日もなお生きているといってよい。

停船争議そのものは、日本郵船の海務重役浦田格介を辞任に逐いこんで終結したが、いきおいづいた明朗会は同社内に猖獗をきわめ、無線部を除く船舶職員の大半、司厨部以外の部員のおおかたを席捲し、入会強要の暴力事件があいついだ。おのずから、明朗会は既成の海員協会、海員組合を、日本精神に反する社会民主主義、功利主義の労働組合、反国体の売国思想を流すものとしてはげしく攻撃した。退役陸軍中将江藤源九郎を組合長に迎えた新日本海員組合ほかがこれに同調、やがて国体明徴の名の下に、海員組合、海員協会の解散を要求するにいたった。

ちなみに戦後、全日本海員組合の首脳が、初代組合長小泉秀吉を除き、有井澄《すまし》、陰山寿、中地熊造、南波佐間豊《なばさま》など、明朗会や新日本海員組合で、多かれ少なかれ国体明徴運動に狂奔した人びとによって占められたことは、実はそれだけでもおどろくべきことなのだった。

そしてそのころ、米窪満亮は明朗会など右翼勢力の攻撃を一手にひきうけ、反撃の先頭に立っていた。増田正雄の名をあげての質問演説は、明らかに〝うしろむき〟のそれながら、しかも当時それなりに〝前むき〟なものでもあったのだった。

しかし、まさにそのために、その後情勢の反動化がつよまるとともに、米窪は海員組合副組合長の地位を逐われ、議会では軍部批判演説の斎藤隆夫懲罰に反対して社会大衆党からも除名され、次いで翼賛選挙では落選して議席をうしない、戦後復活するまで失意不遇の日々を送らねばならなかった。

三

増田がふたたび二階の編集室へもどってきて、やや昂奮したらしい気分をさましながら、米窪との会見の模様を語ってくれたのは、小半ときくらい後だった。

「どんな話だった?……」

と待ちかねた私がきくと、大した話はなかった、と増田はにやりとしたが、それでも満足したような表情だった。

今どうしている、これからどうするなどきかれて、世の中がこう変わってきたおかげで、免状もち(海技免状受有者)なら猫の手も借りたいようで、儂《わし》(増田のこと)なんかにもいくつも口がかかって、乗船できるらしいから、とにかく船に乗る、と言うと、米窪は、なるほど、世の中のおかげか、それはいい、そうすることだ、と言って、笑っていたよ、と言った。

次いで米窪が、ところで増田たちは、どこに属していたのか、つながり、というか、どこと連絡していたのかね、差支えなければということになるが、と聞くので「所属? つながり? どこと連絡?……」、それはもちろん、直接モスクワです」と言ってやったら、満(まん)さん、ああ、そうか、と、びっくりしたような、それでも感心したような顔をして、大きくうなずいていたよ、……と言って、おもしろそうに笑った。

議会での質問演説の件は、内容が内容なのだから、米窪の方から言うはずはないと思い、私は聞いた。

「議会での質問のこと、きいてみた？……」

「そんなこと、きかなかったよ」

そして増田は、ぴしゃり、と決めつけるように言った。

「言える話じゃないに、きまっているじゃないか、……」

一瞬、剃刀のつめたい刃に触れられたような感じがして、私はよけいなことをきいたのを心中恥じた。たしかに、米窪が言えないのより、一そう増田から言えることではないのに決っていた。

それよりも、増田は最後に、しめくくりのように言ったのだった。

「とにかく、態度がいいんだよな、……米窪はもちろんだが、鈴木にしろ、鹿子木にしろ、儂に接する態度、その感じがいいんだ、……米窪など、儂のからだのことを心配してくれたりして、……とにかく、みんな味方なんだよ……そういうことさ……」

そういう増田の言葉は、いつにもまして切々と、また重々しくきこえた。

四

増田正雄は、その後いくらもなく乗船し、一九四四（昭和十九）年、日産汽船日寅丸二航士のまま南シナ海で戦死した。

それまでにも面識があったかどうかはききそびれたが、米窪との会見は、その時がおそらく最後だったと思われるし、私しか知らないことなので、記憶のありのままを、書きのこしておく。この会見は、少なくも私には、例えば「水師営」[*5]の会見などよりもはるかに大切なのである。

また増田が、創立期の明朗会に関係していたことは、事実と思われる。増田の依頼で、無線技士会の事務所をその人びとの会合に貸したことがあり、そのひとり、小泉という航海士の名を私は記憶している。

それともう一つ。

戦後、徳田球一[*6]、志賀義雄[*7]といった人びとが解放されて、共産党が公然化し、『アカハタ』が活版印刷で刊行された。『アカハタ』には、よいこともいろいろ書かれていたが、その一方、共産党だけがホンモノで絶対正しいのだから、似非社会主義者どもを信用してはならない、社会民主主義者といった連中は、徹底的にやっつけねばならない云々とはげしい調子で書かれていた。

増田の言っていたこととは、少なくも調子が随分ちがうのに私はびっくりした。そういう『アカハタ』の雰囲気は、野坂参三が帰国してからも、ほとんど、いや、全く変わらなかったから、私はもう一度びっくりした。増田に私たちは、岡野（野坂）の「日本の共産主義者への手紙」を教えられ、それでさんざん、こっぴどくしごかれたのだったからである。

しかし、気がつくと、増田と『アカハタ』とはちがっているだけなのではなかった。明らかに、増田より『アカハタ』が遅れていたのであった。残念ながら或いは今日もなお、遅れつづけているのではないか。（一九七五・一一）

〔『星星之火通信』三四号、一九八一・五・二六、〈古いノートより〉欄「ある会見」〕

〔編者補記〕
増田の逮捕について、永山は別の見方もする。

一九三六（昭和十一）年のくれだったと思う。

私は神戸の無線技士会本部の常任だったが、田原、石井（田橋、石井だったのかも、どうせ偽名にきまっているのだから、どうでもいいことだろう）という二人が、野坂参三の紹介状を持ってきたと言い、増田正雄、河野実に会わせてくれと訪ねてきた。

しかし、その田原、石井の二人とも二人ながら目つき、感じがどうにも薄気味わるく、なにか信用できない気がしたが、「野坂参三の紹介状」をお墨付きみたいに自慢げにくりかえすので、一そう奇怪なのだった。

これで、私は、増田、河野ともども出かけていて不在だと言った。すると、増田、河野の下宿先を教えろという。私は、知らないとウソをついた。ならば、待たせてもらうという二人に、どこへ行ったか、いつ帰ってくるかもわからない、待ってもむだだから、帰ってくれと言った。が二人は待たせてもらう、ときかない。帰ってくれ、という私と少々言い争いになった。

というところに、運わるくというか、増田と河野が帰ってきた。

私は増田、河野を別室にさそい、あの二人はおかしい、信用できない、充分警戒するように、とかなりはげしく言った。二人とも、よくわかった。気をつけようと言ってくれた。

なのに、増田、河野は、例の二人を下宿につれていった。

翌日、増田、河野にきくと、いろいろ話して、野坂参三の紹介状も、ほんものだったしして、一晩泊めてやった、私の警戒もわからぬでないが、二人ともいい男たちだったよ、と言うのだった。

そしてその夜だった。増田、河野は、十数人もの警官隊に襲われて、逮捕された。増田らだけでなく、幾人か逮捕され、後にわかったのだが、乗船中のなかまたちまで幾人も一斉に逮捕された。

私は、御用船の次席通信士配乗業務に（御用船になると、二十四時間無休執務が必要となるので、ひとりしか無線技士のいない船に、次席通信士を、配乗せねばならなくなる）めっぽう、やみくもに忙しいのだった。私はその必要から、「お上《かみ》」の意向もあり逮捕できないのだった。（「野坂参三のことといろいろ　その四」執筆年不詳、未発表、抄）

＊1　新日本海員組合の組合長　『全日本海員組合四十年史』には門司宗太郎とある。

＊2　陰山寿（一九〇一―一九五九）　鳥取県出身。一九歳の時大阪商船機関部員となり日本海員組合、新日本海員組合で活動。戦後の四七年全日本海員組合長に就任。死去するまで一二年間にわたって組合長をつとめた。

＊3　中地熊造（一九〇五―一九八二）　島根県出身。小学校卒。二八年社会民衆党に入党。日本海員組合、新日本海員組合で活動。戦後、四六年、全日本海員組合仮執行部の組織部長兼木船部長に就任。五九―六六年組合長をつとめた。

＊4　南波佐間豊（一九〇七―一九九二）　千葉県出身。東京高等商船学校（現商船大学）卒。日本郵船船長。戦後全日本海員組合東京支部長、汽船部長、組合長を歴任。

＊5　水師営　日露戦争中に日本が旅順を攻略し、旅順のロシア軍が降伏した際に、乃木将軍とステッセル将軍が会見した場所。

＊6　徳田球一（一八九四―一九五三）　沖縄県出身。日本大学専門部法律学科夜間部卒。一九二〇年弁護士となる。日本共産党草創期からの党員。敗戦後同党書記長として活躍。著作は『徳田球一全集』（全六巻）におさめられている。

＊7　志賀義雄（一九〇一―一九八九）　福岡県出身。東京帝国大学社会学科卒。在学中から社会運動にかかわり、戦前戦後を通じての共産党員。六四年に離党して「日本のこえ」を結成した。

合同復帰前後のこと

「合同復帰」なんていう珍妙な日本語はない。あるはずがない。だから、私は反対した。

日本無線技士会と海員協会とが一つになるときの交渉ごとで、技士会側は「合同」を主張し、協会側は「復帰」を主張してゆずらなかった。尤も双方とも、こんな言い争いで協会と技士会との統一そのものが不可能になるはずもないことを承知していた。

そこで協会会長の宮本吉太郎[*1]が「それなら双方の主張を一つにして「合同復帰」ということにしたらどうだろう」と言った。彼は、その思いつきに、得々としていた。私は勿論反対した。協会主事の鈴木倉吉は、不愉快げな表情で黙ったままだった。技士会委員長の御園潔が「「合同復帰？」おもしろいですなあ……。そういうことにしましょう、あっはっはっ……」と笑った。私はおどろいたが、勿論反対した。反対したが、御園にそのあと説諭されて反対を撤回した。その時の御園の話である。

ついでに少し補足すれば、無線技士会は一九三六（昭和十一）年十月の第五回総会で社会大衆党支持を決議し、翌三七（昭和十二）年の第六回総会では「海員協会との合同を期す」という決議をしていた。そして翌三八（昭和十三）年三月に、海員協会との「合同復帰」を実現するのである。

私は御園に、無線技士会六回総会は「協会との合同を期す」と決議しているので「復帰を期す」と決議しているのではない、私自身、協会には入会しておらず、だから私個人も「復帰」などしたくも、しようにもそもそもできないのだと言うと御園は笑って、「それは、その通りですわな……」と言った。それからの、彼の話であった。

諄々と、しずかに、おだやかに話すのだが、しかも言葉は重々しく、きびしくさえあった。「われわれ技士会側は「合同」と主張し、協会側は「復帰」と言ってゆずらない。協会としてはあくまで「復帰」としたい、してほしい、しなければならないたてまえだ。しかし、君の言う通り、われわれは〝「合同」を期す〟と決議したので〝「復帰」を期す〟とは言っていないわけだ。

そこで、おっちょこちょいもいいところの宮本が「合同復帰」と思いつきを言い出し、その思いつきに、てめえ自身いい気になっているということですわな、……。ところでわれわれは「合同」、協会は「復帰」というわけだが、「合同復帰」はしたがって、両者対等の言い方なのだわね、……。しかし、協会側は気がついていないようだが、「合同」という二字が上に、最初になっているのだから、われわれ技士会側の主張が優先している、より重くなっているわけですよ、……」、私は驚嘆した。でも御園はつづけて言った。「それにしても、よび方など、どうでもいい、少なくも大したことではないですわな……」と笑って言った。さらにまた言った。「宮本は気がつかないだろうが、鈴木はくせ者だから、気づいていて、気づかぬふりをしているのかも知れんですわなあ……」

私は、こんな細かいことにまで気をつかい、見据えている御園潔におどろき、感心するとともに、少しく薄気味わるいというか、怖いような気もしていた。とにかく、圧倒されてしまった。（一九九

一・一・二〇）

〔未発表〕

〔編者補記〕

永山は、無線技士会と海員協会との合同が「合同復帰」というかたちになったことに最後までこだわった。その背景については、第一章第三節「鈴木倉吉のこと」を参照。

また一九八三年、ある座談会（中央大学教授栗木安延が主催し、永山を中心にした「海上労働運動」についての座談会。出席者は長谷川浩、増山太助、渡辺四郎ほか）で、永山は「無線技士会の海員協会への復帰ですが、これが私のした一番大きな仕事ですよ、一度離れたものを戻すというのは本当にむずかしいですね、全く」と述べている。さらに、当時、永山らを指導していた増田正雄のことばとして、「〝下からの戦線統一というけれども、下からの戦線統一なんて云うのは当り前のことであって、こんなことは戦術でも何でもないんだ。下からも、中からも、上からもみんなでやればいいんだ〟と云うのが増田の云い方でした」と語っている。

ただし、二年さかのぼって一九三六（昭和十一）年ごろの状況については、つぎのような記述もある。

昭和十一年。増田正雄、河野実などから〝方向転換〟の必要を説かれて、私は目のくらむような思いをしたのだが、それは同時に目をひらかれる思いもしたのだった。

海員協会の「内紛」は昭和九年九月解決して、革正連盟[*2]は解体していたが、新日本海員組合[*3]と十一会[*4]実友会[*5]それに無線技士会も参加して、新たな海員組織の計画がひそかにすすめられていた。赤崎寅蔵[*6]、那賀源三郎、西山国三、佐藤博政、堤三郎らの話しあいによるもので、その第一回会合のときは堤三郎は乗船して去っていたので、堤の口約のてまえ、御園潔と私とが参加した。

増田はこの動きを重視した。その反動化の危険をめんめんと説いてやまず、その分析のするどさに私は感歎した。

そして私が十分納得したことを見定めてから、増田は私に岡野の「手紙」とデミトロフの書物〔ディミトロフ報告および決議集〕を貸してくれた。私は私なりに、バームーダットの「反ファッシズム論」を必死に読んでいた頃であった。

〔執筆年不詳・未発表〕

＊1　宮本吉太郎　一九三六年ごろの海員協会会長。日本海運報国団[*7]理事などを歴任。

＊2　革正連盟　一九三四年一月、海員協会の役員選出をめぐって、十一会など高等商船学校出身者以外で結成された。同年九月、内紛が収拾されて解散した。

＊3　新日本海員組合　日本海員組合の幹部の対立・内紛により一九三五年五月に日本海員組合より独立。国家主義的傾向が強く、労資一体論を唱えた。三七年、日本海員組合に復帰。

＊4　十一会　地方商船学校出身（東京・神戸以外）の船舶職員の親睦団体。地方商船は「広島」「児島」など一一か所にあった。

＊5　実友会　実地上り（商船学校を出ない船員が海技免状を取得して職員になること）の船員の親睦団体。十一会・実友会、いずれも反幹部闘争のために結成された。

＊6　赤崎寅藏（一八八八―一九七三）　愛媛県出身。一九〇一年見習船員となる。二六年日本海員組合組織部長になったが、浜田組合長との指導権争いから三四年に除名された。三五年日本主義を奉ずる新日本海員組合を結成。四五年全日本海員組合の結成に参加。副組合長に就任したが、占領軍総指令部による公職追放令に該当して辞任。以後老齢船員の福祉事業に従事した。

＊7　日本海運報国団　一九四〇年一一月結成。国家総動員体制がとられたために、同年九月、主要労組は解散させられた。そのあとをうけて、労資一体の大日本産業報国会が結成され、その下部機構としてつくられた海員団体。四五年九月、占領軍の命令により解散。

〝おっさん〟——方向転換の難しさについて †

当時、全労と総同盟との、統一会議の関西責任者だったという伊藤清遠《せいえん》[1]という人を、私はその名前さえ知らなかった。しかし、この人の言うところはたしかに感動的である。

「昼はハンドルをにぎり、ヤスリのケツを押していたりしたのに、夜ともなれば労働運動でかけまわる。大阪の労働運動はこういう大職場の〝おっさん〟を大切にし、一目も二目もおいて責任のある地位についてもらってきた。……楽しい時も、苦しい時も酒をのみのみ話しあえるし……大衆生活にピッタリ密着していた労働運動だったなあ」(『朝日新聞』昭和四七年十月六日)

一九三五年つまり昭和十年、そのころ、私たちの労働運動も「大衆生活にピッタリ密着していた」と思う。私自身は昭和十年一ぱいは現場で、つまり乗船していて、十一年三月に下船したのだが、私の知るかぎりそのころの無線技士運動も、現場の「おっさん」連中を大切にし、たしかに「一目も二目もおいて」いて、「楽しい時も苦しい時も、酒をのみのみ話しあえる」さながらそのものの姿であったと思う。

私たちの「人民戦線」は、具体的には一九三六(昭和十一)年の日本無線技士会の社会大衆党支持決議、一九三七(昭和十二)年の海員協会との合同決議。一九三八(昭和十三)年三月の海員協会との合同復帰ということになるが、それが成功し実現したのは、伊藤の指摘するように、「大衆生活にピッタリ密着していた労働運動」が存在していたからにほかならない。

私たちは伊藤らに比べればかなりに遅れていて、一九三五（昭和十）年十月、「人民戦線」とは全く反対に、海員協会から脱退、独立したばかりであった。それを僅か一年ののちに、一八〇度の方向転換を企て、とにかくそれを実現したのであった。敢えてそういう方向転換をして、それができた所以は、たしかに、何よりもまず「大衆生活にピッタリ密着していた労働運動」だったからなのだ。

こんなことはあまりにもあたりまえの、ありふれた指摘にすぎないとするむきもありそうだが、そうではなく、労働運動の根本、その原点にかかわる、不断に問い直されてしかるべき、深刻な意味をもつと私は思う。

＊

意外だったというか、おどろいたというか、同時にまた目をひらかれるような思いもしたというのは、前記の文章（同じ『朝日新聞』の記事）の中の高野実の言葉であった。[*2] 一九三五年・昭和十年から一九三七年・昭和十二年にかけてのその頃、私は高野実の名を聞き知っていたが会ったことはなかった。高野実は一九三七年・昭和十二年十二月、労農派を中心とする第一次人民戦線事件で検挙されたのだったと思う。

私が高野実の顔を知り、黙礼ほどの挨拶をするようになったのは戦後もかなり経って、一九五一年・昭和二六年、平和四原則採択の総評第二回大会以後のことであった。

とにかく高野実によれば、全労と総同盟との統一を中心とする統一運動、すなわち実質上の日本における人民戦線運動は、「それは上からの指示やおすみつきではなく、日本の労働者大衆の生活実態から湧き出た実感と行動からでた偉大なチエであった」という。〔執筆年不詳〕

〔未発表・原題不明・抄〕

*1　伊藤清遠（一九〇七―？）　山口県出身。一九二五年、異父兄長山直厚（元総評事務局長高野実の義兄）を訪ねて上京。社会主義にふれ、以後労働運動に挺身。人民戦線事件で検挙。敗戦と同時に組合運動に参加、総評本部書記、日ソ協会常務理事などを歴任した。高野実は姉婿。

*2　高野実（一九〇一―一九七四）　東京都出身。早稲田大学理工学部中退。在学中日本共産党に入党。第一次共産党事件（一九二五年）で検挙、一九三七年、日本無産党の結成に参加、生涯労働運動にたずさわった。五一年総評事務局長に就任、平和四原則（再軍備反対・全面講和・中立堅持・軍事基地化反対）を推進した。

セン・カタヤマの海員組合論

一

セン・カタヤマ、つまり片山潜[*1]に、「神戸における海員のストライキ」という小論文のあることを、知らないむきもあるかもしれない。

一九二三（大正一二）年十月、だから関東大震災の直後ということになるが、かねて海運不況対策として、機構縮小、人員整理などをすすめていた日本郵船会社（現在同様に当時もわが国最大の海運会社だった）は、船舶職員の職務手当、部員の航海手当の半減を発表した。海員協会及び海員組合は直ちに撤回を求めたが交渉は決裂し、神戸港を十一月六日出帆予定の賀茂丸を先頭に、神戸、大阪、長崎、宇野の各港で、同月六日から十日までの五日間、同社船二十一隻が停船。結局、手当の減額分を震災見舞金として当分（翌年四月まで）継続支給する、ということで解決した。会社側はまさしく火事場泥棒さながらに、大震災でたまたま戒厳令が布告されていたので停船ストライキなど不可能と見込んだといわれるが、罹災船員一、五〇〇余名の存在が世論の支持を逆にスト船員の側にむかわせることになったらしい。

片山潜の小論文は、この郵船争議を紹介論評したものだが、一九二四（大正十三）年二月、三月号のプロフィンテルン機関誌『K・I・P・C（赤色労働組合インタナショナル）』に掲載された。まず当時として――いや、現在でもそういえるにちがいない――その迅速なとりあげ方におどろかぬわけにいかない。

ところで論文の中身だが、一つには片山潜が日本を去って当時すでに十年を経ていること、二つには遠いモスクワにあって関係資料の入手など困難をきわめたにちがいないこと、三つには対象とする読者が多く外国人であることなどよりして、賃金が金券で又主として一時金のかたちで支払われるとか、職務手当、航海手当の半減が、「賃金の五〇%の引き下げ」になっていたり、更にスト解決後「船会社の陸上勤務者」が、「水夫らとの同一賃金を要求しようとしている」とか、いくらか混乱した表現や、又ときに見当ちがいのふしもないではないのだが、むしろその中心テーマとして展開されている〝海員組合論〟には、当時としては勿論のこと、現在にあっても注目すべきものがある、と私は思う。

とにかく、その部分をそのまま左に紹介、引用しよう。

「海員組合そのものの性格と関連して、このストライキのもつ重要な特性のひとつをさらに指摘する必要がある。

周知のとおり問題は、海員組合が「労資の利益調和」をスローガンとして行動しつつあった黄色組合だった点にある。

しかしながら、組合のこの温和な戦術は、主として、職制の指導者らによって説教されたものであった。一般の組合員大衆についていえば、大衆の気分は明らかに、指導者の温和な協調主義とはいちじるしくちがったものであった。このことをはっきり証明するものは、ストライキの終結（注・この〝終結〟はおかしい。たぶんに誤訳か、誤植か、書きちがいでないかと思われる。正しくは〝宣言〟〝発展〟〝展開〟〝拡大〟ないし〝実践〟〝闘争〟のいずれかと考えられるが、はっきりしない。……永山）であり、それは労働者自身が自主的にかつ成功的におこなった大計画だった。ストライキは一般組合員の協定で宣言され、一つの船から他の船へと次第に拡大していった。職制の指導者らは、神戸港の水夫や火夫のあとにつづき、スト労働者が表明した希望や要求にしたがって日本郵船と交渉するだけでよかったのである。

全海員組合員の黙認や公然たる支持は、海員組合がたたかいのなかでわがものとした階級的性格をはっきりとしめすものであった。海員組合は、そのたたかいの過程で、まったく意外なほどに、黄色組合から全国海員の階級的利益をまもる戦闘的な組合にかわったのである」（傍点・永山）。

不勉強な私は、それでももう十数年以前になるが、ようやく一九六〇（昭和三十五）年にいたって初めてこの小論文をよみ、右の一節をみつけて殆ど目を瞠った。そのときから三十五年余もむかしに、こういう「海員組合論」があったことに、少しくオーバーにいうなら、感慨無量といった気持さえしたといってよい。

二

ところでこの片山潜の小論文は、おそらくロシヤ語で発表され『K・I・P・C』誌の各国語版に訳載され、おのずから日本訳も出て、何らかのかたちで日本国内にも流されて人びとに読まれたことはまちがいない。しかし、果して幾人の、幾十人の、或は幾百人の日本の海員の目に入ったか、また果して幾人の、または幾十人の日本の左翼海員によって熟読されたものか今日となっては杳として知るべくもないのである。

ただ私は私なりに、一つは当時の歴史的な事実によって、また二つには私自身の経験をよりどころに、何がしかそのことをまさぐってみたいと思うだけである。

さてそのころ、つまり日本郵船争議にひきつづき起ったことに、一九二五（大正十四）年の、映画「波荒き日」事件というのがあり、又それに絡む「波荒き日」事件後日事件といったものがあった。今日から考えるといかにも奇妙奇怪な事件だが、あらまし次の如きものである。

夫人が皇后の実妹で、最近もまた物議を起している東本願寺の大谷光暢が、当時はまだ大学生だったが映画に凝り、自身脚本を書いて日活映画「波荒き日」を製作したのだが、密輸常習の悪徳船長が仏教により改心し真人間になるというストーリイであった。そこで船員を侮辱するものとして海員協会、海員組合がこれに抗議、その上映を中止させたのが、映画「波荒き日」事件である。

ところでその年一月末、海員協会の大谷光暢あて抗議文に発したこの事件は、三月海員団体側に対し一旦上映中止を約束した日活撮影所の池永所長が、五月になって突如「興行権」を楯に浅草三友館で同映画の上映を強行するなどのことがあり、警視庁が調停に入って新聞種になったり当時大きな社会問題になってのあげく七月に全面解決するまで、なんと延々六ヶ月もかかったのだが、事件そのものは単純な、むしろ他愛ないものにすぎなかった。

ところが、当初は船内貸金制度撤廃を叫んで発足したのだが、ようやく一勢力となって海員組合内の幹部反対派の色彩をつよめていた海員刷新会[*2]は、同映画の浅草三友会での上映は、海員協会、海員組合の幹部が日活に買収され、一部修正による上映をみとめたのが事の真相であるとし、「ダラ幹を叩き出せ！」のビラを各船にばら撒くほか、門司、大阪、横浜、東京、小樽などの有力地方新聞社に送りつけた。

おどろいた海員組合側は急遽調査委員六名を任命して調査委員会を設け、事件の調査に当らせたが、その調査委員の中の、副組合長亀井司、組合小樽出張所長大道寺謙吉の二人が、その暴露ビラ配布事件の背後に介在していたことが明らかになったから、さわぎは大きくなった。

そして大正十四年度第二回及第三回の、いわゆる「泣いて馬謖を斬る」評議員会が七月十三、十四日の両日あいついでひらかれ、亀井司副組合長の辞任、小樽出張所長大道寺謙吉の除名のほか、海員刷新会幹部の田中松次郎、[*3] 細木榛三、渡辺利八、西本一治らの大量除名となったのだから、映画「波荒き日」事件は事件の本体よりも、むしろその副産物であるこの「後日事件」によって、海員運動史に長く、且つより重大に記憶されることになったといって過言でない。

三

海員組合と海員刷新会との対決の場となったこの「後日事件」は、実は単なる映画「波荒き日」事件のみの「後日事件」ではなかった。

当時、海員協会と海員組合とは、一九二〇年のゼノア船員職業紹介条約の実施、つまり、船員職業紹介権獲得の運動（ボーレン[*4]の廃絶、有料船員職業紹介の禁止でこれは翌一九二六（大正十五）年十二月、海事協同会の設立によって実現した）に全力を集中し、その達成までは当面穏健自重の姿勢をとることが必要として、争議などは極力抑える方針だったが、内地船員に較べて劣悪な待遇条件が一般的だった北海道船員のあいだに差別待遇反対の要求がおこり、組合小樽出張所長福本九平がこれに合流、その年一九二五（大正十四）年四月、小樽を中心として船舶十四隻が停船する「非公認」争議が、組合本部と対立して勃発した。

本部から浜田国太郎[*5]が急派され、函館海事部長、小樽水上署長の調停で、好機船主側が自発的に待遇改善を実施することを条件に、停船の解除、犠牲者を出さないこと、で解決したが、海員刷新会はこれをダラ幹による争議の圧殺の好例として、機関紙『水火夫新聞』などではげしく攻撃した。

また一方、同年五月、上海、青島の日系紡績工場に始った中国人労働者の争議が、中国大陸をおおう一大ゼネラル・ストライキに発展、反帝排外の一大国民運動にまでもりあがり、日本に寄港する英国船乗組の中国人船員が続々下船、帰国する事態となったが、日本人船員からもスキャップ船員[*6]が一千名以上も出て大問題となった。

記録によれば海員組合は中国人争議船員にカンパを送り、激励集会や盛大な歓送をするほか、「血と涙を以て日本海員に檄す」云々の声明を発表してスキャップ防止に努めたのだが、当時の海運不況下にあって、スキャップ日本人船員の中にも海員組合員が相当数出るのは免れなかったようである。

海員組合はこのことからも、ボーレンの廃絶、海事協同会の設立の急務を一そうつよく主張するのだが、しかし逆に、海員刷新会はこれを海員組合の国際的裏切り行為として、糾弾、攻撃した。

そして当時の情勢として、プロフィンテルンはその名のとおり、赤色労働組合インタナショナルで、自分たち以外の労働組合を黄色組合として排撃していた。国際労働総会にも反対し、したがって国際労働会議海事総会にも、ゼノア条約案にも一切一律にボイコットをよびかけ、そして明らかにその線にそって、海員刷新会は、船員職業紹介権獲得の運動に対しても、海事協同会の設立にも、つよく反対していた。

「後日事件」は、こうしたもろもろの事件、情勢など一切の「後日事件」でもあったわけで、海員組合側は、映画「波荒き日」事件に絡み、ふたたび組合小樽出張所長を、更に副組合長までもまきこんだ海員刷新会の反幹部攻撃を、共産党勢力による組合乗取りの陰謀と目したわけだが、一方海員刷新会側にしても、副組合長や小樽出張所長までの支持を得て、全国のジャーナリズムまで動き出した情況だったから、一挙にダラ幹放逐の成算をもったとしても、或はやむをえなかったかもしれない。

四

さて右にあらましをのべた映画「波荒き日」後日事件は、そのあらましだけからみてもまことにいわくありげで、何かと裏話などいくつもありそうに思われるのだが、私は殆ど知らないし、又今となっては知りようもない。

私は実は戦後、事件の直接の当事者であった田中松次郎に、一度この事件について聞いてみたことがあった。しかし、田中君から詳しい話はきけなかったほか、同君があまりその件について話したがらない気配を感じて、残念ながら突っこんだ質問もできなかった。

ところで主題の片山論文にもどすと、まず一つ明らかなこととして、この「後日事件」が片山論文の発表されたあと、僅か一年ばかりのうちに起っているということに、私は注目したい。

日本訳がいつ日本国内で活字になったかははっきりしないが、それには多少とも日数がかかるはずで、そのことを考えるなら、田中松次郎ら海員刷新会幹部の人びとが、いちはやくそれを読んだとして、それから一年ばかりというよりは一年足らず以内に、極端にいえば殆ど読んだばかりのとき、最小限、読んでいくらもなく、この「後日事件」が起っていることになる。

そして田中君の入露はその後のことだったから、当時はまだ片山潜を直接知っていたなどのことはありえないのだが、同君はじめ刷新会の主だった人びとが、当時（そして多分に今日現在でも）としてめずらしい、海員に直接かかわるこの片山論文を読まなかった、ないし、知らなかったなどのことは考えられない。

くどくどしくなるがもう一度くりかえせば、海員刷新会の人びとがこの論文を読んだことはまちがいなく、そして読んでいくらもなく、いいかえれば片山論文の記憶がまるっきし生なましいうちに、この「後日事件」が起っていることになる。

そこで、そこからもう一つ、私が注目したいのは、にもかかわらずその片山論文、しぼっていえば片山のこの「海員組合論」からは、その直後起った映画「波荒き日」後日事件というものが、どうにも考えにくい、少なくも私にはいまひとつ理解しがたいということである。換言すれば片山の「海員組合論」と「後日事件」とは一つ糸ではつながらない、むすびつかないように私には思われる。

海員刷新会が、小樽船員争議や中国人船員総下船事件への支援や協力の不足、などに対して、海員組合をきびしく批判、というよりは攻撃するのまでは、私にもそれなりに一おうわかるのであるが、だからといって映画「波荒き日」の上映をとらえて海員協会、海員組合幹部が日活に買収されたとする「真相」——協会、組合側では全くの事実無根（組合調査委員会の調査報告も勿論事実無根を発表した）の悪質なデマ宣伝といい、また事実同映画の上映は協会、組合の抗議によってその後まもなく中止された——を暴露し、副組合長、小樽出張所長など有力組合幹部までまきこみ（或はその一部有力幹部にまきこまれて）ジャーナリズムを動かして一挙にダラ幹を叩きだすということ、またそのためのビラ戦術などが、どうして片山論文から出てくるのか、私にはどうにもよくわからない。

片山論文は果して海員刷新会に、そういったことを、しかもそういうやり方でやるように、勧めているのであろうか。私の読むかぎり、片山はそこで、沖の大衆の現場の要求を丹念にひき出し、こつこつと積み重ね、大衆自身のたたかいをもりあげて、「労働者が表明した希望や要求にしたがって」、組合をして「交渉するだけで」よいことに追いこむならば、「海員組合は黄色組合から全国海員の階級的利益をまもる戦闘的組合」に変る、と説いているのである。

とすれば、むしろ反対に、それは海員刷新会に「後日事件」のようなことをやるな、しかも、「後日事件」のようなやり方では絶対にやるな、ということをこそ示唆しているのではないか、と私には思えるのであるが、如何であろうか。

だから、少々乱暴な独断をあえて試みれば、片山論文は当時の海員刷新会幹部たちに読まれたにしても、更にまた読まれたにちがいないにしても、それほど熟読されはしなかったのではないか、或は、刷新会なり、又は刷新会を指導していた当時の共産党の人々なりにとって、片山論文はあまり好もしいものでなく、したがって、(意識的に、または無意識的に)殆ど黙殺されたのではないか、また逆にそういうことでそれほど熟読されないことにもなったのではないか、という気が、勿論軽々しい断定は許されないのだが、率直に言って私にはいくらかするのである。

海員刷新会は一九二八(昭和三)年の三・一五事件、一九二九(昭和四)年の四・一六事件とあいつぐ弾圧をうけて潰滅に瀕するのであるが、二九年末から翌三〇年はじめにかけて、まことにみごとに不死鳥の如くふたたび勢力を拡大し、「海員組合刷新会」と改称して機関紙『海上労働者』を発行する。そこに掲げられた行動綱領には「(16)日本海員組合指導部の破壊」という項目があり、一九三〇(昭和五)年の総選挙に、当時の共産党が横浜、神戸などで「全海上労働者諸君!」に訴えたビラの末尾は、次の如くになっている。

「政府、資本家の犬〝浜国〟(浜田国太郎)〝赤寅〟(赤崎寅蔵)〝米満〟(米窪満亮)〝堀長〟(堀内長栄)[*7]らのダラ幹を中心とせる海員組合の現存機関を破壊し全海上労働者の指導機関を革命的反対派(刷新会)によって確立しろ!」

これらでみるかぎり、その後の海員刷新会ないし海員組合刷新会の姿勢も、またその背後の共産党のそれも、依然として「後日事件」当時と同様に、片山の「海員組合論」の示唆するところとはおよそ無縁の、というよりむしろ反対のもののように私には思われて仕方がないのであるが、どういうものであろうか。

五

ところで、蛇足になるのを覚悟の上で、更に一つ、二つ、つけ加えておく。

戦後になって私は、往年海員刷新会に関係した先輩の幾人かと、親しく接する幸運を得た。前記した田中松次郎をはじめ鳥越巌、世古重郎、小川眞、植田太平といった人々だが、故白戸五郎さんとも数度、お話をうかがったことがある。そして今から考えてみて、少々ならず不思議に思えてくるわけだが、片山潜に、海員にかかわる論文があることについては、誰一人からも、ついぞ一度も、ほんとうに一言半句も、きいたことがないのであった。

その人たちばかりでない。故野村秀雄[*8]、西本一治とは、戦前に知りあっていたが、この二人からもそのことは全くきかされなかった。(一九七八・一一・二〇)

〔『星星之火通信』一四号、一九七八・一二・一〇、抄〕

＊1　片山潜（一八五九―一九三三）　岡山県出身。一九〇八年赤旗事件、一九一一年市電ストライキなどで活動。一九一四年アメリカに渡り、日系人在米労働者の地位向上に努めた。二一年入ソ。コミンテルンの執行委員として活躍。日本共産党の創立にも尽力した。三三年一一月モスクワで死去。

＊2　海員刷新会　一九二五年、田中松次郎らが共産党の指導下に結成。反幹部闘争を主体とし、船内高利貸制度の撤廃、政治および社会知識の向上を目標にかかげ、組織の基盤を水・火夫においた。機関紙『水火夫新聞』を発行。

＊3　田中松次郎（一八九九―一九七九）　兵庫県出身。一八歳のとき、日本郵船の火夫（現機関員）となる。船

内高利貸制度の撤廃、日本海員組合の改革を目ざして海員刷新会を結成。モスクワの東洋勤労者共産主義大学（クートベ）に留学。戦後、全日本海員組合の結成に参加。四六年の海上ゼネスト時の中央闘争委員長。争議後海員組合から除名された。以後、日本共産党漁民対策部長、臨時中央指導部議長を歴任。

＊4　ボーレン　部員（普通船員）の職業紹介と宿泊所を兼ねる専門業者。欧米の boarding house master を真似たものといわれる。おもに旧甲板長や操機長が経営した。ボーレンはまた、船内高利貸資金の最大の供給元で、利息は一か月二割が普通であった。一九二六年海事協同会の設立によって廃止されることになったが、日中戦争開始のころ（一九三七年）まで存続した。

＊5　浜田国太郎（一八七三―一九五八）　愛媛県出身。一二歳のとき機帆船の給仕となり、以後各船を転々とし、一八九三年日本郵船に入社。一九一二年、海員のおこなった最初のストである、賃上げ要求のストライキを断行して勝利した。一九二一年日本海員組合の副組合長、のちに組合長になった。三六年辞任して僧籍にはいった。

＊6　スキャップ　スト破りのこと。

＊7　堀内長栄（一八八七―一九六一）　静岡県出身。静岡師範卒。小学校教諭となったが辞職、一九〇五年から二三年まで海上生活を送る。日本海員組合の創立にくわわり、浜田国太郎の後任として副組合長、組合長を歴任。「攻撃の浜田」にたいして「守りの堀内」といわれ、組合内部の統一につとめた。戦時中、日本海運報国団役員であったため、四五年に結成された全日本海員組合副組合長に就任したが、海員のおこなった最初のストで公職追放となり辞任。以後養老船員保護事業に従事。

＊8　野村秀雄（一八九九―一九五三）　金沢市生まれ。神戸外国語学校に学んだのち、三等航海士となる。一九二四年入ソ、東洋勤労者共産主義大学（クートベ）で学んだ。二九年帰国、尾道・神戸で活動。四五年、日本共産党に入党。中国地方委員会議長、日ソ親善協会理事長を歴任。

砲声一発 †

一

一九三七（昭和十二）年八月末ちかく、その年六月ジュネーブで開催された第二三回国際労働（国際労働機関 ＩＬＯ）総会にわが国労働代表として出席した小泉秀吉[*1]の帰朝歓迎会が、神戸元町一丁目三越の大食堂を借りきってひらかれた。

知事、市長、海運局長等の役人たち、船会社の社長、重役、海務監督クラス、労働組合関係者など、いわゆる朝野の名士を集めた会合であったが、私たちの無線技士会にも招待状がきて、米山大甫が出席した。

昼間のパーティだったが、のみものはふんだんに出たらしく、午後三時ころだったろう、顔を赤くした米山が、おなじようにいい顔色をした相生橋署の特高、榊田、藤崎の二人とつれだって帰ってきたのに私は少々びっくりした。

しかも米山は、特高二人を事務所の一軒おいて隣の喫茶店「蘭」に案内するように言い、後からすぐ行くからアイスコーヒーを四つとるように、と言うのだった。

およそおもしろくもないことだったが、言われた通りにするしか仕方もなかった。

特高二人の相手役は閉口だったので、米山が来るまで私は煙草を買うなどして「蘭」の女店員を相手に時間をつぶした。

ボックスに二人きりになった彼らは、ほろ酔いきげんもあって昂奮ぎみにしきりと話していた。「じいさん、ふざけてやがる」とか「なめていやがる」とか、悪罵するみたいに言いあっていたが、「あんな席でなかったら、ひっくくっていためつけてやるんだが……」、という藤崎の声を耳にして私は少々ハッとした。よくはわからなかったが、おだやかならざる、といった雰囲気だけは私にも感じられた。

米山が例のニコニコ笑顔で入ってきてボックスに坐ると、藤崎はいきなり、ぶつけるみたいに、あの狸爺（藤崎は〝たぬきじじい〟とハッキリ言った）のふざけた演説をどう思うか、と言った。

米山は鳩が豆鉄砲をくらった、といった顔をしてみせた。そして、大きくうなずいたあと、今度は立板に水式に、例の笑顔をふんだんにあいの手に入れながら、喋りまくった。

全くその通り、愚にもつかない演説だった、小泉秀吉も何といっても年でボケてきた、年齢ボケに洋行ボケが重なった、……言うことが支離滅裂で何を言ってるのかさっぱりわからない、……大体演説の上手な人ではないが今日のはとくにひどかった、……声も嗄れ声だし茨城弁というか一種のずうずう弁で訛がひどくて、……全くまともにきけるしろものではなかった、……大体もうすぐに、この九月で海員協会の会長をやめて引退するんだから、今更何を言ってみてもはじまらないわけでもあるが、……労働代表なんてものも引退への引出物で、やめる前に一度官費で洋行させてやろうというんだから、……そもそもがいい加減な話なんだからどうでもいいようなもので、……云々といった調子だった。

特高二人も烟にまかれて、それでもきげんをよくして笑っていた。

私は心中少々ならずびっくりした。米山は日頃、およそ小泉秀吉をわるく言ったことがなかったからである。

ところで米山の話はそれからたちまち一転し、歓迎会場でぬかれたシャンペンや上等なワイン、ブランデーなどがしこたま飲み残されていた話になった。くちをあけたらとってはおけないから、どうせみんな三越の従業員連中がのむわけだろう、勿体ない話で二本なり三本なり提げてもってくればよかった、……お上品ぶって遠慮していたが腹の中ではあんたも私も誰も彼も、みんなくやしがっているわけだ、……などと言い出し、特高二人も多少閉口気味になり、苦笑しながら立ち去って行った。

二

彼らが行ってしまうと、米山はぽつりと言った。

「奴らはさすが商売がら、やはりきくべきところはちゃんときいていやがる、……もっともそこまでちゃんときいたのはあの連中だけかもしれんがねえ……」

米山は苦笑しながら、その日の小泉秀吉の演説の話をきかせてくれた。

労働代表とはこの上ない名誉なことで、生涯に二度とないことだと思ったから、アメリカ、ヨーロッパをまわり、多くの人びとに会い、沢山の資料ももらって世界各国の労働者、海員のことを勉強してきた。祖国への無上のおみやげと思ったからだ。ヨーロッパから諏訪丸でスエズ、インド洋、マラッカ海峡、上海を経て帰国したが、途中、ズドーンと一発、上海で砲声がとどろいた。そしてこの砲声一発で、小泉はもち帰ったおみやげの一切が反故となってしまったことを知った。まことに残念だが、これはいたし方もないことです、云々。

およそ右のようなことで、やがてさかんな拍手になったが、演説の終わったとき、みんな一瞬、ポカンとした恰好だったという。

小泉秀吉は度胸をすえて、会場を完全に食ってしまっていた、と米山は言った。それにしても大したもので、おそらくこの日の演説は、小泉秀吉の生涯の最高の演説としてのこるのではなかろうか、とも言った。わかる人にはわかり、わからない人にはわからない、痛烈な反戦演説だったよ、と米山は言った。

私は二度びっくりしながら、感動した。たしかに、米山のいう通りにちがいないだろうと思った。しかし、その日の小泉演説について、私はその後に幾人もの人から、妙な演説だったとか、さっぱりわからなかったとかきいているから、特高と米山以外に、この演説をホントにちゃんときいた人は、いくらもいなかったのかもしれない。一九六五（昭和四十）年十二月刊行の伝記『小泉秀吉』（日本海事広報協会）にしても、この演説については一言もふれていないのである。

という次第で、本稿の主題は、この小泉秀吉の名演説について、伝聞ながら、証言を残しておきたいことにある。

それともう一つ、米山大甫は相生橋署の特高連中のうけた印象を、いくらかでも薄めるために、わざわざ彼らにアイスコーヒーをふるまったことはたしかで、そういう米山の小泉への心づかいというものは、今から考えてみて、小泉の名演説に優るとも劣らぬ何ものかであると私は思う。

米山大甫は戦争中、旭石油満珠丸で殉職、戦死した。三四歳の若さであった。

戦後、私はこの話を一度小泉秀吉にきかせねばならないと思いながら、申し訳もないことに実はその機会を失ってしまった。（一九七〇・六・二四）

今度あらためて伝記『小泉秀吉』を調べてみると、次の文章が目についた。

「秀吉の帰朝は八月二十二日で、渡欧中に支那事変が起り、秀吉の乗船した諏訪丸は上海に寄港して、舷側に機銃掃射を受けつつ、邦人避難民を収容し帰国したのであった。せっかくの国際労働会議であったが、もうその国内的実施について成果を上げるようなことは望み得なくなった」（一九七七・一〇・一）

（『星星之火通信』六号、一九七七・一一・一〇、〈話さなかった話〉欄「砲声一発」）

＊1　小泉秀吉（一八七九—一九五九）　茨城県出身。東京高等商船学校（現商船大学）航海科卒。三井物産船舶部勤務を経て日本海員協会・海事協同会の役員となる。敗戦後は三井船舶の取締役・三井本船建造の社長であ

ったが、全日本海員組合が結成されるにあたって推されて初代組合長となる。四七年、社会党から出馬して全国区参議院議員。戦前から妻ハツセとともに神戸で消費生協の活動も行なっていた。

変転――日本海運報国団

一九四〇（昭和十五）年、戦時体制というのが一般にいわれるようになってきて、海員協会、海員組合ともに、それまでの陸上おおかたの労働組合のそれに押し流されるみたいに、自発的にといったかたちで解散した。

その海員組合の解散大会では、本部や支部の赤色の組合旗十数本に火を放って焼き、そのけむりと炎を前に一同、海員新体制万歳が高唱され、いわば意気天を衝くといった空気を私は目撃した。

海員組合がなくなった、なのに、沖にはそれに何の声もない、海員組合はあったのか、なかったのか、と増田正雄が笑いながら涙ぐんでいたのも私は私の目でみた。

海員協会の場合は、全く反対だった。会長の宮本吉太郎が、皇国海員精神発揚のときと絶叫し、「海員協会は、三十年の歴史をとじて〝発展的解消〟をとげるのである」[*1]としめくくったが、拍手はまばらで、来場の老船長、老機関長らは、一せいに息を押し殺したようなすすり泣きをひろげて会場は全くしらけきった。

同席した御園潔が私に「協会と組合とは大変なちがいですなあ……」と感嘆したみたいに言ったのを今に記憶する。

労働界新体制、産業報国会[*2]への変身に、積極的に協力したのは森戸辰男[*3]、風早八十二[*4]、西尾末広[*5]、菊川忠雄[*6]らで、消極的(?)に抵抗したのは松岡駒吉[*7]、米窪満亮だったと鈴木倉吉は私にいい、松岡の爪のあかを、海員組合の堀内長栄、西巻敏雄らにのませてやりたい、などとはげしくも言った。

鈴木の話に、いくらか私情があるかもしれない。戦後私が直接きいたのでは、風早八十二は絶対にそういう覚えはないと明言した。しかし、彼が、ナチスの労働体制を賞讃して書いたのは、否定できぬ事実としてあることもたしかである。

ところで、産業報国会づくりに、鈴木倉吉は逓信省(いや、すでに運輸省になっていたかもしれぬ)の一部海員関係官僚(そのひとりは、たしかに、三村令二郎、信州出身、私も面識あり、戦後、海運局長になった)らとともに、船員法を一部改正して、日本弁護士会、在郷軍人会に準ずる、半ば法規制による船舶職員協会、船舶準職員協会をつくることによって、産業報国会にとりこまれるのに抵抗しようとした。その両団体の綱領、規約などの作成に、何がしか私も関与したのだったが、勿論、全く体制の中のあがきでしかなかったにしろ、いくらかは産業報国会づくりへのレジスタンスでもあったことを私は知っている。

鈴木は、「西巻君(組合編集部長、海運報国団普及課長になり戦後公職追放、のちにとけて全日本海員組合顧問に復活した)は、全く見損なったなあ。オポチュニストもいいところ、考え方が全然右よりなんだ。彼は、米窪さんの獅子身中の虫だったのではないか」と私に洩したのだった。

海員協会を、船舶職員協会につくりかえる議案は、協会の評議員会で、反対一票で可決された。反対の一票は、明治二十九年一月、協会の前身、海員倶楽部の文字通り創立の中心人物だった老船長横山愛吉であった。横山老は、明治のおわり、海員協会を社団法人にするという議案にも、ただ一人孤立して反対した。団体の自主性が、官の手によって必ず失われるというのがその主張であった。

こういうはげしい時局の流れの中で、何がしか海員の独自性をまもろうという「船舶職員協会」設立の意味を、頑固な横山老には結局わかってもらえなかったとこぼしながらも、鈴木は横山愛吉こそ、海員協会の本質と伝統とをまもりぬこうと一貫した唯一の人物だったと激賞してやまなかった。

しかし、船舶職員協会も、船舶準職員協会もついに日の目をみなかった。ただ一つ、陸上一般の労働組合がすべて、産業報国会に編成替されたのに対し、海員協会、海員組合は「日本海運報国団」という海員独自のそれとなったのは、鈴木らのレジスタンスの成果といえなくもないのだろう。しかしそれは、敗戦の敗軍の、しんがり部隊の、負け惜しみの奮闘でしかないのもたしかだった。鈴木、三村らの苦心惨憺の功罪も、後世の判断にまつしかなかったようだが、こんな小さなことを評価分析するもの好きが、後世に出るはずもないこともほぼ決定的で、それはやはり、なんとも哀しいことの如くである。（一九八〇・九）

〔『金釘通信』一号、一九八八・一二・二五〕

＊1　実際は、海員倶楽部からあしかけ四五年になる。

＊2　産業報国会　大日本産業報国会のこと。一九四〇年九月、主要労組がすべて解散した後、一一月に日傭労働者を除くほぼすべての勤労者が報国会の下に組織された。労働者の保護策抜きで生産増強を目的とし、労働者を強力に戦時体制へ組み込んだ。敗戦後解散。

＊3　森戸辰男（一八八八―一九八四）　広島県出身。東京帝国大学経済学科卒。一時教職にたずさわり、研究活動に従事、のちに大原社会科学研究所につとめた。敗戦後は社会党に入党し、衆議院議員当選三回。片山・芦田内閣の文部大臣となる。広島大学学長、労働科学研究所長を歴任。

＊4　風早八十二（一八九九―一九八六）　岡山県出身。東京帝国大学法学部卒。東大・九大など各大学の助教授・講師を歴任。戦前、日本共産党に入党して活動、検挙・投獄される。釈放後、『日本社会政策史』を執筆。戦後は民主主義科学者協会初代幹事長。共産党から衆議院議員当選一回。党内各部で活動。また自由法曹団にくわわり、三鷹・松川事件の弁護もした。

＊5　西尾末広（一八九一―一九八一）　香川県出身。高等小学校卒。大正、昭和を通じての労働運動家。一九二八年の第一回普通選挙で社会民衆党より立候補して当選。戦後は日本社会党書記長、芦田内閣副総理などを歴任し、民主社会党を結成、初代委員長となる。著書に『大衆と共に』他がある。

＊6　菊川忠雄（一九〇一―一九五四）　愛媛県出身。東京帝国大学経済学部卒。苦学して入学し、在学中から社会運動にかかわり、卒業後は労働運動に専念する。戦後もひきつづき、労働運動に参加、総同盟中央委員として活動。社会党より出馬して当選三回。著書に『学生社会運動史』がある。

＊7　松岡駒吉（一八八八―一九五八）　鳥取県出身。高等小学校卒。卒業後旋盤工となり、舞鶴海軍工廠その他に勤めたあと、友愛会・総同盟で活動。敗戦後は総同盟を再建。一九四六年、社会党より衆議院議員に出馬。以後生涯議員生活をつづけた。著書に『労働組合論』他がある。

味気なし――宮路貞純への手紙 †

何かと多忙で心ならずも失礼しました。航路が変わって了〔ママ〕ったそうで、小生もがっかりいたしました。

社団法人海員協会は、十一月三十日、ついに解散いたしました。その解散の席上、宮本会長の演説のとき、鼾をかいて寝ていた老人がいましたが、同じ宮本会長が後刻協会解散を宣言したとき、声をあげて泣いていました。鈴木主事は涙を恥じて、めがねをとりかえていました。鹿子木も、土田氏も泣いていました。四五年の歴史を代表して、全員の敬礼の前に立った藤井治三郎翁の顔が、紅潮していました。小生も涙の出てくるのをこらえるのが辛かった。

その夜の解散披露宴は空前の盛会でした。会長の演説のあと、藤井翁が立ち、儂《わし》は米内〔光政〕、板垣〔征四郎〕二将軍と同じ先生の下で勉強し、彼等は大将、大臣になったが、儂は海員協会の発展に些か力を尽くした。そして儂のした仕事は、大臣大将の仕事に、決して劣るものでないと確信しとる、と喝破、満場の拍手を浴びましたが、小生はこの時も涙が出そうで困りました。昔の、三十年前の会長と、今の会長とを比べるだけで、協会の解体せざるべからざる所以がわかるような気がしました。

管船局長や人事局長と肩を並べて、天下でもとったような気でいる輩に比べて、藤井翁の如き、日本海員にもえらい人が出たものだと感佩しました。

協会四五年、小生如きですら、感慨切々として、襟を正さざるをえないものがあります。無線役員会、無線報国会をつくるとかつくらぬとか、実に愚劣な数日を過しました。井上は海運報国団に若し米山が入れなかったら、ひとりも入るのを止めてもらいたい、声明書でも出してもらいたい、と発言。満場に「感銘」を与えました。永山君はとられるらしい、とかがみ〔各務〕が言いました。協会と合同以来三年。えらくなったのは誰と誰、ばかになったのは誰と誰か。小生は無線技士に、今度位幻滅を感じ、悲哀を覚えた事はありません。小椎尾《こしお》[*1]と酒をのみ、にも拘らず元気を出そう、という事にはなりましたが。

元社大党岩手県連書記長横田忠夫が、留置所で剃刀自殺をしました。恐喝か何かの嫌疑だったのだそうです。遺書に曰く、「麻生[*2]亡きあと味気なし」、前の文句は別として、「味気なし」の句はことに此の頃身にしみます。

小生は只今『制海』終刊号に苦行中。十三日夜東上、兄〔公明〕の結婚式に出て、十六日頃小生ひとり帰神、雑誌が終わったら、年末正月にかけてもう一度東京、水戸と清遊し度い予定です。

その後また帰神して、協会四五年史編纂の鈴木を手伝い、それが半年位もかかるだろうか、その後の事は、全く白紙の気持です。理屈はわかるが、報国団なぞに行ったら協会のめしの味は忘れられそうにもないのです。しかし、やはり理屈かな。

で、久々の家の方は女房子ども共に引あげ、東京上板橋に住居を構えます。小生ひとり神戸で四五年史に身を削り度いと思う。手紙など協会編集部あてに願います。

〔一九四〇・一二・一〇付、宮路貞純への手紙〕

＊1　小椎尾豊（一九〇九—）　無線技士会の活動家。エスペランチスト。一九四六年の海員スト時、九州地方で活動。その後海上生活へ復帰。

＊2　麻生久（一八九一—一九四〇）　大分県出身。東京帝国大学卒。一九一九年、友愛会に入り、夕張・足尾などの鉱山争議を指導。社会大衆党書記長、代議士となる。日本産業報国会の設立や、大政翼賛会創設にも関係した。

浅学菲才——『制海』最終号編集後記の後日談　†

一

昭和五、六年のころだと思うけれど、例えば石川二郎は私に、「われわれインテリは、よほど理論的にしっかりしたものを持たないとダメなので、……」などと言った。つまり、うんと勉強せよ、猛烈に書物をよめ、という説教で、この「われわれインテリは、……」の次には、「労働者とちがって」という意味が、口には出されなくても、こめられていた。ここでいうインテリとは、ほとんど〝非労働者〟というのとおなじで、自分自身を卑下したものであった。そういった「インテリ」という言葉の使い方は、石川二郎でなくても、多くの人が使った。「彼奴《あいつ》は、しょせんインテリだからな、……」など、時には蔑称でさえあった。

私は青年時代にそういった空気の社会に多くふれて来たので、ラジオ講演などで評論家や大学教授などが、「われわれインテリゲンチャは、……」とか、「私たち知識人としては、……」などと語るのをきいて、当初、やはりこの人びとも、自分自身を卑下して言っているのか、と思った。そして、それがそうではないらしいと知って、なんとなく滑稽に、得々とそう喋っている先生方が愚劣に、思えてきてやや困惑した。

昭和二十一年七月、九州若松の海員組合支部に、春日正一が私を訪ねて来て石田徳左ェ門に信認状をさし出した。びっくりした石田が気をきかして、人に知られぬように私のところへそれを持ってきた。海員組合の支部に来て誰彼かまわずいきなり共産党の信認状をつきつける春日正一にも私はおどろいたが、その信認状に「中央委員 春日正一」とあるのにもそのとき私はやはりおどろいた。しかしその後、私の知った共産党の中央委員なり中央委員候補なりで、名刺にその中央委員また中央委員候補という肩書を刷りこんでいない人は、一人もなかったから、私は困惑したが、いつかしらあきらめてしまった。

迅の葬式に伊藤憲一が来て、名刺に「前衆議院議員」という肩書があって、（「元衆議院議員」だったかもしれぬ。どちらだったか、精確なところは忘れた。）私はいやな感じがした。そのことを伊藤憲一に後日私は話したが、国会などでその肩書がものをいう場合があり、仕方がないのだという説明だった。そういう面も、あることは事実だろう。

自分の仕事なり職業なりに自信をもち、何がしかの誇りをもつことはよいことだと思う。しかしそれが他人のそれに対し優越感をもつとなれば、おかしなことになる。殊にそれが社会的世間的に高く評価されている場合、何ともやりきれない鼻つまみものになりかねない。

丸山眞男は当世私の最も好きな人間の一人だが、はがきに「……当分学者も休業状態です。云々」と書いて来たり、私などとの会話にも「ぼくら学者しょうばいをしているとやっぱり……」などと言ったりする。丸山が〝学者〟なるものに優越感をもつなどいうことが万々ないことはわかりきっているのだけれど、私にはやはりそういう書き方、言い方は正直なところいくらかひっかかる。

二

しかし、私自身、そうしたことについて、あまり大きなことは言えないので、実はそれが今書こうと思いついたことの主題なのであった。

昭和十五年十一月、私のつとめていた海員協会は解散し、私が編集にあたっていた機関誌『制海』も終刊号を出したのだが、その編集後記に、編集者としての終刊の言葉を私は書いた。

格別の内容があったわけでなく、とにかく四十五年つづいた雑誌が終刊となって残念、無念であること、最後の編集者として読者各位に深謝するばかりだ、といった意味のことを、候文の手紙の形式で書いたのだったと思う。手もとにないので記憶の上でのことであるが、海員協会にとって代る新体制の海運報国団に対する支持とか賞讃といったことだけは、一言一句も書かなかったと思うが、当時はそれだけのことについても、それなりの苦労があったのだった。

協会の同僚で、共済部長か何かをしていた羽江光雄が、目頭が熱くなった、とやや見当ちがいのほめ方でほめてくれた。日頃親しいというより、むしろ不仲であっただけに、私は少しく気をよくしたりしたのだった。

ところがその後、私は河野実によばれた。何用なのかと河野に会ってみると、私がその編集後記に「浅学非才」と自分のことを書いたのを、「ありゃ一体何かね」というのだった。

河野は私より二つ三つ年上だったが、昭和十一年十二月、検挙され、三年あまりを岡山の刑務所ですごして、出てきたばかりであった。出所の前、玉野造船所につとめていた河野の兄が、出所後は航海士として働くほかないと思うが、就職については何とかよろしく願うという丁重きわまる手紙を私あてによこしていた。私はその真情溢れる文面にも感激した。そして私たちは、彼のためにいろいろと就職を心配した。彼が出所して、神戸に出て来てからも、彼の生活の一切は私たちが世話していたのだった。

そんな関係にあっただけに、河野のそんな言い方に私は少しく反撥した。「浅学」は学問があさはかなことだし、「非才」は才能のつたないことで、少しくむずかしい字句を使ったかもしれぬが、他意はないと答え、それよりも海員新体制謳歌を全然していないことを見てほしい、と言った。

河野は海員新体制無視などあたりまえのことにすぎないと言った。それよりも「浅学非才」などと書くのは何ごとだ、と言った。

「学者や大学教授でもあるならいざ知らず、船乗りの使う言葉かよ、どうかしてるんじゃないか」と言った。私も「浅学非才」が、その編集後記に、また編集者である私にとって、不適切な言葉であることを認めないわけにはいかなかった。しかしそれほど糾弾されねばならないことなのか、なんでこんな片言隻句をとらえて、これだけ執拗に言うのか、わからなかった。

しかし河野は、その私のわからないというところがいかん、というのだった。更に少し人より多く書物を読んだり、多少文章が書けたりして、私にはそういうところがあるのだ、と言った。思いあがりもいいところだ、と言った。そういう河野の言い方は辛辣をきわめた。人が変わったようにはげしく、きびしかった。私はすっかり閉口した。そして何故そうまで河野がそれほどきびしく言うのか、ほんとのところはよくわからなかったが、あやまるより仕方がなかった。数時間もということではなく、せいぜい二十分か三十分くらいのあいだだったろうと今からは思えるのだが、そのときは三時間か四時間、ほとんど半日くらい、しぼりつづけられたような気がした。そして私は、ひらあやまりにあやまった。

しかもそれからも度々、私は河野から、何かにつけて「浅学非才」先生と皮肉られた。それは殆どいや味、いやがらせにさえ思えた。しかし、さりとて、河野の善意を私はつゆうたがうこともできないのであった。

三

とにかく、こうして「浅学非才」は私にとって一生忘れることのできないものになった。そして「浅学非才」なる言葉を思いうかべる度に、河野実という男は私にとって何と有難い、何とよい友人であり、先輩であったことだろう、と思わないわけにはいかないのであった。

昭和二十年のはじめころか〔十九年〕、河野実はフィリピン沖で戦死した。

ある日、東京学芸大学を出た河野実の遺子、ひとりむすめの洋子と私は会っていた。彼女がふと、めがねをはずした。その顔は河野実と、おどろくほど似ていた。めがねをかけた彼女に、私はもう一度めがねをはずした顔をみせてくれと頼んだ。彼女はこころよくめがねをはずしてくれた。

一瞬、私は涙をこぼしそうになって、あわててそれをこらえた。〔執筆年不詳〕

〔「近況一束」(その7) 一九七五・二、「浅学非才」〕

【資料】

『制海』最終号編集後記 †

下山手八丁目

△本誌は本号を以て終刊致す事と相成候。省みれば、明治二十九年二月十日「海員倶楽部報告」として創刊以来四十五年、号を重ぬる事五百十四、本号を以て本誌自身の歴史を閉ずる次第に御座候。筆者の専ら本誌編輯

に当りしは昨昭和十四年一月、前年までの『海員協會雑誌』を『制海』と改題以来僅々二年に過ぎぬ乍ら、文字通り本誌と共に日常を終始来り候関係上洵に感激切なるもの有之候。

△支那に「風樹之嘆」なる言有之由に候。我が川柳の「孝行のしたい時には親が無し」に該当するものに有之哉、親に先立たれし親不孝者の悔と謂えるものと愚考仕候が、之必ずしも親不孝者の嘆きのみならず、均しく親孝行者の嘆きにも可有之候。云ってみれば人生誰か親不孝児ならざる者にあらんやに候。本誌につきても感慨は同じに候。終刊号の本誌を前にして後悔交々至るの思に有之候。最早本誌上には何も書け不申候。何も論じ不得候。慙愧之念頻りなるはすべて日ごろの懶惰の酬いに候が此期に及びて殊に切々たるを告白申し上げ大方会員諸賢に対し衷心より御詫申し上ぐる次第に御座候。省れば筆者如き之を本誌につきて曰えば親不孝者の尤たる存在なりし次第に候。

△雖然本誌編輯之二年を通じ、懶惰なる筆者に与えられし処は、肥大せるペン胼胝のほかに無形の貴重なるもの無限に有之候。第一に会誌編輯なる仕事の如何に幸福なる仕事なるかを痛感せし事に候。日常些細なる事務、締切に逐わるゝ焦燥感其他明暗両様の気苦労不愉快にも不拘、直接海上会員諸賢に呼びかくる会誌編輯なる仕事は、協会の数々の他の仕事に比するも少なくも筆者にとりては最も楽しき仕事なりしと感銘罷在候。実は海上の反響も漸く聞え会員自身の声たる海上よりの投稿また号を逐うて激増仕り本誌刷新拡充の基礎漸く成りし次第にて、本誌もこれからという時機に、直面致し居り候処終刊号刊行の運びと相成候次第に候。実に残念に御座候。

△しかも、筆者の浅学非才にも不拘、御投稿に御寄書に有志諸賢の御支援御協力を辱うせし事、過分の事に被存候。洵に感激に不堪候。誌上を借りて厚く厚く御礼申し上げ、切に各位の御多幸を祈り上候。

△先は御詫旁々御礼迄申上度きまゝ乱文を草申候。　敬白

（永山正昭）〔傍点筆者〕

〔『制海』最終号、一九四〇・一二、「下山手八丁目」〕

第三節　出会い（二）　同志

鈴木倉吉のこと †

鈴木倉吉という名前を私が知ったのは、もとより、私が昭和九年四月、無線通信士になってからのことである。通信士の先輩たちから、教わったのであった。

海員組合のはまくにこと浜田国太郎、ほりちょうこと堀内長栄、よねまんこと米窪満亮などと列び称されて、海員協会のすずくらこと鈴木倉吉は、その当時の海員運動のダラ幹四人男のひとりだった。

ダラ幹というのは、堕落幹部の略語で、労働争議を売って資本家から金をもらい、労働組合を牛耳って労働者の要求を弾圧し更には進歩的な労働者を官憲に売り渡すといった労働運動に巣喰う悪ボスのことをいうのだった。

そのころの海員組合、海員協会についていえば、この連中は政府からぼう大な失業船員救済資金の下付をうけ、その相当な分を不正に勝手に流用しているというのだった。具体的な一例として、海員組合長のはまくにこと浜田国太郎は、船員の航海安全を祈願し、海難船の菩提をとむらうと称して、神戸市葺合区に豪華な金比羅山雷声寺を建立し、自身はその住職となって栄耀栄華の晩年を送るべく、船主から寄付を集め、船員の給料から強制的に一部を天引きし、あまつさえ失業救済資金まで流用したのだが、他のダラ幹連中も浜田とぐるになってそれを助けたということだった。

海員協会ではダラ幹に反対する人びと、地方商船出身有志の十一会、実地出身有志の実友会、それに通信士の無線技士倶楽部の人びとが革正連盟をつくり、昭和九（一九三四）年の総会に大挙して押しかけ、浜田国太郎が祝辞に登壇するや、ひとりが大声を発して「マメドロボー！」と弥次って総会は騒然たる有様となった。

「はまくにというのはそれまで、何であれ押し通せる絶対的な存在だったのが、あの〃マメドロボー〃の弥次の一喝で権威をうしない、流石のはまくにもあれ以来落ち目になったのだった」と、米山大甫はくり返し感慨をこめて述懐したものだが、その〃マメドロボー！〃という歴史的弥次を放ったのが宮坂要輔《ようすけ》[*1]ときいたようにも思うが、この方はあまりはっきりしない。

とにかくその日の総会は紛糾を重ね、夜の九時すぎまでに及び、閉会まぎわになって革正連盟側代議員から、鹿子木伸吾だったと思うが、熱弁をふるって、常務理事尾崎麟太郎以下役員全員、主事鈴木倉吉以下職員全員に対し免黜の緊急動議が出された。混乱する中で議長の大関源蔵[*2]がこれを採択、罵声と怒号で騒然として挙手による採決が不可能なので、会場の一方に免黜動議に賛成の者、他方の側に反対の者が席をうつすように命じたところ、動議賛成の側が絶対多数となって動議成立し、喧騒の中を革正連盟側は拍手と万歳のうちに凱歌をあげて退席し、三々五々に別れてその夜はそれぞれ勝利の祝盃を重ねて酩酊のあげく、街頭であばれて警察沙汰になった者が幾人もあったという。当夜の総会の議事録が、革正連盟からパンフレットとして出版されていて、無線技士会本部の書棚でみつけて、私も読んだことがあるが、手もとにないのが残念である。

しかし、傲岸不屈の鈴木倉吉は屈しなかった。当夜の緊急動議は動議提出の手続きの上で定款違反があるほか、免黜の動議を取り上げた議長の大関源藏本人が、免黜動議の対象である理事の一員であることや、挙手または投票によらない採決の手段方法についても定款違反の疑いが濃いとして、免黜動議の成立を無効とし、それにかかわる部分一切を総会議事録から削除した。海員協会は社団法人なので、総会議事録は公文として監督官庁である逓信省管船局に提出されるのである。

無線部出身理事の大関源藏はさすがに異議をとなえたというが、勿論少数否決で、全く相手にされなかった。革正連盟ではあわてて独自に議事録をつくり、パンフレットにして沖に宣伝これつとめたわけだが、協会側は一部攪乱分子の捏造によるものだと、これまたさかんに逆宣伝した。

革正連盟は失業救済資金その他の会計の不正をあげて、協会代表者として尾崎と鈴木を裁判所に告発したが、それとて無効とされた免黜動議を直接どうすることもできなかった。「われわれの方も人がいいというか、抜けているというか、総会で勝って万歳万歳と有頂天になるだけで、その後のことを全然考えていなかったのだから、まぬけ加減もいいところだが、あれだけ衆目の前ではっきりした敗北を喫しながら、それに何のかんのと理屈をくっつけて免黜は無効だと押し切ってしまったのだから、鈴木の心臓というものは大したもので、敵ながらあっぱれとでもいうほかはない。われわれの方はあっけにとられるばかりだった……」

というおなじ話を、私は米山大甫から幾回となくきかされたのだった。

とにかく革正連盟では四人のダラ幹の中でもとくに、鈴木倉吉を「目の敵」にしていた。一部の人びとにとっては、文字通り憎悪の的であった。名前は忘れてしまったが、航海士の何がしなる人は鈴木を憎むあまり、この上は警察官になって、いつか鈴木をひっくくってやるのだと船員をやめて朝鮮にわたり、ほんとに警察官になったという話も、私は米山大甫から一度ならずきいた。

私は通信士になって、まずそういった空気の中に入ったのだったから、鈴木倉吉を知らないうちから、すでに鈴木に好意をもてるはずもなかった。私たちのあいだで悪玉といえば、まず鈴木倉吉であった。

そういうことだったから、昭和十一（一九三六）年の夏に入るころ、増田正雄、河野実などから、〝方向転換〟を説教されて、具体的には、例えば鈴木倉吉などとも、手をむすんでいかなくてはならない、ときかされた時は、青天の霹靂というか、目のくらむような思いであった。〔執筆年不詳〕

〔未発表、原題不明〕

＊1　宮坂要輔（?―一九四四ごろ）　粟島商船学校航海科卒。二等航海士。一九二八年ごろより労働運動に参加。全協海員港湾に所属。以来、一貫して神戸および海上で労働組合運動に関係してきた。太平洋戦争中の一九四

四年ごろ、八馬汽船多聞丸に乗船中、撃沈されて殉職。享年不明。
*2　大関源蔵（一八九〇―）　一九一六年、官立無線電信講習所卒。海員協会理事。戦後、大阪電化株式会社社長、大阪高等無線学校校長などを歴任。

芝浦――上西与一《ともかず》のこと　†

一九三四（昭和九）年春、目黒無線を出て無線技士倶楽部大阪支部をはじめて訪ねた私に、北海道ならくにものどうしだと、上西与一を堤三郎が紹介してくれた。

背が高く茶色の目をして、一見混血人みたいにみえた上西は、北海道ではいくらか知られた上西農場の御曹子で、父親が奇人で財産を蕩尽し、北大農学部予科を中退して無線技士になったことは後に知った。

そのときは顔つなぎ程度で、まもなく乗船して行ったが、その広海汽船の神速丸（後に広速丸と改名）で、サロン待遇の実施その他、無線部に対する差別反対を要求して停船ストを一人でやってのけ、上西は海事協同会からいわゆる〝不良船員〟のレッテルを貼られた。同時に無線技士のあいだに、一躍有名にもなった。

私が関西丸に乗船していくらもない頃、神戸で偶然再会したが、そのとき上西は私に十年の知己のように御馳走してくれて「どこの港ででもひまさえあれば他船の無線技士をたずねて話をきけ。これだけは必ず実行するように」と説教した。私はその説教を随分忠実に守り、二年足らずの関西丸乗船中に一三二隻の訪船を記録したが、それがどれほど私自身の勉強になったことか、計りしれないといってよい。

一九三六（昭和十一）年四月、私は無線技士会本部で働くことになったが、当時たまたま上西は若松支部長で、私たちは一そう親しくなった。上西はそのころ神戸にいた河野実を紹介してくれ、また若松の松下嘉明をひき合わせてくれた。上西は若松の新組合支部長木内正規、支部員の古賀武一、柳井勉（名前ちがうかもしれず）とも親しかった。この三人はともに部員の働き手だが、河野、松下はともに航海士だった。上西はまた、松井米吉とも親しかった。松井は増田正雄と越中島同期の船長である。とにかく上西の友人は、無線技士以外にも多かったということだ。

一九三六（昭和十一）年十月、無線技士会が社会大衆党支持を決議した第五回総会のあと、ひきうけ手がそろわず、新常任委員会の編成は難航した。下船して総会にかけつけていた寺川新が、二度も発言して自薦したが、米山大甫以下誰も返事をしなかった。

休憩になり、上西は新開地近くまで夜の食事に私をさそったが、寺川がついてきた。常任を引き受ける覚悟で下船してきたのに、そしてその決意を二度も披瀝しているのに、米山は何も言ってくれぬと、寺川は顔色を変えて憤慨した。

「米山が黙っているので、儂も何も言えなかったが、儂はお前を適任だと思っている」と上西が言い、寺川が手をさしのべて二人は固く握手した。寺川は感激して涙さえうかべ、その場の空気に私も気圧される始末だった。

ところが寺川がトイレに立つと、上西はいきなり私に「君は寺川をよく知らんだろうが、あんなしょうもない奴はだめだからな」と言ったので私は二度びっくりした。しかし、再開後の会議で、他に候補者が得られず、結局その時は寺川の常任就任が実現してしまったのだったが。

戦後まで生き残り、後に病死した寺川は何も知らないでしまったろうが、寺川の常任就任が一年だけで終ったのにも、上西による再三再四の手きびしい寺川批判が大きくものをいっていたことはたしかである。

ところで上西は常任を退く前に、私をよんで言った。

「大体もうわかっていると思うが、運動の大すじについては増田、河野の意見を必ずきくように。但しその実際のすすめ方は御園や米山と相談してこちら自身で決めていくことだ。」

はっきり意識しないまでも、事実上その通りにはなっていたが、なるほどとうなずかれ、私は上西に感謝するとともに一瞬身うちのひきしまるのをおぼえた。しかし不幸にも、その年のくれ、増田、河野ともに検挙されてしまった。

その後、明朗会停船争議、新旧海員組合の対立と接近、海員協会との合同復帰交渉など、むずかしい問題が次々と出てきたが、そのすべてについて、少なくも私には上西は何よりの相談相手の一人だった。

上西は手紙をくれ、電話をくれ、時には近くもない入港さきからかけつけてくれもした。実際には、もっぱら私の話のきき役で、とにかくそれでやってみることだ、云々程度の助言にすぎなかったが、それだけで私は十分に勇気づけられた。

上西が大阪にたまたま土曜日に入港し、夜、神戸本部に来て、日曜日くらいたまには休むべしと言い出し、米山大甫が大いに賛成して、翌日、米山、私など常任の者のほか、在泊中の求職者十人ほどもつれ出して六甲山へ、今でいうハイキングに出かけたことがあった。

田中洗濯店のむすめ姉妹三人も参加して賑やかだったが、二十人ちかい数の折詰弁当やのみもの代その他の費用一切を、それは随分な金額になったが、上西ひとりで負担したのに私はおどろいた。求同（求職者はすべて求職者同盟というものに入っていた）の連中にも、たまには気晴しをさせなくては、と笑っていたが、費用のことは上西本人のほか、米山、私など数人しか知らないことだった。

求同の空気が、一変とはいわぬまでも以来明るくなったことはたしかだった。その思いつき、金の出しっぷりの二つながらに私は感嘆するばかりだった。

一九三七年（昭和十二）年一月、新婚後まなしに上西は盲腸炎をわずらい、神戸掖済会病院に入院した。無線会館からは目と鼻の先のところだったから、私も同じく一月に結婚していたが嫞は東京の両親宅にいて単身だったから、毎晩のように見舞に通った。おとなしい、美しい夫人が若松市栄盛川の新居から看病にかけつけて、病室で連夜私たちが長々とつづける雑談を、かたわらで静かにきいていた。いくらもなく全快して、上西は帰郷、まもなく乗船していった。

その年から一九三九年まで、わずか三年ほどが、上西の家庭生活の幸福な期間だった。

戦争の気はいの濃くなるころ、上西夫人は精神に異常の徴候を示し、後に一時的に快方にむかったこともあったというが、結局上西が戦死するまで、完治することがなかった。

異常のしらせをうけたあと、北九州に入港して病院へかけつけ、夫人から、どちら様でしたかしら、と訊かれたときは「儂も一寸まいったよ」と上西は笑いながら言ったが、その笑顔の目は濡れて光っていた。

「それも運命、これも運命、人間はその運命を運命としてあきらめるほかないようです」とも手紙で書いてきたりもした。

一九四四（昭和十九）年くれと記憶するが、かなり久方ぶりに上西と私は芝浦で会った。

どうしても会いたいから、と、旅館に転業した待合によばれた。上西のむかしなじみの家らしく、当時は超貴重品の魚や貝の料理、それに酒まで用意され、夜分のせいか、上西は丹前姿だった。ひろい建物におかみらしい中年の婦人のほか人かげはなく、なんとも寒々とした感じであった。

「お前ともこれが最後だと思うよ」

上西は淡々と、むしろ快活な口調で言った。米山大甫の訃報後まもないころだったから、冗談めかした言葉にも実感がこもるのが、何ともやりきれなかった。

「儂はもうどうにもならぬけれど、こうなったら目ぼしい連中は一人でも二人でも遮二無二下船させることだな」

上西がそう言い、私もうなずいたが、それがその、どうなるものでもなかった。病人にし、怪我をさせ、発狂させておろすことだ、などとも上西は言った。それが当面、私の仕事だ、と言った。

私は上西こそ、何とかそうできぬかと言ったが、笑ってくびをふるだけだった。気の狂った夫人を大切に守っていて、上西は立派だと私が会う人ごとに言っているようだが、それは止めてくれ、と上西は言った。ちっとも立派でないのだからと言い、夫人の治療には全力をつくしているが別に女性ができている、とも言った。そして、私も知っている女性だ、と言った。しかし、それが誰とも上西は言わなかったし、私も強いては訊かなかった。

最後だと思うと上西の言った通り、その夜が私たちの最後の出会いになった。

上西の死後、田中洗濯店に招かれて、小父さん小母さんから涙ながらに、むすめ三人姉妹の末の妹が、上西の言った「女性」だったことをきかされ、私はただおどろくほかなかった。末の妹というのは宝塚の歌劇学校に通っていた少女で、たしかに私もよく知っていた。とにかく、私に相談してみるようにと、上西が言い遺したときかされた。

上西の戦死には、相当の弔慰金が出ていたが、合同葬に北海道から出てきた厳父は、一切合切病気の未亡人に渡してほしい、とり分はすべて放棄するから、と淡々としていた。品のいい老人で、立派というほかなかった。私はその厳父の顔を思いうかべながら、田中の小父さん、小母さんにすべてをあきらめてくれるように頼むより仕方もなかった。

終戦前後の二年ほどを、私は若松でくらしたが、戦後しばらくして一日、小椎尾豊にせがまれて若松市郊外の上西未亡人の姉夫妻宅を訪ねた。未亡人は異常のまま、そこで姉夫婦の世話で静かに余生を送っているというのだった。

小椎尾にあらかじめ含められて、私たちはもっぱら姉夫婦と話した。夫君の方は気のいいだけの人といった印象だったが、上西未亡人の姉という妻君の方は、みるからに勝気なしっかり者といった人で、妹の上西未亡人とはおよそ似つかなかった。酒と、一寸した料理なども出た。私たちが姉夫婦と話したり御馳走になったりしているあいだ、未亡人は隣座敷の隅で黙々と針仕事をつづけていた。私は神戸の掖済会病院で、上西と私との雑談を、かたわらで静かにきいていた上西夫人の姿を思い出した。

帰りしな、小椎尾も姉夫婦も、どうせわからないのだからと止めたが、私は強いて未亡人のところへ行って挨拶をした。

未亡人は正面に私を見るとたちまち涙ぐんで、上西とは本当に親しくして戴きました、と言った。しっかりと落ちついた文句だった。目はたしかに悪いらしかったが、それも針仕事のできる程度でのことだった。とにかく、会ってもどうせわからない、などというのでは全くなかった。そして、とまどうばかりの私に、私の長女の名をあげて私の家族の近況などをきいたりした。私は愕然とし、恐縮し、頭を下げるしかなかった。

わりきれなさ一杯で、小椎尾とともに私はその家をあとにした。

その帰りみち、私は小椎尾に、上西未亡人は狂ってなどいないと言った。小椎尾は、今日は特別調子がよかったのだろう、と言った。私は腹立たしくなり、小椎尾とかなり言い争ったりした。

その後数日して、小椎尾はやはり正常ではない、医師もその意見だったとつたえて来た。私はやはり、疑問の次々おこるのを抑えかねた。しかし、上西はすでに死んでしまって、いないのだと思い、何をいう気もなくしていた。

田中洗濯店の小父さんは、戦後数年して世を去った。小父さんの没後また数年して、小母さんも亡くなった。

小母さんの死の前年であったか、私は訪ねて、彼女と会った。三人姉妹の末の妹も、仕合せな家庭をもっているとのことで、一安心したことだった。

つい先頃のこと、船通労か船部協へ寄ったついでだろう、私は思いついて、芝浦の三業〔料理屋・待合・芸妓屋〕地帯を歩いてみた。見おぼえのあるような中華料理店や、待合風の建物がいくつもあった。あっちに行き、こっちに折れ、三十分ばかりも、そのあたりを私はうろついた。

しかし、上西と最後に会飲した待合風なお茶屋はどうしてもみつからなかった。みつからなかったというより、わからなかったということかもしれない。

それに、気がついてみると、すでに三十年がた、むかしのことになっていた。（一九七四・一〇・一）

〔『星星之火通信』六号、一九七七・一一・一〇、「という人びと　5　芝浦・上西与一のこと」〕

委員長――御園潔[*1] †

　私たち二人〔永山と江田義治[*2]〕のあわただしい話はいつのまにかどうしても、世を去った多くの、また世にいる今は少数の、共通に知る誰彼についてかかわる情報の交換になってしまうのだったが、そのしまい方に、江田が私に言った。

「ところで御園さんの息子さん、君が可愛がっていたろうが……、あれはどうしたかな……」

「ああ、以前から胸がわるいとのことだったが……それに終戦の翌年の二月はじめ、ぼくの女房が喀血して、どうにもならなくなって東京支店へかえしたのだが、……その後ぼくの方はストライキやら何やらやたらと忙しくなって、……消息もとぎれてしまったが、……とにかくその後西日本〔西日本石炭輸送株式会社〕を退職した、……そして数年後、随分あとのことだが、結核で亡くなった旨、たしか地主俊夫からきいた、……」

　御園潔の長男哲《さとる》を、私は西日本東京支店で採用し、私が若松本社に移ったあと、手もとによんで私宅に同居させたのだった。瑞枝の喀血前だったが、それで御園未亡人が訪ねてきて、私宅に数日泊っていったりもした。その後いくらもない彼女の訃報に、私たちは愕然、いやむしろ呆然としたのだった。

私から去って帰京した後の御園哲を、地主俊夫が何がしか見守ってくれていたことは、私には胸の熱くなるようなことだった。

とにかく、江田が御園哲のことを言い出したのは一瞬意外だったが、反面全く反対に当然のことと も思われた。

また江田が、御園潔を御園くんではなく、御園さんとよんだのにも私は気がついた。

やはり、にがいというしかない記憶がたちまちよび起されたが、そこで、あのときも江田は顔をあからめたのだった、……と思い出した。

＊

八幡で、江田と会って、私はゆくりなく、故御園潔と江田とのかかわりあいを思い出したのだった。

重ねての鈴木倉吉のひきで、江田が木船海運協会から西日本に転ずることになったとき、御園潔を江田の後釜に据えることを思いつき、私は必死になった。

折角頼みこんで、とにかく鈴木の同意をとりつけた後は、江田も容易に説得できた。御園自身はむしろ戸惑い気味だったが、私は増田正雄の厳命とつたえて押し切った。

当時、日寅丸二航士だった増田は、私たちのなかまのかげのリーダーだった。太平洋戦争が始まると、一年もすれば敗戦で終ると予言し、船員は殺されるばかりだから、意識分子のリストをつくって、兎に角目立たぬかたちで極力下船させるように、と言った。その後になって上西与一は、手や腕の一本位折るなり、病人狂人に仕立てるなり、とにかく船からおろしてしまえ、とはげしく言った。

しかも、そう言った本人の増田、上西の二人ながら、下船しないままに戦死してしまったのだから、生き残った私どもの感慨は殆ど言いがたい。

しかしすでにそのころは、汽船のすべては軍の御用船で、船員は徴用されて軍属の身分だった。徴用解除はおよそ困難で、航空機乗員関係（石本友治、菊本勝郎、福井六郎らがその方面へ行った）、新聞社の従軍技術者（寺林猛、宮路貞純らが行った）などのほかは、特殊な統制団体しか転職先はなかった。日本海運報国団を退職するに当り、私は後任に大内義夫*3を極力推薦して、そこにどうにか彼をはめこむことに成功した。

つづいて御園潔、米山大甫らを下船させるのが、私たちの課題だった。

江田の懸命な推薦で、木船海運協会会長中野金次郎と御園との面接が実現して、私の工作は殆ど成功するかと思われた。

鈴木、江田、私の三人は別室で待っていたが、面接を終って現われた御園は、中野会長が江田をよんでいると告げた。面接の結果はどうだったか、と鈴木、私が交々きくと、いろいろ話しただけでわからない、……けれど、若し彼我の立場が反対なら、不採用ですなあ、……と御園は笑った。

私は御園の笑顔に、もう大丈夫と思い、鈴木に礼言を言い、よかったと相好をくずす鈴木と、思わず三人で代るがわる手を握り合ったのだった。

一ときしてもどって来た江田は、中野会長の意向として、果して御園採用ＯＫと言った。万歳、と私は言うところだった。しかし、次いで江田は、但し中野会長の条件として、海務課長にはデッキ[*4]の人がほしかった、せめてエンジン[*5]ならともかく、無線の人というのでは本命でなかった、そこで給料を、前任者の江田より十円（?）減額することを承知されたい、云々、……その但し以下を、江田は顔を赤らめて、言いにくいのを決心してのように、言ったのだった。

鈴木の顔色が、一瞬、恐ろしいほど変わった。御園の急にさめた顔が、それをみつめていた。全く予想もしないことだったので、私は困惑するばかりだった。すっかり、しらけきったその場をほぐすように、御園は、私と相談して翌日回答することにしたい、と言い、私を促して退出した。

その夜、御園は、板橋区常盤台の私宅に、はじめて泊った。とっておきの配給の酒を、私はふるまった。

御園は、私の努力に感謝する、と言った。私にも、江田にも、鈴木にも申し訳もないが、わがままを言わせて貰って今回の話はことわることにしたい、と言った。

年齢では、江田の方が一つ二つ上のはずだから、給料がさがるなど、かまうことないのかもしれぬ、と言った。しかし、海員協会では、江田は若松出張所次長だったが、御園は神戸本部の情報部長だった。そしてその前、無線技士会では、委員長を二期つとめていた。それぞれわたくしごとならぬ烙印で、勝手に消し去るわけにはいかぬ、と思う、と言った。

「江田君には、わるいのだが……」

と御園はつづけて私に言った。

「柄にもなく、委員長などというものを引きうけた天罰ですわな、……」

笑いとばすように言われて、私は観念するしかなかった。「増田に叱られるだろう」とせいぜい私は言ってみたが、御園は、「相すまぬことです」と言っただけだった。

ところで、その「委員長」について、私には忘れられぬことがあった。

無線技士会のころ、いつかの常任会議で、議長をきめる時だった。常任の一人が、議長は委員長がやれ、そのための委員長だろう、と、どういう経緯からだったか、半ば捨てぜりふめかして言ったのだった。めずらしく、委員長の御園が色をなして怒った。

委員長というのは、もっぱら外にむけてのもので、内では常任委員の一員にすぎず、委員長だろうが、ただの常任（委員）だろうが全く平等なのだ、考えちがいして貰っては困る、といった口調は、ハッとするほどきびしかった……。

私はその後、数えてみると四十年ほどのあいだに、委員長、或は書記長、ないし組合長といった肩書をもつ人に、およそ百人ほども出会ったかと思うが、こういうことを言った「委員長」を、御園委員長以外に知らない。そのかぎり、御園潔は、私の出会った委員長、おびただしい委員長および委員長クラスの中で、第一の人であった。

ところで、私はふと、また気がついたのだった。

そういう委員長だったからこそ、御園潔は、「委員長」なるものをわたくしごととは扱われず、烙印の十字架として、あくまで背おいつづけたのだっただろう、と。

そして、その人は、その十字架を背おいつづけて、唯一の下船の機会にもあえて目をつぶり、その後いくらもなく、梓丸無線局長として戦死したのであった。

＊

八幡へ行って、江田義治と会って、私は過去の、私なりの〝歴史的一こま〟のいくつかを掘り起こすことができたのは、やはり、貴重な収穫であったと思う。

そして気がついてみると、その収穫のすべて、その収穫そのものが、ほかならぬ私自身の随分と重い十字架なのであった。（一九八〇・九稿、一九八一・四改稿）

〔『星星之火通信』三三号、一九八一・五・二三、〈という人びと　5〉欄「八幡」抄〕

＊1　本文は、小倉に来た永山が、八幡の江田義治に電話し、江田の誘いに応えて訪ねたときの記録。前半には、江田が目の病気で視力が出ず、苦労していること、西日本石炭輸送統制会社時代のことなどが語られている。その部分省略。

＊2　江田義治　鹿児島生まれ、児島商船学校卒業。航海士。木船海運協会、西日本石炭勤務を経て江田海運を創業。永山とは、一九三八―四〇年、海員協会にはじまり、戦争終結をはさんでその前後あわせて十年ほど、西日本石炭で職場を共にした間柄。

＊3　大内義夫（一九〇七―一九九八）　東京都出身。官立無線電信講習所卒。無線技士運動のリーダーの一人。敗戦後、全日本海員組合調査部長を経て、船舶通信士労働組合を結成、委員長をつとめた。

＊4　デッキ　船員の職種。甲板部関係職・部員のこと。

＊5　エンジン　船員の職種。機関部関係職・部員のこと。

牡丹餅——宮入鎮

「日本郵船のサロン級局長（昭和十年代のそのころNYKの局長は本給一一五円以上がサロン待遇、一一五円未満は局長でもメスルーム待遇だった）では当初いちはやく宮入鎮、田村増男の二人が無線技士倶楽部に入会し、クビになるなら脱会するが、クビにせぬなら目をつぶってくれと頑張り、結局会社当局も黙認せざるを得なくなったという。

私は昭和十一年春、河野実とともに横浜丸を訪船して、初めてこの高名な先輩に会い、話がはずんでビールなど御馳走になった。そのとき、以前にはなかったことだが技士会会員になってからは、社船以外の船と通信するときも妙なもので相手の名前を聞いてみたくなる、連帯感というか何というか、考えてみるとそのこと自体大したことで、それだけでも技士会に入った有難さというものだ、と話してくれたのが忘れがたく今も記憶に残っている。

「ちんさん」の愛称でよばれ、自身「狆」生などと署名したりしたが、宮入鎮は英語が達者で日々英字紙をよみ、社会科学関係の英書などもよく読んでいた。郵船無線会の長老の一人なのに、早くから郵船セクトといったものを卒業していたのは、もっぱら柔軟な頭脳とその教養とに因るのだったろう。

同じ論理で無線セクトの清算もはやく、技士会と海員協会との合同問題が起るとすばやくそれにも十分な理解を示した。そのころ宮入鎮は私に、協会との合同もいいが、それよりもむしろ一歩すすめて、海員組合と合同する方がよくないか、その後で組合と協会との合同の推進役をひきうけてはどうか、と言った。当時としては非現実的な奇矯な意見にちがいなかったが、宮入鎮の一面を示す独創的な卓見でもあるので書いておく。

戦後宮入鎮はすすんで共産党に入った。宮入がいくなら何処へでもいくと、勝倉与四郎以下もそれに続いたとのことだ。女婿の野口六郎も戦後一時期『アカハタ』の無線ニュース受信局に勤めた。宮入鎮が共産党本部を訪ねたとき、徳田書記長が自身椅子を運んで来て宮入にすすめたという。海上ゼネスト前後のころのことである。

宮入鎮はみずから「カストリ党員」と称し、ゼネスト後右派に牛耳られた海員組合大会では、しばしば熱弁を揮い、若い二宮淳祐と並んで「両宮」と並称された。

宮入鎮はまた戦後堤三郎の後を承け、無線会館の最も困難な一時期にその理事長を引きうけて、連日金杉橋の会館本部に通った。

そのころ共産党本部づめになって上京した私は、次女征矢《そや》とともに無線会館に止宿し、そこから代々木に通った。征矢が五歳か六歳のころだった。宮入鎮は征矢を哀れがって、砂糖の乏しい時節に、夫人に牡丹餅を作らせてもって来てくれた。丁度その日、何も知らぬ私は征矢を兄夫婦に頼んで兄宅に移したのだった。宮入鎮の牡丹餅は、五島源一以下の会館にいた若い連中が、これこそホントに〝棚から牡丹餅〟だと喜んで食ったという。宮入鎮の私どもへの好意はすれちがいで虚しくなったが、却て私一家では〝牡丹餅〟伝説となって、宮入鎮没後十年の今も時として語り合われているのであった。〔一九七五年ごろ執筆〕

〔「近況一束」一二号、「W列伝その8」〕

嗚呼米山大甫君

本棚の片すみに埃に埋れたファイルがあったが、某日何げなくあけてみると、その中に「嗚呼米山大甫君」という鈴木倉吉（故人）署名の原稿が入っていた。緑色罫の原稿紙は「全機連（全国機帆船海運組合連合会）原稿用紙」と印刷されており、第一枚目の欄外にあきらかに私の下手な字で「日本海事新聞に掲載」とあるが、原稿の文字は勿論鈴木のそれでも私のものでもなく、随分と丁寧に書いた女性の手である。

原稿冒頭の第一行からみてまずまちがいなく一九四三（昭和十八）年十二月か、おそらくは翌四四年一月、鈴木が、『日本海事新聞』に寄稿したものである。

この原稿のことを私は全く忘れてしまっていたが、全機連での私の仕事というのは半分がた鈴木のこの種の文章を代作することだったから、無線技士の運動をかなり詳細に、また随分正確に述べている内容からしても、これもまたその一つだったろう。もっとも私は代筆する場合、最大限署名本人として（この場合でいえばあくまで鈴木その人になって、換言すれば、ために私自身を何がしか制約して）書くのをつねとしたほか、当然鈴木自身の校閲をうけ、多少の補足などもあったりして承認されたものにまちがいないから、言ってみれば鈴木と私との合作ということになるだろう。

一九四四年といえば一九八四年の今からは丁度四十年むかしで、つまり四十年前の文章であるほか、表現などせいぜい〝鈴木ぶし〟を心がけて意図的に古めかしくしたくだりもあり、また戦争中のそれなので非常時局即応の筆づかいもなしとしない。しかしそれにしても米山大甫の業績、人間については簡潔によくまとめられており、また鈴木倉吉その人の米山大甫観もそれなりに出ているかと思う。四十年ぶりに読みかえしてみて私は正直涙が出て困った。

それにしても米山大甫逝ってすでに四十年ということに、また彼が「享年三十有五」、いま流にいえば三四歳の若さだったことに、今更おどろき、私にはどうにもこうにも感慨ぶかいのであった。

資料としてもすてがたい気もするので、故人追悼の意味もこめて、その全文を左に写す。（一九八四・七）

嗚呼米山大甫君

鈴木　倉吉

昭和十八年十二月五日、米山大甫君は南洋群島方面に於いて壮烈なる戦死を遂げた。

君は茲《ここ》に改めて紹介するまでもなく、我国船員の多くにとって忘れ難い人であり、ことに〝無線の米山〟として、無線技士諸君のあいだにあっては、神様とでもいうべき存在であった。夙に神戸に於いて無線技士倶楽部を創立し、稀有の努力と天稟とを以て着々同志を獲得、我国無線技士の全員の組織化に成功して日本無線技士会と改称、その後は高級船員の大同団結を目指して社団法人海員協会との合同復帰に苦心し、昭和十三年三月その実現成るや一時海上に出たが、幾何もなく迎えられて海員協会情報部長に就任、役員改選とともに理事に当選、海事協同会副委員長に挙げられた。

海上勤労新体制確立の機運熟し、海員協会の解消に次いで日本海運報国団の設立をみるやその専門委員を委嘱されたが、進んで海上に復帰して今日に至っていた。

筆者は昭和五、六年の海運不況当時、米山君が神戸に於いて無線技士倶楽部の創立に苦心惨憺したころから、海員協会の解消と共に海上に去るまでの約十年間、当初は烈しい敵対的立場にあり、後には海員協会にあって職をともにし、相反する二様のかたちで交誼を得たが、その以前のことはほとんど知らない。

米山君の我国高等海員、就中無線技士諸君の地位向上、福利増進のために尽くした業績は、此の十年間のうちにまことに数限りもないのであるが、最大のそれは恐らく昭和九年の無線通信士最低給料協定の改訂であろう。米山君は専ら之が実現のために無線技士倶楽部を創立し、文字通り東奔西走、南は九州から北は北海道まで港々を駆け廻って、同志の獲得に努めた。之が日本船主協会との折衝は海事協同会の手にうつり、同年八月米山君等の主張を全面的に実現して成立したが、之により甲板部機関部と異なり職務昇進なき無線部諸君の海上実歴による昇給制が確立したのである。

次いで米山君等のとりあげた問題は、社外船に於ける退職手当制度の実施で、勤続一年に付一ヶ月の手当支給を強硬に要求した。

遠洋大型船に於ける次席三席制、所謂無線三直制*1の確立や、無線の機室、居室の分離要求などが、相次いでとりあげられ、前記改訂標準給料制に伴い多経歴者の擁護という目的から、例の求職者同盟という組織をつくって一種の団体協約権、所謂クローズド・ショップの確立に努めた。求職者同盟、略称求同は統制強靭を極め、海上の会員とも密接に連絡をとり、前記退職手当や居室改善、次席乃至三席通信士の増員要求など諸般の問題に結びつけられて、陸上の求職者の強力な結束のほか、無線強制法を楯に、屢《しばしば》実力行使にも出たから、阪神方面社外船主からは相当非難の的ともなり、畏怖されもして、従って米山君自身も船主間には必ずしも好評判のみではなかったが、之と反比例して無線部諸君のあいだでは文字通り第一人者たるの声望を得たのである。

支那事変勃発するや軍徴用船の無線部増員は軍当局の要請するところとなったが、その要請自体が同君かねての主張であり、米山君は無線部職制整備の好機と、文字通り寝食を忘れて在陸通信士の動員につとめた。独り軍徴用船の増員のみでなく、当時あれだけ逼迫した需給下にあって、無線技士がいないため停船したという如き事態を一度たりと生じなかったのは、偏に米山君等の功績である。

船主の無線技士採用を自由にさせぬ他方、求職者の強い統制がそのために物をいって、命令一下会社の選り好みや船や航路の好悪など、給料手当の高低まで、各人に全く勝手を言わせず乗転船せしめ、しかもそれが全然自主的な統制力なのであるから、驚嘆すべきものがあった。また無線技士発病のため停船しそうになった船に、船主が後任者の規定給料を出し渋るや、進んで無給乗船を申し出たという、あまり人の知らぬ話もある。こうした反面が一般に比較的看過されているのは、或いは事の自然かも知れぬが遺憾なことである。

米山君等の強硬な主張であった次席三席通信士増員、無線部職能の完遂を期する無休執務即ち無線三直制は、昨年の無線法規改正で全的に実現をみたほか、無線部職制整備のことも、今議会提出の船舶職員法に於いて、局長免状の制定をみないのは無線部諸君のために遺憾ではあるが、少なくもその趣旨は貫徹されているのである。

何よりも時局自体が、米山君の主張の正しさを裏づけたといっていい。
今日、船舶局長のサロン待遇を怪しむ者は誰ひとりないが、十年前米山君はその確立のために苦労した。昭和九年の無線部標準給料改訂の精神は前述したが、之により無線技士諸君も海上実歴に伴い地位の向上をみる事となり、無線部に対する「若いうちだけの腰かけ職業」といった見方、考え方は払拭され、十年十五年と海上にとどまる者も数多くなった。即ち、少なくも今日の程度にまで、無線技士諸君が職場に安定出来る様になったのである。言ってみればわが米山君は、無線技士を男子一生の仕事たらしむるために、その生涯を捧げたのである。

更に此の改訂は、独り無線部諸君のための画期的地位向上を意味したにとどまらず、翌々昭和十一年の高級船員昇給制度確立の前提をなすものであって、延いては現行の船員給与規程に於ける、海上実歴に依る給与額の逓増を我国に於いて最初に成文化したものであった。

米山君等の社外船無線技士退職手当要求も兎にも角にも現行高級船員退職手当規程は勿論、普通船員退職規程その他の実現に与って力あったことは否定できぬところである。

米山君はその生涯を通じて、まことに〝無線の米山〟であったが、無線技士だけよくなれば他はどうでもいいという様な考え方とは、およそ無縁の人であった。昭和十三年の海員協会への合同復帰は、大局的立場に立った米山君の信念のこよなき実現であり、また高級普通を問わず我国船員の今日享けつつある福利厚生施設は、米山君等の先駆的運動によって導かれたものが少なくないのである。

率直に言って筆者は屢米山君と見解を異にし、昭和五、六年の海運不況当時は、米山君らの主張した強制交替制度（失業者救済のため期間を定めて就業船員と失業船員とを強制的に交替させる趣旨）に反対し、また前記した無線の諸君の求同にも全的には賛成し能わず、弾劾状をつきつけられたりした事もあった。更に海員協会で職をともにしてからも、ひとり無線に関する事のみでなく、米山君の強硬な主張に屢悩まされたものである。

しかも米山君という人は、どんなに烈しく対立した時にも、不思議と憎みえぬ存在であった。快活というか明朗というか、開け放しの性質は独特の話術と共に一種の風格をもって、味方は勿論敵側に立った者からも、少なくも個人的には親愛された所である。

また非常に義理堅い一面があって、失業当時一杯のコーヒーを御馳走してくれた老船長を忘れなかったり、立場や地位の如何に拘わらず、老人や先輩に対しては常に後進としての儀礼を失わぬといったところがあった。他人の苦労を黙ってみておられぬというのは勿論米山君の持前で、金に困った失業船員には財布の底をたたく如きは日常茶飯であり、或いは故人に対し非礼に亘ろうが、ために借金には長く苦しんだらしい。

昭和十五年海上勤労新体制が実現するや、我が事成れりとばかり、富士の裾野の郷里に暫く帰省した米山君は、幾許もなく神戸に戻り、日本海運報国団専門委員の肩書を惜しげもなく辞し、淡々として一船員として海上に出て行った。あれだけの声望を有していたのだから、招かれた方面も少なくなかったに拘わらず、あくまでも一無線技士、海上の一兵士たることに甘んじ、且つそれを誇りとしたのである。その明鏡止水の心境には、まことに襟を正しめられるものがある。

蓋し洋上の戦死こそは、我が米山大甫君の本懐としたところであろう。戦死の状況は今日勿論軍機に属し知るを得ないが、軍公報にも「南洋群島方面に於いて奮戦中壮烈なる戦死」云々とあり、米山君らしき最期を十二分に想像し得るのである。

あの快活元気な米山君の風貌と、享年三十有五という若さに思い至れば、おのずから熱涙を禁じえないのであるが、君の我国海員運動史、否日本海運史上に遺した業績は断じて不朽であり、またそれにもまして此の若き偉大なる無線の指導者の陣頭指揮、否、陣頭戦死は、我国全無線技士諸君をして復仇の念に燃えしむるは疑いなく、更に君の名を聞き知る程の船員のすべてを米英撃滅に愈《いよいよ》奮起せしむるであろう。

嗚呼好漢米山大甫、今は亡し。蒼惶筆をとって君の遺業をしのび、吾等また一層職域奉公に専念し、以て君の英霊にこたえん事を茲に誓うものである。

〔『星星之火通信』五二号、一九八四・九・二七〕

*1　無線三直制　船内で通信長、次席通信士、三席通信士（三人）が二四時間を四時間ずつ二回に分けて当直すること。

一期一会抄——細迫《ほそさこ》兼光*1 †

一

十年、いや、もう十五年あまりもむかしということになるのだろう。

渋谷駅のハチ公の銅像のてまえで、めずらしく社会党の人びとが、旗などを立ててビラまきをしていた。駅の改札口へ行きしな、私もビラを手渡されたが、ビラをくれた人は国会議員バッジをつけていた。そしてその顔に見おぼえがあり、すぐ細迫兼光と気がついて私は少々あわてた。みると、そのうしろに、温顔の黒田寿男もいた。

私の方はおぼえているにしても、相手はおぼえているわけがないと思いながらも、「ごくろうさまです」とか何とか言って私は帽子をとってなるべく丁寧に挨拶した。細迫兼光はややびっくりして、それでも笑顔になって、かなり丁重に返礼した。

戦後まもなくの一時期、ほんの僅かのあいだ、九州船員地方労働委員会で一緒で、只の一回きりだったが、九州海運局の船員部長横尾錬一の接待で、中立側労働側委員数人で会食したことがあった。まだ酒類が乏しく貴重品だったころで、私たちは文字通りありがたく、ふるまい酒を存分にご馳走になったが、細迫兼光ひとりは殆どのまなかった。終始ひかえ目で、私たちの勝手放題な雑談にもあまり積極的には加わらず、そのくせ熱心にきいていて、手帳を出してメモをとったりした。いったいに物静かななりふりが私には意外だったが、とにかく印象はよかった。

いくらもなく細迫兼光は社会党から衆議院議員に出て、一方私の方も九州から東京にうつり、集会やデモなどで姿を見かけたことは幾度もあったが、目近かく顔と顔を見合したのはその後そのときが初めてだった。

渋谷駅でもお辞儀をかわしただけのことだったが、なんとなくよいその印象は全く変らなかった。格別のつきあいはないにしても、会うだけで心あたたまるといった人が、ごく稀ながらいるものだが、（私には、例えば、横山愛吉、細川嘉六、真野毅、広津和郎、中野重治、などがそういう人びとだった）細迫兼光もそういう一人だったような気がする。

それから一年ほども経ってからだったか、新聞で亡くなったことを知ったのだったから、ビラを貰ったそのときが、私には最後に見た姿となった。ビラがなんのビラだったかは、すっかり忘れてしまった。

＊

ところで九州船員地労委の中立側委員に、細迫兼光を推薦したのは、鈴木倉吉だった。

今もはっきりおぼえているが、話があるからすぐ来るようにと、私は船員部長室によびつけられた。当時は、鈴木は海員組合九州支部長ということになっていたが、西日本石炭輸送ＫＫの常務取締役で船員部長だった。

なにごとかと出頭した私に、鈴木は頗るつきに機嫌よく、待ちかねたように喋り出した。

九州海運局から、船員地労委の中立側委員に、阿部門司市長と九大法学部教授の菊池勇夫との二人は決ったが、あとひとり適当な人物がみつからない、これと思う人を推薦してくれといってきた、というのだった。

「それでだな、……細迫兼光を推薦しようと思うんだが、どうかね？……」

私は鈴木倉吉と細迫兼光という、全く意想外な組合わせにびっくりしたが、勿論大賛成だった。当時細迫兼光は戦時中からひきつづき山口県小野田市の市長をつづけていたのだったろうか。

「そりゃ、いい、……」

「どうだ、いいだろう、……」

鈴木はうれしくて、また、たのしくてたまらぬといった顔つきで、昂奮して顔を赤くしていた。また細迫兼光を思いついたことが、得意でたまらないのでもあった。「いいだろう……」「いいだろう、……」と幾度もくりかえし、それを一刻も早く私に自慢したかったにちがいないのだったから、私は殆ど感動した。……

とにかく、そういうことで、細迫兼光の中立側委員が実現したのだった。

資本側委員は三鬼隆（日鉄社長）、野村治一良（西日本〔石炭輸送株式会社〕社長）、平井敏也（〔船舶〕運営会門司支部長）、労働側は鈴木倉吉、竹本和蔵、鹿子木伸吾で、この顔ぶれなら船員中労委と同格、むしろ一段上かもしれぬ、と鈴木は得意だった。

いくらもなく、常務取締役という肩書が労組法よりみて疑問となり鈴木は辞任し、四六年九月の海員ストにいたるほんの一時期、私がその後釜になったわけである。

ところで前にもどるが、鈴木から細迫推薦の相談をうけた後、私は鈴木に言った。

「細迫兼光といえば、東京で、上條さんが閉口したことがあった、……」

「そう、そうだったなあ、……」

鈴木は目を細くしてうなずいた。

若松の西日本に来る以前鈴木は東京で全国機帆船海運組合連合会（全機連）の専務理事をしていた。理事長は後に西日本石炭輸送統制ＫＫ（戦後「統制」の二字を削除した）の初代社長となって鈴木を招いた鶴丸広太郎であった。その全機連で、上條愛一[*2]が総務部長をしていた。

総同盟も解散し、世の中が戦時一色となるにつれ、働く先もなくなって、呉海軍工廠で工員の朝礼に、皇居遥拝の号令係をしている上條愛一をなんとかしてくれと松岡駒吉に頼まれて、鈴木が全機連に呼んだ旨を、私は鈴木の口からきいた。

朝礼の皇居遥拝は、全機連でも毎朝職員全員が屋上に集められて行われたが、毎月一回の大詔奉戴日[*3]の勅語朗読とともに、号令者は上條愛一だった。すき透るような声が大きく、たしかにみごとだったが、いつか玄人ものだと褒めると、実は耳がわるいため、生来大声なのだと、上條自身苦笑しながら私に洩した。

そのころの或日、朝刊にトップ記事で、細迫兼光の航空特攻隊志願のことが出たのだった。「往年の老闘士、もと労農党書記長が航空特攻隊志願」云々といった大見出しだったと思う。合法無産政党のうちの最左翼、労働農民党の指導者として〝輝けるわれらの委員長〟大山郁夫とコンビで、書記長細迫兼光の名は一時代を画していたのだから、新聞が殊更に派手に、でかでかと書き立てたとして無理はなかったかもしれない。

全機連でも、その朝はその話題でもちきりになった。あげく、若い連中の数人が上條愛一をとりまいて、細迫兼光につづき上條愛一も航空特攻隊を志願してはどうか、いや、志願すべきだ、などと言い立てたのだった。

その連中の幾人かは、煽情的な新聞記事に悪のりしたはしゃぎようで、冗談めかした冷やかし、わるくとれば一種の厭がらせをしているようでもあった。しかし、細迫兼光とおなじく、〝往年の闘士〟不遇の上條愛一に一花咲かせてやりたいという、何がしかの善意からでている者も、いるのかもしれなかった。

上條愛一は、あきらかに困惑していた。誰がどこできいているかもしれないのだから、うかつなことは言えないのでもあった。そこで、あくまで冗談としてうけとめたいようだった。

「あんまり、年よりをからかわないでくれよ、……」

苦笑しながら話を逸らそうとするのに、なおしつこく絡みこむ数人がいた。上條愛一は説諭するように、耳がわるいので志願してみたところで受かるはずもない旨を、るる説明した。

ならば、もともとだ、と誰かが言い、しかし、志願するだけで新聞には出るだろう、という者もいた。そして一人が、細迫兼光だってそれが狙いだったかもしれぬ、と言った。

「きみ、そういうことは言うものじゃない、……」

上條愛一は顔色を変えていた。急に、不機嫌になったというより殆ど腹を立てて、しかもそれを折角抑えていた。冗談めいた空気がたちまち緊張した、……。そして一瞬しらけた気分をときほぐすように、そういうことは言うべきではない、人が真剣になっているのは、真剣にそれを見てやらねばいけない、それが最小限の礼儀というものだろう、……云々と、上條愛一は必死に笑顔をつくりながら、噛んで含めるようにくりかえし説くのだった、……。それは半ば、ひとり言を言っているようでもあった、……。

そのあと、私は見た通りそのままを、鈴木倉吉に話したのだった。

「それは、……それは上條君も困っただろうな、……」

深く喫った煙草のけむりを吐き出して、複雑な表情をしながら、鈴木は元気なく笑った。……その五年ほど前、一九三八（昭和十三）年のたしか年のくれ、そのときは神戸の海員協会の応接室にひそかに私を呼びこみ、東方会と合同した社会大衆党から安部磯雄[*4]、松岡駒吉、米窪満亮らが脱党して、勤労国民党を結成したのだが、それが即日結社禁止となった旨、東京の元広昇から知らせてきた電報を私に手渡して見せて、「こういうことだよ、……」と吐き出すように言いながら笑った、……それと同じような笑顔だった、……。

一ときして、鈴木はぽつりと言った。

「しかし、上條君はほんとに耳がわるいんだよ、……」

そのことは、すでに私は上條自身からきいていた、……。

九州船員地労委に、中立委員として細迫兼光を推薦するにあたって、鈴木はそのときのことを思いうかべたかもしれない、と私は思った。いや、思い出したにちがいない、と私は思ったのだった。

ところで、細迫兼光は、航空特攻隊を志願して上條愛一を困らせたことを、いや、それにまつわって、上條愛一が細迫兼光のために顔色を変えて憤ったことなどは勿論、九州船員地労委中立側委員に鈴木倉吉が彼を推薦したことにしても、おそらく全く知らないまま死んでいったにちがいない。

それは、細迫兼光にとって幸運にも、ということだろうか。反対に、不幸にも、というべきことなのだろうか。

いずれにせよ、そうしたことはよくあることにちがいない、というより、世の中というのは、或は歴史というのは、むしろそんなことばかり、ともいえるのではないか、……、そんなことばかりとい

った方がいいのではないか、……などと私は考えるのであった。（一九七九・一二）

〔『星星之火通信』二七号、一九八〇・四・一〇、「一期一会抄」〕

＊1　細迫兼光（一八九六―一九七二）　山口県出身。東京帝国大学法学部卒。卒業後弁護士となり、自由法曹団で活動。一九三四年治安維持法違反で検挙されて転向。一九四二年から四五年まで小野田市長をつとめる。敗戦後は社会党右派に属し、社共統一戦線運動に尽力。衆議院議員を四期つとめ、日ソ・日中・日朝の友好運動、原水禁運動にも貢献した。

＊2　上條愛一（一八九四―一九六九）　長野県出身。早稲田大学政経学科卒。読売新聞政治部記者を経て労働運動に参加。戦時中呉海軍工廠および西日本石炭勤務。敗戦後、九州若松地区で組合結成を指導。四七年に上京して全織同盟、総同盟で活動。社会党参議院議員を二期つとめた。

＊3　大詔奉戴日　太平洋戦争中、日本政府は開戦日の一二月八日を記念して、毎月八日に各戸に国旗掲揚などをさせた。

＊4　安部磯雄（一八六五―一九四九）　キリスト教社会主義者、社会主義の啓蒙家。一九〇一年社会民主党結成に尽力。一九三二年社会大衆党委員長。代議士当選四回。

第二章　波濤

第一節　敗戦と再出発

歳月——ふたたび鈴木倉吉のこと　†

一九四五（昭和二十）年八月十五日には、東京にいた。

当時私は九州若松に本社のあった西日本石炭輸送統制株式会社に勤めていて、八月上旬社用で上京中だったが、八月六日広島に原爆が投下され、戦争終結の動きがあるという情報を得たので、ならばとにかく終戦まで東京にいつづけて、情況をみることにしたのだった。

しかし終戦とともに一般の混乱と台風による出水などもあって国鉄幹線は全く不通になった。一両日して開通した一番列車で、それまで東京においていた家族をつれて私は若松に帰った。復員兵士その他で車中は大変な混雑であったが、子供づれは殆ど私たちだけだったためか、人々に大切にされて大いに助かった。

帰るとすぐ私は本社の船員部長兼常務取締役の鈴木倉吉に、見聞したかぎりの終戦前後の中央の情況を細大洩さず詳細に報告した。

南原繁ら学者グループの戦争終結工作、数次の御前会議を経てのポ〔ツダム〕宣言受諾決定、軍の一部の叛乱と放送局の一時占拠後の〝玉音放送〟の実現、騒然とした上層部と対照的な一般国民の静謐さ、などであったが、今後の見通しとなれば米軍上陸までは皆目不明で、官庁は軸の外れた歯車さながら、朝から晩まで物資の隠匿や書類の焼却にのみ夢中という為体《ていたらく》だった。

浮かぬ表情で聞いていた鈴木は、私が報告を一通り終わり、いくつかの質問に答えた後に、ぽつりと言った。

「米軍がやってくると、おれなども四年か五年はくらうかも知らんな」

一瞬私は何のことかと思ったが、「まさか死刑にもなるまいが」と鈴木がつづけて言ったので、その意味を了解した。

軍人や政府のおえら方でもないのだから、そんな心配は無用だろうと私は言った。

しかし鈴木は冗談を言っているのではなく、又反対に虚脱感で腰抜け症状になっているのでもなかった。やはり彼なりに、何がしか考えてそう言っているのにちがいなかった。

いかに石炭が重要軍需物資だったとしても、又西日本社が半官半民の統制会社だとしても、一民間会社の役員が戦争犯罪に問われないかと考えるなど、大げさというか自意識過剰もいいところで、全くの考えすぎだと私は反論した。

鈴木は容易に納得せず、とりとめもない議論になったが、鈴木の場合、自意識過剰などではないことだけは私も認めた。

鈴木は、細君にも覚悟だけはしておくように告げてある旨、まじめな口調で言ったので私は苦笑するほかなかったが、同時に何がしか、一種の感動もおぼえたのだった。

＊

一九七二〔昭和四七〕年だから以来二七年経って、岡義武著『近衛文麿』〔岩波新書〕を読んでびっくりし、更に殆ど呆れたのは、終戦当初この軽薄な公家政治家が、彼自身が戦犯に問われるとは夢にも思わなかったらしい事実であった。それればかりか、すすんで米軍当局と折衝して、いわゆる終戦処理に一役も二役も買うつもりだったという。

無知というか、いい気なものというか、この白痴加減は、今から考えると醜悪ということになるだろう。マッカーサーと会談して得々としていたあたりは、読み手のこちらの方が一種の屈辱感で、不愉快というより、むしろ苦痛をおぼえるのであった。

だから近衛文麿の自決は、悲劇というよりは喜劇、いやそれよりも、芝居にもならない愚劣さというべきなのであろう。

『近衛文麿』は岩波新書の中でもすぐれた一冊で、又著者がすぐれた政治史家であることはうたがいないにしても、「彼は貴族としての誇りを死をもって守ろうとしたのであった」という序文の一節に、私はいくらかこだわらないわけにいかなかった。事実その通りにちがいないにしても、同情してはならないものへの同情といった感じもするような気がした。

「おれなども四年か五年くらうかもしれんな」

対照的に、私は私自身きいた鈴木倉吉と近衛文麿とでは人間の桁（或は人間の質ということか）がちがうのだと思った。

秀才扱いされた華族の馬鹿息子育ちの宰相と、ヘイカチ[*1]からたたきあげられたなりあがり重役とのちがい、といったことになろうが、そればかりでもないようにも思われた。

そのちがいを考えつめていくと、いろいろむずかしい問題にもなっていくようで、面倒くさくなって私はあきらめることにした。

*

そして歳月がすぎた。

鈴木倉吉は、明治二七年七月生れだから、今日生きていれば八十二歳で、私よりも十九歳の年長である。

没年を今正確には思い出せないが、没後二十年は経っていると思われ、つまり私はすでに鈴木より長く生きてしまっているようだ。

何かにつけよく言い争い、最後はいわば喧嘩別れになってしまったのだが、私の生涯で一ばんたのしく働けたのは、鈴木と一緒に、というよりその下で働いていたときではなかったか、とも、折につ

け思ったりするのである。(一九七六・一二)

〔『星星之火通信』一号、一九七七・三・二〇、〈誰にも話さなかった話〉欄「歳月」抄〕

＊1 ヘイカチ　身分の低い船員のこと。

竹本・鈴木会談 †

昭和二十(一九四五)年八月十五日、いわゆる太平洋戦争の終戦となったその日から、いくらも経っていなかったころのある日の朝、当時西日本石炭輸送統制株式会社の船員部に勤務していた私は、同じ会社の常務取締役で船員部長であった鈴木倉吉に、部長室に来るようにとよばれた。西日本石炭輸送統制株式会社の本社は福岡県若松市にあったが、船員部は総務部、業務部、経理部などとは独立した別な建物に入っていて、恵比寿通り一丁目にあり、西日本石炭輸送統制株式会社船員部という看板と並んで、船舶運営会若松木船船員部という看板がかかっていた。つまり西日本石炭輸送統制株式会社船員部はそのままそっくり船舶運営会木船船員部ということになっていて、西日本の管理する船員およそ二万人は、船員徴用令による被徴用船員という身柄になっており、西日本船員部はそのまま船舶運営会の船員関係業務を西日本船員に関するかぎり包括して占有代行するかたちとなっていた。

私自身も、西日本石炭輸送統制株式会社船員部総務課長兼船員保険課長という辞令のほかに、船舶運営会総裁名による「任副参事」「若松木船船員部総務課長兼船員保険課長を命ず」という二通の辞令をもらっていた。鈴木倉吉は西日本石炭の船員部長のほか船舶部長も兼ねていたが、船舶運営会若松木船船員部の長としては、西日本石炭輸送統制株式会社からもある意味で独立した、つまり必ずしも社長、専務取締役などの指揮下に入らない存在ということになっていた。そうしたことが西日本社での鈴木の地位を何がしか特別の、重みのあるものにしていたことは当然で、また、全体の三分の一が戦争によって失われた日本の船員のなかにあって、二万人を管理する西日本石炭は、船員の数の上では当時わが国で最大の会社なのであった。

船員部長室には私も顔見知りの、八幡市の日本製鉄株式会社〔現在の新日本製鉄株式会社〕船舶部の竹本和蔵[*1]が来ていた。鈴木に要件をきくと、竹本がむずかしい話をもって来たので、私も一緒にきくように、ということであった。

竹本のもって来た話というのは、要するに、戦争が終わり世の中が一変した。この新しくなったわが国に、船員の労働組合をふたたびつくらなければならず、またそれはできるにちがいない、そしてそれは戦前の海員組合または海員協会と同じようなものであってはならず、真に船員大衆の、ひいてはひろく国民大衆の利益をまもるものでなくてはならない、そういう新しい海員組合、海員協会をつくり出すために、鈴木倉吉のごとき人物こそ先頭に立って一肌ぬぐべきではないか、或いはそうした仕事にこそ、鈴木の余生はささげられるべきではないか、その方こそ、西日本石炭の重役よりも、鈴木にはふさわしいのではないか、鈴木が決心して奮起してくれるなら、竹本も一兵卒として協力を惜まない、数万数千の戦没船員の霊にたいしても、それこそが鈴木のこたえるみちではないか、と言ったことであった。

竹本の話はむしろ訥々とした話しぶりであったが、ものやわらかな底に真剣なものが感じられ、くり返し説くところは切々としており、きいていて私は感動した。鈴木もそのとき竹本にむかっては口に出さなかったが、動かされるものがあったことはたしかであった。

竹本はとくに、新たに生まれるべき海員の労働組合が、戦前のそれと同じようなものであっては意味がない旨を、しきりに強調した。鈴木もまたそれを、全面的に支持した。きいていて私も、それは竹本の説く通りだとは思ったが、それをしきりに強調する竹本が、要すれば西日本石炭の重役の地位をなげうって、その海員労働組合結成の提唱者となってくれ、とほかならぬ鈴木に決意を促していることを、やや奇異に感じないわけにいかなかった。なぜなら鈴木は、戦前の海員協会で、昭和十五（一九四〇）年十一月解散するまでの十数年間、その主事をつとめて、「協会の鈴木か、鈴木の協会か」とまで言われ、一時代の海員組合の米窪満亮とともに、「組合の米満、協会の鈴倉」といわゆるダラ幹の双璧として一部から攻撃されるなど、戦前の海員運動、あるいは海員団体の代表的な指導分子だったからである。そして竹本自身も、その海員協会の監事、あるいは評議員として、かなり長年のあいだ、役員として名を列ねていたのであった。

ボーレン〔九三ページ、＊4参照〕や船内高利貸のボスなどの牛耳る組合では何ともならぬと竹本はくり返して言い、鈴木も全くその通りだと言った。そういう会話から考えれば、戦前のそれと同じようなものでは意味がないと竹本や鈴木の言うそれとは、海員協会の方は含まれず、もっぱら日本海員組合の方を指しているのかもしれなかった。事実竹本と鈴木とは、その会話のなかで、私もその名を記憶している組合関係者の二、三の誰彼について、沖の大衆をくいものにするああした手合がリーダーにまたぞろなるのでは、やりきれたものでないなどと、吐き出すように言いあったりした。

しかし鈴木の場合は、組合ばかりでなく、自身が中心人物とされた海員協会についても、ああいうものではだめだと言っているのかもしれなかった。鈴木は多年、協会の主事ではあったが、解散直前のわずか一年ほどの期間を除いて、理事という協会の最高の役員になったことはなかった。役員としては一評議員にすぎず、主事というのは協会の事務職員でしかなく、つまり役員会である理事会の指揮の下でしか動けない建前になっていた。理事というのは会長以下、水先人や船会社の海務監督、船員担当取締役などで占められていた。水先人や海務監督らのきげんをとらなければならない労働運動、そんな労働運動などおよそ労働運動ということがおかしい、鈴木が自嘲するように再三愚痴をこぼしてそう語ったのを、私自身直接きいたことがある。外部からは「協会の鈴木か、鈴木の協会か」と言われながら、そう語る鈴木に、外からだけではわからない一面もあるものだと、私は多少の感慨にふけったこともあるのであった。つまり鈴木自身、戦前の海員協会については必ずしも満足していなかったわけで、私が多少奇異に感ずるにしろ、鈴木が新しい海員の労働組合について、戦前の海員組合のような組合はもちろん、協会のようなものでも不可と考えたとしても、一おうそれなりの理屈はなり立つのであった。

竹本は一方で、また次のようなことも言った。

戦争が終わって世の中が変わって、社会運動、政治活動といったものが、今までは考えられないほど自由に、また活発になるだろう。無政府主義者、共産主義者、社会主義者といった連中も動き出すことになるだろう。新しく生まれる海員の労働組合が、そういった極左分子、職業的な陰謀家といった手合にのっとられる危険も考えなければならないだろう。船員大衆の利益が彼らの策動によって裏切られないように、健全な人物が旗をふることが今こそ必要なのだ。そういうことのためにも、鈴木のような人物が、すすんで先頭に立つ決心をする必要があるのだと。鈴木ももちろん、そういう竹本の言葉に大きくうなずいたのであった。

私はといえば、私はおもて立って竹本のこの意見に反対はしなかったが反発を感じないわけにはいかなかった。無政府主義者（私はこの竹本の言葉に、その時ゆくりなくも大内義夫を思い出した）、共産主義者（おなじように私は、増田正雄、河野実などの名を思いうかべた。この二人とも、すでに南シナ海、フィリッピン沖で戦死していた）などの活動が活発になるとしても、彼らが海員の労働組合をのっとるとか、陰謀を策して海員の運動を攪乱し破壊するとかいうのは、私にはおよそ考えられないことであった。竹本も鈴木も、ボーレンや船内高利貸ボスを右翼腐敗分子として船員を物質的金銭的にくいものにすると言い、社会主義者、共産主義者を極左破壊分子として船員を精神的思想的にくいものにするといって並列的に言うのだが、私には前者はまずその通りにしても、後者がそういうものとは全く信じられなかった。私はつとめておだやかにそういったことをのべたが、鈴木も竹本もそれは私が左翼分子というものを本当には知らないからだと言う。私にすれば反対に、鈴木や竹本が本当の左翼の人を知らないからだということになるが、水かけ論になる論議は意味もないので、左翼と右翼とを問わず、船員をくいものにする輩は排除し、警戒せねばならぬという、おおまかなところで一致したのであった。

竹本の申し入れに対し、鈴木の回答といったものはおよそ次のようなことであった。

竹本の提案の主旨そのものについては、大すじとして鈴木も賛成である。鈴木にその資格が十分にあるか否かは別として、新しい海員の労働組合結成の提唱者として、鈴木こそ最適任者であるとする竹本の鈴木への評価に感謝する。しかし鈴木自身についていえば、統制会社である西日本石炭はいずれ解体されることになろうが、それ自体西日本石炭にとっては大変なことなので、役員の一員である鈴木に身勝手な行動は許されない事情にある。西日本石炭の社長以下重役陣が、大所高所から竹本提案のようなことを認めるかどうかといえば、その可能性はまず一〇〇パーセントあり得ないだろう。もとより海員運動は鈴木の本来の仕事なので、何がしかでもできることがあればやりたいが、西日本石炭の会社当局と話をつけることが先決となろう。とにかく鈴木としても竹本提案の主旨にそって、十分検討もし、関係者とも話し合っていくことにしたい。

竹本は鈴木の回答に満足せず、今すぐどうこうせよということでもなく、また今すぐこの場で回答できることでもないが、この日はそのためにわざわざ八幡から出向いて来たのだから、鈴木の腹のほど、決意といったところだけは、せめて確かめて帰りたいと更に詰めよった。しかし鈴木は、それには確答しなかった。

竹本と鈴木とに促されるままに、私もおよそ次のような見解をのべた。竹本提案は私も多とするし、よくわかる気がする。しかし、戦後の海員の労働組合の誕生は、むしろ一切を現場の船員の自発性に委せておいてよいのではないか、否、委せるのが本当ではないか。新しい海員の労働組合は、もっぱら新しい人びとによってつくられるのが本当ではないか。戦死し戦没した船員は莫大な数にのぼるが、戦前の海員運動の関係者は、多かれ少なかれそのことに何がしかの責任は免れないのではないか。そういった関係者が新しい海員の労働組合の旗あげに音頭をとるというのは、道義的にも疑問があるのではなかろうか。戦前の海員運動関係者はむしろ一歩も二歩も下って、求められる場合にのみ必要な援助や協力を惜しまないということでよいのではないか。竹本案のように最初から全国的な組織を目標にするのではなく、むしろ地域や業態の実情に即して、現場船員のあいだからそれぞれの力量に応じて大小の組合が自主的に組織されてゆき、共通する問題について共同闘争をすすめるなどして、全国的な統一はその発展にともなう将来の実現目標とすることでよいのではないだろうか。反対に、当初から戦前の海員組合、海員協会関係者が結成を提唱したり組織に当ったりして主導権をにぎるなら、結局戦前の組合、協会、ないしそれに似たようなものができてしまうことにならないか。竹本自身の言うおよそ意味のない戦前の再現を結果することにならないだろうか。

鈴木はやや不愉快げに、私の言うことも本当でもあると言った。その言い方が妙に弱々しかったので、私は少々言いすぎたような感じがした。数日前、占領米軍が進駐してくるとの情報がつたえられた折、鈴木は私に冗談ともなく、「米軍がやってくれば、おれも三年や四年、くさいめしを喰うことになるかもしれん」と言った。私は、まずそんなことはないだろうと言ったのだが「いやわからん、軍需物資の筆頭の石炭を運んでいたのだから……。覚悟だけはしておく方がよいと思ってね」と言い、やはり戦争犯罪人のはしくれかもしれない、と自嘲するかのように笑った。またずっと以前、戦争さなかのことだが、こんなこともあった。企画院総裁の鈴木貞一が石炭輸送状況の査察使として来たとき、鈴木と私とは大阪でおなじ旅館に泊った。その旅館の朝の食事を鈴木は実は喰う気がしないのだ、と私に洩らした。そしていぶかる私に、宴会つづきで御馳走ばかりのため、正直のところ旅館の食事はまずそうで喰う気がしないのさ、と説明し、贅沢に馴れてだらくしてしまったと笑い、「これではもう、労働運動などできないなあ」と、やはり自嘲的に言った。鈴木は少なくも私には、そういう一面をいく回かみせていた。

竹本は鈴木のそういった口吻を打ち消すように、私の見解を現実ばなれの理想論だと言った。沖の船員大衆が自発的に動き出すのを待つなど、船員の実情を知らないものだ、沖の船員は戦争の苦労と敗戦の打撃で疲労と虚無感で全く無気力になっているのだから、放任するなら海員の労働組合の組織は全く立ち遅れてしまうだろう、そして占領軍の海運抑圧政策に立ちむかうことのできるのは、政府も海運資本も全く萎縮してしまっている今日、全国的な海員の労働組合の力以外にはないだろう、全国的な海員の組織が早急につくられないかぎり、船員全体の利益が守られないばかりか、日本海運の再建は絶望的なものになりかねないだろう。そしてそれにもまして現実問題として、もしわれわれが傍観するだけで日をすごすならば、ボーレンや船内高利貸のボスどもが、神戸や横浜また東京から、海員労働組合結成の声を必ずやあげてくるだろう、そしてそれはとどのつまり、戦前と変わらぬ海員組合を再現し、海員大衆を喰いものにする手合の巣くう根城になってしまうだろう、竹本提案の本当のねらいは、彼らに対し先手を打つということで、そのためにこそ鈴木が一日も早く奮起せねばならず、それが絶対に必要なのだ、と力説した。

私も竹本の言うことが現実的であることを認めないわけでもなかったが、その海員の全国組織結成を提唱する場合、仮令誰よりも早くよびかけたとしても、九州にいる鈴木が果して指導権をにぎるかどうか、むしろ遅れても、東京や横浜、神戸や大阪の誰彼の方が、はるかに実権を手中にしやすいのではないか、と疑問をのべた。竹本は、おそかれ早かれ、鈴木には東京もしくは神戸に出て行ってもらわねばならないだろう、と言い、鈴木はそれには何も言わなかった。

私が立会人といったかたちになった竹本・鈴木会談は、およそそんなことで終わった。

ところで、この竹本・鈴木会談について、ここに詳細にすぎるほど記録する理由はいくつかあって、その二、三を以下にのべておくことは多少の意味があるだろう。

その一つは、この竹本・鈴木会談が、戦後の新しい海員の労働組合を結成するについての相談として、もっともはやくなされたものの一つであったということである。昭和三八（一九六三）年九月刊行の『全日本海員組合十五年史』は、編集の杜撰さと執筆者たちの無知による大小さまざまな無数の誤謬のほか、刊行当時の組合幹部の誰彼の言動を正当化するためであろう、明らかに意図的な歪曲や捏造が多すぎる書物であるが、その第二篇第二章には戦後の船員団体再建の動きとして、終戦の翌日の八月十六日、横浜の海上社に岡部信、大内義夫、地主俊夫、長沢吾作、神野正らが集って協議し、一方神戸では楢崎猪敏《いとし》が、八月二十日付の新聞でドイツを占領した連合軍が労働組合助成の方針を明らかにしたことを知って堀内長栄を訪れ、組合再建について協議していると書かれている。この横浜、神戸の動きが一つになって、早くも八月二八日に堀内長栄を委員長とする京浜地区準備委員会が結成されたわけであろう。そしてもとより九州若松での竹本・鈴木会談については何の記載もなく、その京浜地区準備委結成会議で、北海道、阪神、九州にも準備委をもつこと、九州の責任者を鈴木倉吉と決定したこと、などが書かれているだけだが、右の横浜、神戸での動きが記載通り事実だとして、鈴木・竹本会談が八月十六日ではなくその数日後であったとしても（私は八月十六日は若松にはいなかったから、鈴木・竹本会談が十七日以降であったことは確実である）、それが横浜、神戸の動きとは直接関係なく全く独自に、またやはりほぼ同じころの「協議」であったことはたしかなのである。

そして次にその二つであるが、この竹本・鈴木会談において、竹本にしても鈴木にしても、上述した会談の経過で明らかなように、戦後の新しい海員の労働組合は、戦前の海員組合の再現であってはならないこと、それも、戦前の職員は海員協会、部員は海員組合の二本建てを、職員・部員を一丸とした一本建てにするといったような、組織の形態の上で変わらなければならぬとするたぐいのことではなく、むしろ体質といったことを主に、戦前とは全くちがう、一新されたものでなければならぬと考え、またつよく主張していたということである。

前記の『全日本海員組合十五年史』の立場も総じてそうであり、今日では一そう組合幹部が強調するところとなっているが、全日本海員組合は戦前の日本海員組合の再建、再現であり、ほとんど直接戦前の日本海員組合につながり、その伝統をつぐものとする。そしてそれをみずからも主張し、一般もそう評価するのであるが、事実全くその通りか、乃至ほとんどそれにちかいものがあるのであろう。そしてそうとすれば、それは少なくもこの竹本・鈴木会談において、竹本や鈴木が考え、またつよく主張していたものと、今日の全日本海員組合は全くちがった、或いは相当異質のものであるということになる。換言すれば当時竹本や鈴木の考え、またつよく主張した戦後の新しい海員の労働組合は、およそ今日の全日本海員組合のようなものではなかったし、ないにちがいないということである。(後にふれることになろうが) そういう点では、小泉秀吉もまた、竹本や鈴木と当初全くおなじ考え方をしていた。

横浜や神戸での「協議」ではどういうことが話し合われたか、何の記載もないので明らかではないが、おなじく船員団体組織についてのそれとしても、或いはこの点で竹本・鈴木会談は、横浜、神戸の「協議」とはやや異なった意味合いのものだったかもしれない。

次にその三つである。この竹本・鈴木会談のとき、鈴木は竹本の申し入れを諒としながらも、自分が船員団体結成の提唱者となることに逡巡し、その後も逡巡しつづけて、結局戦後の海員運動に参加することを断念してしまうのであるが、その主要な一因として、自分自身が戦前の海員運動の関係者であり、しかも指導的な一員であったことに対する反省、自責、責任感ないし罪悪感があったということである。勿論鈴木は同じ立場にある第三者の迷惑を考慮してか、そうしたことをほとんど口にせず、もっぱらその理由を西日本石炭の役員という地位、その責任を放棄することの困難に帰したのであるが、そしてまたそれも事実その通りであるにしても、私はその本当のところは、戦前の海員協会幹部として、また西日本石炭の船員部長としての責任感、いわば戦事協力者だったことの自責、反省といったものであったことを確信するのである。竹本・鈴木会談での、私の発言が鈴木を動かしたなどと私は考えていない。しかし当時の鈴木との日常の対話を通じて、私はそういう鈴木の一面を感じとっていたし、そういう鈴木の一面に、その時の発言もふくめて私にも何がしか責任があるとして、それを否定し去る気持ちもない。

のちに私自身翻意して、全日本海員組合の中枢に鈴木を押し出そうと努力することになるのだが、実はそれはそういう鈴木の一面をはっきり知って、鈴木を見なおすようになったからなのであった。

しかしいずれにせよ、その点鈴木と、横浜、神戸の堀内長栄以下の人びとは、かなり異なったものがあり、おのずから竹本・鈴木会談と横浜や神戸の「協議」とは、おそらくそのいろあいが随分ちがっていたように思われるのである。〔執筆年不詳〕

〔未発表・原題不明〕

＊1　竹本和蔵（一八九五―？）　和歌山県出身。独学で海技免状を取得。日鉄汽船取締役海務部長、日和産業海運社長。全日本海員組合創立時、北九州八幡出張所長。戦中・戦後初期、北九州地区にあって船員の労働運動

にかかわった。

白眼の人——堀内長栄のこと †

一

一九四五（昭和二十）年八月の終戦直後、といっても九月に入っていたと思うが、堀内長栄（戦前の日本海員組合の最後の組合長、終戦時は海運報告団理事）が、単身九州に来た。

要件は、（一）戦後の新しい海員組合の設立準備委員会を早急に九州にもつくってほしい、（二）全国的な同委員会の委員長には小泉秀吉（元海員協会会長、終戦時は三井木船建造社長）を推すが、受諾の得られるまでは堀内の代行就任を認めてもらいたい。この二つについて、九州在住の戦前の海員協会、海員組合関係者の賛成を得たい、ということで、八月中すでにあらかじめ連絡がきていた。

当時九州には、若松を中心として、協会関係では鈴木倉吉、土田保一、鹿子木伸吾、竹本和蔵、藤原正人、江田義治、小椎尾豊、私などが、組合関係では木下藤吉、倉原重包、木下善市、百田利一、塩見文治、そのほかがいた。

その夜、西日本石炭船員寮ひさ家に、鈴木以下が集まり、堀内の話をきく招宴が催されたが、それにさきだち夕方、私は堀内によばれて、当地九州の様子を聞かれた。そのとき私は、戦後になって初めて堀内と再会した。

二

一九三六（昭和十一）年春、下船して神戸の無線技士会で働くようになっていくらもなく、米山大甫と元町通りを歩いていて、私は米山大甫から同郷（静岡県）の先輩だという堀内長栄に紹介された。それまで私は、海員組合長の顔も知らなかったのだった。

翌々年の一九三八年三月、無線技士会と海員協会との〝合同復帰〟式に、堀内組合長は来賓として祝辞をのべに来たが、その前幾度かは顔を合せたにしても、ろくに話したこともない私を記憶していて、声をかけられたのには私の方がおどろいた。

同じ年、海員協会と海員組合とは、あいともに日本労働組合会議を脱退、両団体のみで、皇国海員同盟[*1]という連絡機関（その実、双方の幹部連の月例雑談会といったものだった）をつくり、宮本協会会長と堀内組合長とが常任理事という代表になった。

協会編集部にいた私は、その常任書記を命じられた（私は議事録で〝月例雑談会〟をいかめしい〝理事会〟につくり上げ、鈴木倉吉と米窪満亮とに大いに褒め（半分は皮肉）られた）ので、以来堀内とは月一回以上必ず会う間柄となった。協会、組合が解散する一九四〇年まで、あしかけ三年ばかりの期間である。

一九四一年から一年たらず、私は職員として海運報国団の普及課、調査課、厚生課を転々としたが、堀内は閑職ながら団の最高役員である理事の一員だった。実は月一回の理事会に神戸から上京してきて出席するだけの身分だったが、ほとんど上京のつど一度は私のところに顔をみせてくれた。

その後私は、鈴木倉吉に招かれて全国機帆船海運組合連合会（全機連）にうつり（海運報国団の私の後任には、大内義夫が入った。――正月に小学校時代の旧師を訪ねた大内が、「日本海運報国団厚生部厚生課厚生係長」という肩書つきの名刺を出したら、「ホウ、エラクナッタネ」と言われたよ、と苦笑して話してくれた）、更に同会が木船海運協会に改組されることになって、私は専務の鈴木、業務部長の元広昇とともに退職したが、その際私の後任に、もと海員組合編集部にいて、当時浪人中だった野沢精吾（戦後、海組、築地支部長）を推薦、採用させた。野沢は組合解散後、産業報国会文化部長の阪本勝（戦後、兵庫県知事）に招かれて産報入りをしたが、事情があって退職していた。

私には全く意外なほど、その野沢の件を、堀内は大変に徳としてくれた。礼言をのべにわざわざ私に会いに来て、私はほとんど恐縮した。最後の組合長として、組合執行部員の一人ひとりの身柄について心配することは、当然といえば当然ながら、例えば協会会長の宮本吉太郎などとはさすがに人間がちがっていた。

とにかく、私が何がしか堀内に目をかけられていたためであろう、全機連では地主俊夫、九州に来てからは木下藤吉、倉原重包、木下善市、百田利一など、知り合った旧組合出身の人びとは少なくとも当初は、それぞれ過分なほど私に好意的であった。

三

ところで私は堀内にきかれて、当地九州の私たちのあいだでは、戦後早々のあわただしい海員労働団体設立準備委員会の組織については、いくつかの疑問が出ている旨を率直にのべた。

その一つは〝設立準備委員会〟以前の問題で、私たちというよりむしろ私自身の意見だった。新しい海員の労働組合は、戦前の海員運動関係者がリーダーシップをとって、早急に形だけの全国単一組織をしゃにむにつくり上げるといったやり方でなく、各地各様の現場船員の自主的な組合づくりの動きに委せてよいし、むしろ委すことが原則ではないか。現場船員を中心に個々バラバラに各地に組合ができてよく、それらの組合は早晩共同闘争を必要とするにちがいないのだから、そういう共同闘争を通じて全国的な単一組合に発展していくというのこそ、本当ではないか、というものだった。

他の一つは具体的に〝設立準備委員会〟にかかわることだが、委員会を構成する準備委員に、戦前の海員運動関係者を〝国民総懺悔〟式に、ミソクソ問わず一切網羅して参加させていることへの疑問、というより反対であった。

これについては私たちはすでに、連署の意見書（私自身がそれを起草した。具体的には赤崎寅蔵、以下、超国家主義を唱えた新組合系幹部の排除ということだった）を堀内あてに送っていた。

堀内長栄はその二つについて、いずれもその通り、それぞれ本当で彼も賛成だ、と言った。しかし、すでにさいころは投げられ、駒は走り出してしまったのだから、今更どうにもならないと言った。大内義夫や長沢吾作[*2]なども中心になってやっているとも言った。それは大内なり、長沢なりが私などと同一グループで、諒解済のことではないのか、という逆の質問でもあった。実のところ、大内、長沢のいずれからも、事前の連絡など全くなかった。

つまり堀内は、新しい海員組織のすすめ方では、原則的にまちがいを冒したかもしれないが、すでに走り出してしまった以上、今後努力して、それを本当のものにしていくより仕方がないと思う、と言った。その言い方はおだやかで、それなりに誠実さが感じられた。

その夜の集まりで、九州の人たちは、その二つの反対意見を楯にとって、設立準備委員会をボイコットすることになるのだろうか、と聞かれて、わざわざ出かけて来た堀内の顔をつぶすわけにもいかないから、ボイコットするなどのことにはならないでしょう、と私は答えた。つまり、二つの反対意見はそれを留保しながら、設立準備委員会に協力する、ということになろう、と私は言ったのだが、ここで私もまた大変なまちがいを冒してしまったのかもしれない。そういうことなら、私たち（堀内と私と）は、大体同じ意見ということだ、と言って、堀内は笑った。

ところで一安心して笑顔になった堀内は、特徴の白眼を輝かせて、いくらか探るような目つきで私を見すえながら、冗談とも真面目ともつかぬ調子で「しかし、今どきは、新しい海員組合をつくることよりも、もっと大事なことがあると思うんだがねえ」と言った。

実は、以上はいわば前おきで、本稿の主題は、それからの堀内の話なのである。

四

堀内の「新しい海員組合をつくることよりも、今はもっと大事なことがある」という大事なことは、一口にいえば、民衆の武装蜂起ということだった。正直、私はおどろき、また一とき烟にまかれるような思いもした。

堀内は言った。

アメリカ占領軍は、占領目的に、日本の民主化をかかげ、日本の軍国主義的な国家権力の粉砕をうたっているが、それが日本の民衆の手によって実現することこそ、少なくもここ暫くは、彼らにとってもっとものぞましいことだろう。

だからもし民衆が、軍国主義打倒を叫んで蜂起し、占領軍に要望するならば、少なくも今日現在においてなら、彼らは民衆に最小限の武器を貸与するだろう。

そして蜂起した民衆は、おそらく武器をほとんど使用することなしに、権力を奪取し、〝臨時政府〟を組織することができるだろう。そういう〝臨時政府〟だけが、占領政策の枠内にしても、最大限日本の民主化を実現できるだろう、と。

「占領軍は武器を貸してくれないと思うかね、……わしは、貸してくれると思うがねえ、……話のすすめ方にもよるけれども……」

私は堀内の質問に回答できなかった。正直、私にはわからないことだった。占領軍から武器を借りる、などという発想が、私には思いもよらないことだった。私はわからないと答えるほかなく、それに、占領軍から武器を借りるということへの疑問も言いそえた。

堀内は、武装蜂起が絶対に必要だ、と断定的に言った。しかもそれは、今すぐ必要なのだ、と言った。

「いや、それはダメだ、……武器なしには、〝臨時政府〟はできっこないネ……」

今なら可能だが、時期が遅れれば遅れるほど困難になり、やがては不可能になってしまうだろう、と言った。

占領軍自体の占領目的が変質してしまう危険性もあることだし、今日現在、虚脱状態で無力化している日本の支配階級が、日とともに力を回復してくることも当然予想される、と言った。

面従腹背は日本人の特殊能力でもあるから、日本の支配階級は必死に占領軍にとり入って、いつか日本の民主化を骨抜きにしてしまうだろう、そうなってしまってからでは、すべてはもう遅いのだ、鉄は熱いうちに打たねばならぬ、と言った。

私の知る堀内らしくなく、いつになく昂奮気味に、熱っぽく説く堀内の本心をはかりかねて、私は当惑した。

私は何かけしかけられているような感じもし、或いは何かさぐりを入れられているような気もした。私はもっぱら聞き役にまわって、滔々と喋る堀内の話をきき流すほかなかったが、いずれにせよ新しい海員組合設立のためにやって来た堀内が、かんじんのそうした話よりも、民衆の武装蜂起説にはるかに熱心みたいなのに、奇異な印象をうけないわけにいかなかった。

やがてその夜の集まりの人びとも顔をみせて、堀内の話は時間ぎれみたいなかたちで中断させられてしまった。

もっぱら聞き役に終わってしまった私に、堀内はどうやら失望したらしかった。

「ま、わしの考えていることを言ったまでで、気に止めて下さらんでいいから、……。ま、しかし、考えてみておいてくれたまえ」

堀内は前後矛盾するような台詞でしめくくったが、一種バツのわるそうな表情をしたかと思う。

その夜の集会は、すべて私の予想通り、格別掘り下げた話も出ないで終わった。旧交回復といった和やかな空気で、堀内は席上民衆蜂起の必要など一言も口に出さなかった。

そして私はその日の堀内の話を、言われた通り格別気に止めないことにした。また堀内に言われたにもかかわらず、格別に考えてもみないでしまった。

五

私はその後、神戸でまた東京で、幾度か堀内と会ったが、堀内も私も、民衆武装蜂起論について、二度と話したことはなかった。

全日本海員組合があわただしく結成されて、堀内は小泉秀吉組合長の下に副組合長に選ばれたが、不幸にも小泉とうまくいかないようだった。

小泉秀吉は当初私が赤崎寅蔵と不仲だったのを心配して、田中松次郎を起用したのは赤崎だと言って私をおどろかせ、とにかく赤崎は人物だから一度ゆっくり話し合うように、と再三私に忠告したが、その折、「堀内君などとは人物が段ちがいだ」と言い、「堀内君は年のせいか少しボケてきている」などと言ったりした。そのつど私は堀内のために何がしか弁じたが、小泉の性格もあってほとんど効果はなかった。

いくらもなく、追いかけられるように、海運報国団の理事だったことから、堀内長栄は公職追放になった。

そして以後、一九六一（昭和三六）年に没するまで、海員運動の第一線から完全に姿を消した。

戦後の海員組合の組合長が、初代小泉秀吉のあと、陰山寿、中地熊造、南波佐間豊と、堀内の組合長だった旧組合系からはひとりも出ることなく、もっぱら新組合系、明朗会系の人によって占められることになったのは、おどろくべきことである。その新組合は、退役陸軍中将江藤源九郎をかつぎ、明朗会は国体明徴停船ストをやるなど、双方とも極右翼だったのだから、堀内長栄の不幸は不公平というより、不当というべきものだったろう。

そしてこの頃になって、私は久しく格別気にも止めず、また格別考えてもみなかった堀内の民衆武装蜂起論が、いつしか気になり、またそれについて改めて考えさせられるようになった。それはやはり、随分重大な問題提起ではなかったか、と思われてきた。

少なくもそこでの堀内の将来についての見通しは、今になってみるとその通りによく当っていて、ほとんど当りすぎるくらいといってよいからである。（一九七五・一〇・五）

『星星之火通信』二号、一九七七・六・二四、〈誰にも話さなかった話〉欄2「白眼の人」

＊1　皇国海員同盟　一九三八年、日本主義へ大きく転換した海員組合は、労働組合会議を脱退し、海員協会とともに皇国海員同盟を結成して時局に迎合した。そして労働組合会議との連絡機関として、労働国策協会を発足させた。四〇年九月、解消。

＊2　長沢吾作（一九〇四―一九七二）　戦前、海員刷新会で活動。戦後は全日本海員組合の再建活動をし、組合の綱領原案を作成、厚生部次長をつとめる。

最初のころのこと――若松　†

一

終戦の年の終わり頃だったろう、日本社会党若松支部結成大会が市公会堂で開催されたが、そこで私は規約案の提案説明をうけもたされたほか、支部長鈴木倉吉、顧問上條愛一、同土田保一らとともに書記長に選出された。[＊1]

執行委員は鹿子木伸吾、小椎尾豊、古賀武一ら十数名で、その大半は当時若松近郊に在住の海員協会、海員組合のもと関係者であった。このうち土田と古賀はのちに若松市議を数期つとめ、土田は市議会副議長になったときいた。上條が参議院議員在職のまま、東京恵比寿駅地下階段で急死して新聞記事になったのは数年前、最近のことである。

大会前の打合せの折、私は書記長就任については勿論のこと、提案説明も固辞したのだが、きかれなかった〔北海道弁〕。もっとも強硬に私を推したのは、鈴木は別として、土田保一であった。

二

その前、終戦後いくらもなく、博多の共産党九州地方委準備会のSなる人が、誰にきいたのか、東京から連絡があってというだけで、小椎尾と私とを若松に訪ねて来た。

若松に党の地区委員会をつくりたいので、私たちに引きうけてほしいというのだった。小椎尾と私は、私たちにそんな資格や能力があるとも思われず、それよりもむしろ私たち二人は海員で、その方のことに専心せねばならない事情を説明し、応分の協力援助はおしまないけれども他に適当な人を探してくれるようにもとめた。時間をかけて話しあった末、Sは私どもの申し分を諒としてくれた。

幾日もなくSが再び現われ、八幡製鉄出身の男を若松にさしむけるが、おとなしい文学青年だから援助協力はさることながら、折角教育してくれ、などと言った。数日してSの紹介状をもって来た二人の一人は紺野与次郎[*2]で、私たちも名前だけは知っていた。もうひとり、製鉄出身の男は山本斉と名のった。

山本と私たちはたちまち親しくなった。ひかえ目ないい性格だったほか、私の「援助」がもっぱら

〝港の家〟（船員用配給酒の特設酒場）[*3]の酒の無料購入券を彼のために融通してやることだったからでもある。

その年の十月五日、すでに神戸では全日本海員組合の結成大会がひらかれていた。私たちもいずれ参加することになるが、若松の社会党支部はその海員組合関係を中軸にして結成されるので、私たちも社会党支部役員に推されることになるだろうと山本に話したところ、博多からSがとんで来た。

私が社会党支部書記長に推薦されそうだと告げると、Sはびっくり仰天した。私自身は勿論辞退に努めるが、一九三六（昭和十一）年から四〇年まで、私は社会大衆党兵庫県連の常任執行委員だったので、事実上辞退するのはむずかしい、私たちとしては目をつぶっていてほしいと思うが、そちらが絶対不可というのなら、私たちも再検討してみよう、と私は言った。

私が戦前、社会大衆党にいたことすら、Sには意外千万のことらしかった。当時はそれが正しいとされたし、また正しくもあったことをるる説明したが、その時Sが、岡野の「日本の共産主義者への手紙」さえ知らなかったようなのに、私の方がびっくりした。

そこで、Sと私たちとは大変な議論を交すことになった。

三

そのとき、私たちはSにおよそ次のような意見をのべたと記憶するが、今から考えると多少感慨めいた気持もしてくるわけである。

△共産党としては共産主義者はすべて共産党員というのが望ましいだろうが、事実上（物理的にも時間的にも）そんなことは不可能だろう。同様に、必ずしも共産党員がすべて共産主義者（或いは、ほんとうの共産主義者）でもないわけである。党にとって、党員をふやすことは大切だが、共産主義者をふやすことも大切で、どちらかといえば、後者の方がより大切ということだろう。
△「左むけ左」の号令一下左をむく党員も大切だが、左をむくことが必要な場合、号令がなくても（きこえないことだってままあるわけだ）自身左をむく共産主義者も大切、（あるいは一そう大切）だろう。
△私たち自身としては、（形而下的に）共産党員であろうとなかろうと、不断に共産主義者、よりほんとうの共産主義者でありたいと努めるだけである。
△例えば私たちの思想信条というものは、共産党に入ることでたちまち変わるはずもないように、社会党支部役員になることで変わるはずもないのだ（第三者の判断は全く別のことである）。
△他方、党が非公然の党員をみとめるのであれば、社会党員はおろか、協同党員、民主党員、自由党員の共産党員、もしくは無党無派を名のる共産党員ができるのは当然のことにならないか。

私たちの勝手きままな意見や質問に対して、Sの応酬は必ずしも明確でなく、むしろあいまいもことしたものだったが、態度は真摯だったので、少なくも私には感動的であった。

結局、やや不安げなSの表情に私は少しく気の毒になって、若し絶対に不可ということなら、なんとかそちらの意向にそうつもりだから、と言った。Sはたちまち元気になって、私たちの手を固く握って去って行った。

「どうする?」と心配げに言う小椎尾に、「大丈夫、どうにかなるさ」と私は言った。

四

数日後やって来たSから、社会党支部の役員の件については、私たちの意向通りにしてよろしいということになった旨を告げられた。

Sはきげんよく、雑談ふうに、私たちの真意をS自身もよく理解できなかった、更にS以外の人たちみんなも、なかなか理解しにくかった、しかし、とにかく理解できたから、と言った。私たちはとにかくSに感謝するほかなかった。

もっとも、Sなり、Sの言うみんななりの理解というのが、果してどういうものなのか、Sの話ではよくわからなかった。

私は、Sのひとり芝居ではないか、という気もしたが、めっきりきげんのよいSからして、そうでないようにも思えた。

それ以上、きく必要もないし、きいてどうということでもなかった。

以上のような経過で、私と小椎尾の、社会党若松支部書記長と執行委員就任は、私たちの方からすれば、共産党九州地方委（若くは準備委）の承認（或いは黙認）のもとに実現したのであった。今日からでは、一寸考えられない夢のようなことかもしれない。

なお山本は、この件について、私たちの前ではほとんど意見らしいものをのべなかったように記憶する。

四六年九月の海上ゼネストのなかで、私はほとんど何ひとつ仕事らしい仕事をすることもなく、その社会党若松支部書記長を辞任した。

五

エピソードといった後日譚が一つある。

年が変わって終戦の翌年の正月、松飾りがとれていくらもないころ、私は小椎尾と二人、鈴木倉吉によびつけられた。

「絶対に他言しないと約束させられたのだが、君たちに話さないわけにもいかないので」と鈴木は重苦しい表情で言った。

鈴木は、確実なすじから、小椎尾と私とが一月×日付で共産党に入党したことを知らされた。(その日か、その前日か、若松警察所長が、単身鈴木に面会に来たこと、その後、鈴木が上條愛一をよんで何ごとか相談していたことを、私は知っていた。)

私と小椎尾とが、共産党に入ることは私たちの自由で、そのこと自体については、鈴木も、何も言うことはない。

だが、社会党の若松支部書記長と執行委員が共産党に入ることとは、それとこれとは別のことになるだろう。鈴木自身は到底賛成できないが、百歩譲って、それも今は言わない。

しかし、それならそれで、事前に鈴木に話していい、いや、話してくれるべきことではなかったか。鈴木が第三者からそれを知らされる、そんな不愉快なことがあっていいことか。それについて、私と小椎尾との言分をききたい。

鈴木は、およそ以上のようなことを、かなり冷静に話した。しかし、真実不愉快がっていて、私はそのことにいくらか感動した。

私は、言い分など何もない、と言った。なぜなら、そんなおぼえは全くなく、一月×日付入党など狐につままれたような話だ、と言った。共産党から来た人と会い、援助協力を求められたことはある、私は共産党にも社会党にも、大いに奮闘してもらいたいと思っているから、大いにやってくれと言った。それだけだ、と私は言った。事実その通りだったから、私は断乎として言った。

私の態度に鈴木は動揺し、半信半疑といった表情になった。私に問いつめられて、情報提供者が若松署長であることもみとめた。若松署長と私と、いずれを信用するのか、と私は追及した。不愉快なのは私の方だ、とも言った。

小椎尾は苦い顔をしていたが、一方私の見幕に度肝をぬかれたふうだった。

空気が変わって雑談になった。この話はこの場かぎりとすることに、鈴木と私たちとは一致した。あげくのはて鈴木は、冗談口とはいえ、万が一私たちが共産党に入ることになるとしても、あくまで内緒に、誰にも絶対にわからぬようにしてくれぬと困る、と言った。どういう意味にとっていいか、私も笑うほかなかった。入党者がその日のうちに警察署長につつぬけになるような共産党では、はた迷惑だ、と言った。私たちも苦笑した。

小椎尾は終始無言だった。

帰り、私は小椎尾に、この日私たちは社会党若松支部長からも、共産党入党許可のおすみつきを、あらかたもらったようなものだと冗談口をきいたが、彼はやはり、にこりともしなかった。

それから、丁度一年経ってからだった。海員スト終了後もいすわっていた西日本石炭の社宅をあけ渡して、鹿児島県出水の宮路宅にうつるまでの一ヶ月足らず、私は家族ともども共産党若松地区委の留守番をひきうけた。地区委といっても二階借りの八畳一間で、常任のNが結婚し、新婚のしばらくを、別に部屋借りしたためだった。

そのとき、Nに小椎尾と私の入党申込書があるとみせられておどろいた。小椎尾のそれは、まさしく小椎尾の書いたものだったが、私のそれは、私の全く知らない他人の書いたもので、生年月日、学歴なども全然でたらめであった。そして一九四六年一月×日の日付だけは、鈴木の言った一月×日とぴったり同じであった。（一九七六・一一・一〇）

（『星星之火通信』七号、一九七八・一・三〇、「最初のころのこと」）

＊1　永山はそのキャリアと活動を共産党に注目されて入党を勧められ、一九四六（昭和二一）年入党した。田代文

久[*4]が推薦人の一人となった。

*2　紺野与次郎（一九一〇―一九七七）　山形県出身。山形高校在学中に同盟休校を組織して放校になる。その後上京して労働運動に参加。戦前からの日本共産党員。敗戦直後、九州で共産党再建活動。ほどなく上京して、東京で活動。中央委員会幹部会委員。衆議院議員当選一回。

*3　船員用配給酒　一九四〇年より戦時体制強化の一環として生活必需品の割当制がはじまり、戦後も相当期間続いた。船員用配給酒もその一環。

*4　田代文久（一九〇一―一九七七）　戦前からの共産党員。敗戦後九州で組織活動をする。四九年福岡二区衆議院議員に当選。その後共産党中央委員となる。

往時茫々――船長の組合加入　†

いまどき、おそらく誰もが、そしてもう一度おそらくそういったことのすべては、忘れて、また忘れられてしまっただろうような話ということになるのだろう。

「わが国の最初の労働組合は、船長がつくった、……」

私がそう言うと、志賀さんは細い目をまるくして、そんなことがあるのかな、それにしても何を言い出すのだろう、といった顔つきをしたので、私はつづけて言った。

「そのことを、船長の息子が知らないのでは、困ったものだ、……」

志賀さんは一そう怪訝にたえないというふうに、長い顔を少し歪めて、何か言おうとした。それを押しとどめて、私は更に言った。

「尤も、困ったものといってみたところで、大抵の船長の息子がそのことを知らないのだから、それはそれで仕方のないことであるわけ、……。しかし、共産党の最高幹部になった〝船長のむすこ〟がそれを知らないのでは困ったもの、いや、全く困ったもの、……困ったものというより、ホントは、大変な問題ということにならないのかしらん、……そんなざまだから、徳球さんが、労働組合に船長を入れるなんて以てのほか、などというバカげたことを言い出したりしたわけでしょう……」

志賀さんは、ようやく私の言わんとするところ、いや、私の言っていることがわかって、いつもは取りすましてひた隠しに隠している人のよさを丸出しにして苦笑、それも殆ど破顔一笑した。

一八九六（明治二九）年一月十五日、神戸花隈の料亭「花壇」にあつまった船長横山愛吉をはじめとする船長、一等機関手（当時はまだ「機関長」というものはなかった）、一等運転手（「航海士」も「運転手」であった）らによって、「海員倶楽部」が「設立」されたのだが、これこそが「本邦船員団体ノらんしょう（濫觴）ニシテ」、また同時にわが国最初の労働組合の一つであった。

例えば、片山潜著『日本における労働運動』には、次のように書かれている。

「一八九七（明治三十）年十二月一日、東京で一、○○○名以上の組合員をもつ「鉄工組合」が組織された。これが日本における最初の労働組合であった。……」

また、大河内一男著、『黎明期の日本労働運動』にも「……金属、機械、造船、鉄道、鉱山などに結集された男子労働者は、次第に労働階級としての自覚をもち、労働組合を作り、資本に対する闘争を開始するようになるのであるが、そしてその端初《ママ》の年は略々明治三十年であるが、……」とあり、それぞれ日本労働運動史の古典的名著といわれながら「海員倶楽部」については全くふれられていない。つまり、知らないのは大抵の〝船長の息子〟たちばかりでなく、〝日本解放運動の父〟も、〝日本労働運動史の権威〟も知らなかったのであった。尤も、勿論、知っている学者もあった。十年ほども前に出た渡辺徹著『日本労働運動史年表』には明治二九年（一八九六年）の項に海員倶楽部の創立が明記されている。

ところで鉄工組合、鉄道矯正会、活版工組合など、明治三十年の当初に生れた陸上一般の労働組合が、片山潜、高野房太郎、佐久間貞一、島田三郎、村井知至、安部磯雄ら、当時高名の思想家、学者による「労働組合期成会」の啓蒙、指導によってできたのに対し、海員倶楽部の方は「期成会」とは全く無関係に、前年明治二八年冬、佐渡夷港に避難結集した各船の代表の会議（つまり、今でいう船代会議ということになろう）で準備され、すなわち現場の船長らが全く自主的につくったことなど、注目すべき特色がいくつかあるがここではこれ以上ふれないことにする。

一方、志賀義雄の厳父は三井物産船舶部の船長であった。時期でいうと同じ三井船舶の楢崎猪太郎（戦前の日本海員組合の初代組合長）などと同時代の船長で、だから小泉秀吉（戦後の全日本海員組合の初代組合長）とも、おそらく面識があったにちがいない。小泉さんは、剣山丸で楢崎船長の下に航海士で働いているからだが、生前僅か一、二度にしろ志賀さんと会ってはいるものの、そのことを知らないままで亡くなったと思われる。

ところで、因縁をつけるような文句で志賀さんに私が絡んだのは、厳父のことをつたえきいて、私なりに調べてその事実がたしかめられたので、その志賀さんがなぜみすみす徳田球一に〝船長の海員組合加入不可論〟をぶたせたのかと、一度追及してみたかったからである。追及してみた結果は最初の通り、志賀さんも〝大抵の船長の息子の一人〟でしかなかった。しかしそれ以来、志賀さんも徳球さんと同じく、海員について関心を払うようになってくれたと思う。

そして一方、戦後日本共産党が公然と再建された当初、徳田球一、志賀義雄の二人は双璧の最高幹部で、一心同体の同志と目されていたのであった。

一九四五（昭和二十）年十月、全日本海員組合が結成され、同じころ獄中から徳田、志賀以下共産党員が解放されて活動を公然と開始して、翌四六年春早々のころだったろう。日本共産党書記長として、戦後の日本を動かす一方の雄となった徳田球一は早くも中央労働委員会の労働側委員の一員となっていたが、全国にひろがる労働組合結成の動きに関わって、「学校の校長、鉄道の駅長、船舶の船長という手合を労働組合に加入させる如きは、まさに御用組合化をねらう資本の策謀で、絶対に反対である」と公言したのだった。時が時、発言者も発言者だけに、大きく報じられてジャーナリズムも世論もそれを肯定しかねない情勢となる一方、言い出したら絶対あとにひかぬという、徳球氏一流の性格までつたわってくる始末だった。

事態を憂えた鈴木倉吉（当時海員組合九州支部長）に命じられて、私は二日かんづめになって「船長の労働組合加入を論ず」を書き上げ、数日のうちにパンフレット一千部を作成して朝野の関係者にばらまく一方、急遽船員大会をひらいて船長を含む全船員の団結権擁護を決議、在港船員代表数名を徳田書記長に抗議のために上京させた。田中松次郎とも相談して、結局直接ぶつかるのが最善と判断されたからである。

実は神戸本部をはじめ、海員組合全体の動きは鈍く、私は田中松次郎あてに長い長い手紙を速達せねばならなかった。おどろいた田中君が急遽九州までとんで来て、鈴木、田中、私とで一夜協議したのだが、田中君もよく問題を理解してくれて、彼としては相当な決心で共産党との対決を覚悟してくれた。

そのころ私は九州船員地方労働委員会の労働側委員をしていたが、[*1]中立側委員に意見を求められて、使用者側委員全員の徳田発言支持に反論し、それを徹底的にこきおろしての末、必ず撤回させると断言したのだが、私はまだ徳球氏に会ったこともなく、実のところその自信があるわけでもなかった。中立委員の細迫兼光（のち社会党代議士）、菊池勇夫（のち九大学長）らが、目を丸くして私をみつめていたことを思い出す。

解決は、あっさりとついた。船員代表に同行した門司支部の楢原清一（栄丸操機長時代ウラジオストックで会って以来、山本懸蔵の心酔者になっていた、故人）が私に報告してくれた。

「徳球は椅子から下りて、床に手をつけはしなかったがしゃがんで、両手を合わせて我々を拝むような恰好をして、言った。

「すまん、……すまん……、わしは生れつきおっちょこちょいで、海のことは何も知らんくせに思いあがって、つまらぬことを言って海員のみなさんに迷惑をかけた。……この通りです」と。

勢いこんで押しかけた我々の方が気ぬけして、ひらあやまりにあやまられて恐縮したくらいだった。……徳球というのはさすがにえらい奴っちゃと、一行はみんな却って感心してしまうぐあいだった……」

この一件は私たちにとっては大変な事件であったが、立場上『アカハタ』は全く書かなかったから、共産党のえら方のあいだでも知っている人は少なく、古いことでもあっていつのまにか忘れられてしまったようであった。私が志賀さんに絡んだりしたのも、いくらかそれをうらみにしていたためかもしれない。

しかし、徳田球一自身にとっては、この一件は相当こたえたにちがいない、と私は思う。

一九四六年九月の海員ストの前、またその後、私にもようやく徳田書記長と会う機会が幾度かあった。

そのころ或る人から、某々が私のことを、あの男こそ船長の組合加入問題で九州の船員を煽動して押しかけさせた張本人だと書記長に中傷している旨をきかされた。事実それにちがいなかったから中傷とはいいきれず苦笑するしかなかったが、きいていい気持ちはしなかった。

しかし、おそらくはそのおかげで私は徳球さんに顔と名前をおぼえられたのであったろう。名乗りもしないうちに名を呼ばれておどろいたことがあった。それと、海員のことに関するかぎり、書記長は志賀さんとともに、私の言うことを比較的よくきいてくれたと思う。ことに書記長の場合、ああいう型の人にはめずらしく、勿論或いは私の思いすごし、ないし、私だけのひとりよがりかもしれないが、いってみれば一目おくといったものが、屢《しばしば》感じられた。

その具体的な例は一九四七（昭和二二）年はじめころだったと思うが、海員の党組織確立の会議の時のことである。

海員の党員を全国的に一本化して本部直属とし、対海員工作の基本は訪船活動にあるのだから、主要港に専任の海員オルグを置くという、いわゆる海上区の制度は、私が九州から中央へもっていったものである。中央の有力幹部のあいだでは勿論、海員の党員の中にも反対のあったその案を、強力に推進したのは書記長であった。

中川為助同志（組織活動部長代理で、立派な人であった。故人）が議長で、その議長が「海上区」案を、党内に職業別分派をつくろうとするもので解党派思想だときびしくきめつけ、そのあまりのきびしさに参会者の多くが動揺し、石本友治《ともじ》（故人）がたまりかねて流会を提案した時に、徳田書記長が遅れて現われたのであった。書記長は私の配布したプリントの一枚を、一とき黙々と丁寧に読んで、異様な静寂の一ときを破るように面をあげて、「よし、決った。これでいこう」と言ったのだった。

顔色を変えて反論する中川同志を、ほとんど怒鳴りつけたのを私は今も鮮明に記憶している。

「海のことというのは、長年海員の運動で苦労した者でなくては、わかりっこないんだ。お前さんなんかだって海のことではどしろうとでしかないんだ。儂にしてからが、どしろうとで、わからなくて、とんでもない失敗をやらかしたんだから……」

いってみれば、海上区というのは、徳田、志賀の二人の支持でできた。二十年あまり、いや、三十年か経って、徳田球一が死に、志賀義雄も党を去り、「海上区」も事実上消滅したのは、偶然とのみとは言えないのかもしれない。（一九七三・一二・一）

〔『星星之火通信』一二号、一九七八・一一・一五、〈話さなかった話〉欄「往時茫々」抄〕

＊1　永山が九州地方船員労働委員会の労働側委員をつとめたのは、一九四五年一〇月から四六年九月までの約一年間。委員になった経緯については、第一章第三節「一期一会抄――細迫兼光」を参照。

【資料】

船長の労働組合加入を論ず

鈴木倉吉

一　まえがき

昨年〔一九四五年〕十月六日神戸に於いて結成された全日本海員組合が、我国最初の産業別全国単一労働組合として着々その組織を拡大強化しつつある矢先、第三回及び第四回船員中央労働委員会は船長の労働組合加入の可否を議案としてとりあげ、第四回委員会の如き、資本家側の委員は一名を除き他の全部が、且つ中立側委員はその大多数が、船長の組合加入を否となし、多数を以て危く組合加入否認が可決されるかに思われた。筆者は右第四回委員会を自身傍聴し、かかる委員会の動向につき、日本海運再建を衷心より冀うひとりとして、誠に遺憾の念を禁じえなかったのであるが、第四回委員会が問題の重要性に鑑み、本問題に対する社会の与論、就中船長自身の希望、意向に問うべしとして之を保留することとしたのは、邦家のため兎も角も幸福なことであった。

筆者自身もその創立に参画した全日本海員組合は、もとより船長を組合員として加入せしめており更に戦前高級船員唯一の労働組合たりし社団法人海員協会また、その五十年の歴史を一貫して船長を会員として包容してきた。筆者は海員協会の解散前十五年同会に職を奉じ、自身船長を組合員とする労働組合で働いた経験よりして、船長を労働組合に加入せしむるの可否といわんよりは、之を加入せしむることなくして日本海運の再建はありえず、更に我が海上労働組合の堅実なる発展の断じて望み能わざるを確信するものである。しかしここでは紙面と時間の制限もあるので、専ら前記船員中央労働委員会に於ける船長の組合加入不可の論拠に対し、多少の私見を述べるに止めたい。いささかなりと大方の御参考になれば望外の仕合せである。

二　船長の組合加入を不可とする論拠

船員中央労働委員会に於ける船長の労働組合加入を不可とする説の論拠は、資本家側委員のあまりにも資本家的な感情論を除いて、大体左の三点に尽きる。

即ち第一は、船長は使用者の利益を代表するものなるを以て、労働組合法第二条の規定により、組合加入を不可とするというのである。労働組合法第二条は「本法ニ於イテ労働組合トハ労働者ガ主体トナリテ自主的ニ労働条件ノ維持改善其ノ他経済的地位ノ向上ヲ図ルコトヲ主タル目的トシテ組織スル団体又ハ其ノ連合団体ヲ謂ウ」として労働組合の何たるかを定義づけているのであるが、「但シ左ノ各号ノ一ニ該当スルモノハ此ノ限リニ在ラズ」としてその第一号に「一、使用者又ハ其ノ利益ヲ代表スト認ムベキ者ノ参加ヲ許スモノ」を掲げている。一読明白なる如く、本規定は先進諸国に比し労働運動著しく未発達なる我国の現状に即して、使用者またはその利益代表者の組合加入を認むる時は往々にして労働組合の自主性は失われ、所謂御用組合、会社組合の続出をみるべき危険あるにより、本規定を以てその危険を防遏する目的に出ずるものであって、趣旨として我々も多大の支持を吝まぬものである。とすれば何者を使用者またはその利益代表者とみなすかは、労働組合の成長に伴い、偏に組合側の自主的判断に委さるべきであるが、本法に於いては第六条の規定により、間接的に一応労働委員会の決議により行政官庁之を決定することとなっているのである。尚前に引用した労働組合の定義に於いて、「労働者ガ主体トナリテ」とあるのは注意すべきであって、主体が労働者であれば労働者たらざる者も組合加入は認められているのである。されば労働者の定義は第三条に於いて、「本法ニ於イテ労働者トハ職業ノ種類ヲ問ワズ賃金、給料其ノ他之ニ準ズル収入ニ依リ生活スルモノヲ謂ウ」とあるから給料生活者たる船長の労働者たるは一応明白であるが、よし船長が労働者に非ずとするも、船長の組合加入は何ら差支えないのである。要約すれば問題は船長の組合加入を認むることが、海員組合を御用団体たらしむるか否かにあり、換言すれば我国の船長なる存在は、労働組合に加入することによって、組合を会社組合乃至御用組合たらしむる程度にまで、使用者即ち船主或いは船舶運営会の利益代表者であるか否かにかかることとなる。

次に第二の論拠は、第一に比してより現実的な問題であるが、船長の労働組合加入を認むるは、我が海運産業の発展のために妥当ならずとする見解である。即ち一の経営乃至協同体は、資本対労働、資本家対労働者なる対立ありてのみ調和するのであって、一船の乗組員すべてが労働組合員たる時は、ことに労資に紛争等の生ずる場合にあって、その間に何らの牽制乃至調和的要素を欠くの結果となり、船舶自体が争議の武器となり手段として利用される危険なしとしない。陸上労働運動に於いて近時頻発する生産管理、工場管理等の争議手段は、かくして日常不断に海員組合側の武器となる。いわば工場管理は、船長を組合員ならしむることによって、争議中たると然らざるとを問わず、日々実現されることとなる。かかる事態が日本海運再建にとって望ましき事柄であるか否か、労資間に於いて真に公平なる調和をもたらすものであるか否か、というのである。されば船長は之を組合から除外し、以て船長の船主の利益代表者たることを明かならしめて、組合員たる海員と常時相対し、船内生活に於ける利益調和、争議等の場合に於ける急進過激なる行為を牽制せしむるの必要ありとするのである。

尚この主張は、船長をして別個の労働組合を組織せしむべしとの意見に変質しがちであるが、若し船長に単独に労働組合設立の自由ありとすれば、かかる主張自体が無意味なるは注意されていい。蓋し船長にして労働組合をつくりまたは之に加入するの自由があるならば、船長の労働組合加入を論ずるの要はなく、また海員組合を強いて分裂せしむる如きは、第三者の断じて容喙すべからざる事だからである。

さて最後に第三には船長の労働組合加入は諸外国にその例なしとするのである。ここでも厳格に区別すべきは、諸外国に於いて船長及び水先人が単独組合をつくり、海員組合と併立または対立するといって、それは船長の組合加入不可を根拠づける何らの意味をもたぬということである。

諸外国に於いて船長が単独の組合を有するならば、それは反対に諸外国に於いて船長は労働組合に加入し、または組合を組織することが認められているということである。ここでは船長の組合加入の可否のみが問題であり、船長と海員とが一つの組合をつくるか或いは別個の組合をつくるかは、第三者の介入乃至干渉すべきことではない。それは専ら我国の歴史的事情、現実の状況に即し、船長を含めての我国船員の自由意志によって定めらるべく、些かなりと労働委員会乃至第三者が之に干渉するが如きは、組合の「自主性」を敢て抹殺せんとすることを意味するからである。

三　船長は使用者の利益を代表せず

さて本論に入るのであるが、私見によれば船長が使用者即ち船舶所有者の一部の利益を代表するものなるは、法規上明白である。しかし問題は、労働組合法第二条に掲ぐる精神に基づく使用者の利益を代表するや否やにある。

船長は船舶所有者の委任を俟たずして、其の代表者として次の如き広汎なる権限を有している。

一、船籍港外に於ける航海に必要なる物資の調達、船舶の艤装修繕
二、特定の場合に於ける船舶の競売、積荷の処分
三、刑事訴訟法第二百五十一条に基づく司法警察の職務執行
四、航海中出生または死亡せる者に対する戸籍法上の処理
五、船内死亡者の水葬
六、海員その他の所持する兇器、危険物の保管放棄
七、暴行者の身体拘束
八、海員の指揮命令及び在船者に対する職務上の命令
九、海員の雇入雇止及び乗下船強制
十、海員の懲戒

これをみる時は、船長は陸上の会社工場の重役以上の権限を有するのであって、完全に使用者の利益を代表し、労働組合に加入するが如きは以ての外と一応は考えられるのである。

然しながら警察権も司法権も及ばない遠く海上或いは海外に在る船舶の運航確保と、その生命財産の保護を図るためには、当然付与されるべき権限であって、事実上労働者に関係を有する使用者の代理権は、前掲第九

及び第十に過ぎないのである。

しかして之等も、現在に於いては、実際には事務処理上の形式的事項となっている。船長が海員の雇入雇止の権利を有することになってはいるが、事実は徴用船員は船舶運営会、然らざる者は船舶所有者に於いて直接雇傭或いは配乗を行なっており、船長がこの権限を行使する場合は、出帆直前の欠員補充程度に過ぎざるは周知のことである。

乗下船の強制権行使は、海員が雇入公認終了後船長の指定した時までに乗船しないとき、または雇止公認終了後海員が船舶を去らないとき、その他二、三の場合に限られていて、あくまで船内秩序の維持と運航に支障を来さしめないためである。海員の懲戒権の行使も、また同様の趣旨である。

船長は斯の如き権利を付与されている反面には、また広汎なる義務を負わされている。その中には船舶遭難等の場合に、船長は一船の長としての崇高なる義務心を以て、人命船舶及び積荷等の救助に必要なる手段をつくし、且つ旅客、海員その他船内に在る者を去らしめ終わるまで、船内に踏み止まらねばならぬ所謂キャプテンラストの規定があり、之に違反する時は五年以下の懲役に処せられるのである。

之等はさておき、船長は法規上一少部分につき労働組合法上使用者の利益を代表しているが、実際上現在の海運界の機構その他に於いては、その事実なしといって差支えなく、少なくも労働者たる海員の労働条件の維持改善等に対しては、使用者の利益を代表するが如きことは断じてありえないのである。

更に船長の地位身分を検討する必要がある。船長が前掲の如き広汎且つ強力な権限を有し、真に使用者の利益を代表する者なれば、それ相応の身分上の保障と地位が与えられなければならない。事実昭和十三年現行船員法の公布以前は、しかる思想であった。船長は企業者自体として、或いは企業者の共同者として、或いはまた船舶所有者の純然たる代理人として取扱われていた。即ち機関長以下海員の雇入の場合、船員手帳面には船長は雇傭者として明記されていた。また船長はその乗組中の船舶が滅失しても、使用者から解傭されることもなく、会社の重役等と同様に給与扶助等の規定もなく、船長が不当解任された時は、それによって生ずる損害賠償の請求権を商法第五百七十四条に於いて定められていたのみである。

然るに実際問題としては、船舶所有者は船長を遇すること海員と何等の差別なきのみか、陸上下級社員以下の精神的待遇を行なっていたのである。されば此の実情に鑑み、政府は昭和十三年海上労働法典として（議会上程に当り政府委員は斯く説明した）船員法を改正したとき、船長を他の海員同様労働者として取扱い、改正法第十七条を以て左の如く規定した。

一、船長も他の海員同様その食料は船舶所有者に於いて負担し、近海区域以上を航海する船舶または一千噸以上の船舶に於いては所定の食料表に依る食料を支給すべきこと

二、船舶が滅失、沈没または運航不能となった時は雇傭契約は他の海員同様終了し、二ヶ月以内の失業手当の給付を受け、且つ雇入（選任）港まで送還される権利の与えられたこと

三、疾病または傷痍の場合三ヶ月間の療養または療養費用を受け、職務に基因する場合は退職しても右療養期間三ヶ月までは給料と同額の手当の支給及び一ヶ月の範囲内の失業手当の支給また職務上の原因に基き死亡した時は遺族等に身分相当の葬祭費用が支給される等のこと。

更にまた昭和十五年、社会保険たる船員保険法の制定せられたるとき、今回同様労資間に船長を包含すべきか否かにつき異論を生じ、これがため議会上程も一時危ぶまれたが、結局双方の妥協成り、船長其の他の高級船員もその給与の如何に拘わらず包含し、報酬年額千六百円以上の高級船員は療養の給付等の短期給付をなさざることに決定したのであったが、政府はその後船長その他の実情を知悉するに至って、年收数万円の船長までも他の海員同様の取扱をなすことに改正実施した。

以上に依って、船長が少なくも労働組合法上使用者の利益を代表するものでなく、且つ純然たる労働者なることは明かであろう。況や船長の組合加入により、ことに産業別全国単一組織たる全日本海員組合が、会社組

合乃至御用組合化する等の論は全くとりあぐるに足らないのである。

四　船長の組合加入は海運産業を破壊せず

さて次に船長の労働組合加入を認むるは、我が海運発展のために妥当ならずとする説の当否であるが、筆者は逆に日本海運再建のためにこそ、船長の組合加入が必要なりと断言して憚らないのである。

船長の組合加入は海運産業を破壊するや。船長を組合員たらしむるに於いては、船は前述の如き労働者による「工場管理」を実現し、労働組合の指令のままに運航乃至停船し、船舶所有者も旅客も荷主も不安に堪えられぬと言うのであるが、これまた実際に即せざる机上論と言わざるを得ない。船は船長ひとりで動くものではない。船長を頭とし、乗組員全体が胴体となり手足となって一人格を形成し、はじめて運航が出来るのである。船長はその地位身分も、立場も思想も他の海員と全く同様であるということによってのみ、他の海員は船長の命ずるままに、時にその生命を賭してまで動くのである。即ち厳正なる船内秩序、円満なる運航は、船長を他海員同様の組合員ならしむることによってこそ、期待しえられるのである。

若し船長の組合加入を認むるに於いては、船舶運航上不安ありとするが如きは、およそ労働組合の何たるかを知らざるものである。労働組合は断じて産業の破壊を目的とするものでなく、労働組合法第一条に明白なる同法の目的は、それ自体が労働組合の目的にほかならぬ。船長の組合加入は海運産業を破壊するというが如きは、労働組合は産業を破壊するとして之を否認せる、全く軍国主義時代の軍閥官僚資本家の考え方と何ら異るところがないのである。

反対に船長を船主の利益代表者として、同一船内に起居する海員の味方ならずと明確にせる場合、現在または予想される将来に於いて、果して船内の秩序平和は維持し得るのであろうか。大正十五年より昭和十五年に至る十五年間、筆者の海員協会にあってもっとも苦心し困難としたところは、労資間の問題に非ずして、船長対普通船員の紛議であった。しかして之が一因は、当時高級船員は海員協会、普通船員は日本海員組合と別個の団体に分立していただけの事実に因る。

終戦後の船内状況は果して如何であるか。戦時中、軍によって指導された船舶は、船長オールマイテーであった。ことに若い高級船員は商船学校に於いて軍人教官により、海軍式教育を受けた結果、軍隊式階級観念を以て普通船員に臨んだのである。軍人が終戦後上官の命に服しないと同様、現在高級船員に対する普通船員の反感は否定しえないものがあり、既に船長排斥問題の生じた船も二、三に止まらないのである。然しこれも、船長を含めた単一組織なる全日本海員組合の結成によって解消しつつあり、頻発した紛争も組合の内部的問題として円満に解決している。之等の事実につき、資本家側委員は三思三省すべきでないか。

これ等船舶運営上の問題を別とするも、船長の組合加入反対者の議論は成立しえない。何となれば船員は、船員法によって間接的ながら既に罷業権を認められているのである。即ち船員法第六十条には次の規定がある。

第六十条　左ノ各号ノ一ニ該当スル場合ニ於イテ船員ガ労働争議ニ関シ団結シテ労務ヲ中止シ又ハ作業ノ進行ヲ阻害シタルトキハ一年以下ノ懲役又ハ五百円以下ノ罰金ニ処ス

一、船舶ガ外国ノ港ニアルトキ

二、人命又ハ船舶ニ危険ヲ及ボス虞アルトキ

三、船員又ハ其ノ代表者ガ相手方ニ対シ争議事項ニ関シ交渉ヲ開始シタル後一週間ヲ経過シ且二十四時間前ニ予告ヲ為シタルニ非ザルトキ

旧船員法に於いては、海員の罷業は之を禁止していたのであるが、其の第七十二条では海員が相党与して云々と規定している。それを現行法にては船員と改め、完全に船長を包含せしめている。従って船長も海員とともに罷業を行なっても、前掲船員法第六十条に規定する場合を除き、放任行為としてその合法性が容認されているのである。尚また同条の規定によれば、船員は船舶が外国の港に在る時と航海中（同条第二号は主とし

て之を意味す）は、罷業をなしえないのであるから、使用者側の虞もなく従って議会に於いても資本家側からも全然問題にもされなかったのである。民主主義時代に即し、船員法も一層進歩的に改正さるべきであろう。しかも現行船員法に於いてすら、船長は労働者として確認せられ、他海員と全く同様に、その罷業権さえ認められていることは、充分に注意さるべきである。蓋し進歩的なる労働組合法が、かかる船長の既得の権利を否認する如きは、およそ時運と逆行することだからである。

実際問題として、組合が真に完全なる発達を遂げ、団体交渉と団体協約のみによって行動するに至れば、益々もって船長が労働問題に関し使用者の利益代表者たることはあり得ず、更に船長が組合員である場合は、海員組合としても罷業その他の指令を出すに当り、船長の関係諸法規に違反せざることを充分考慮しなければならず（旧海員協会は常に之に留意した）、従って組合の行動乃至指令そのものが、より一層秩序ある規律あるものとならざるを得ないのである。

五　『諸外国の例無し』について

第三の諸外国にその例無し、との説については、何故にかかる議論が生ずるのか筆者には諒解できないのである。日本の労働組合が、一切合切諸外国の例に倣わねばならぬ理由はありえず、また船長を含めた単一海員組合が不可というのであれば、前述せる如く船員労働委員会の問題外のことだからである。けだし委員会の問題は、船長の加入せる組合を労働組合として認めるか否かの点にあって、船長の労働組合加入にして可とすれば、海員組合が船長を含む単一組合たるか否かは、船員側自体によって決定さるべき全く別個の事柄だからである。

従ってこの問題は、ほとんど論議の要をみないが、欧米諸国と日本とでは、船長の地位に非常な相違が存するのは事実で、蛇足ながら少しく卑見を述べてみよう。

第二次大戦後の実情は不幸知るところもないが、戦前に於いては各国ともに船長はじめ各船員は労働組合を組織していた。ただ我が全日本海員組合の如き単一組合は、筆者の知る限りに於いてはドイツのみであった。ドイツの海員組合は更に水先人や海事検定人まで含めていた（というよりも水先や海事検定に関する諸事業を海員組合で行っていた）。

英国の例では、シーメンスユニオンというのは、普通船員の組合で、船長、航海士、機関士、無線技士ともに各別々の単独組合を組織していた。然し普通船員の組合たるシーメンスユニオンに於いても筆者の訪問した一九三三年には、組合長はじめ幹部の多数が、船長その他の高級船員だったことを記憶する。

船員労働委員会の資本家側委員は、本節冒頭に述べた如く問題を混同して、船長の単独組合組織が自然なりとするのであろうが、重ねて言えば本論の問題外の事ながら、英国に於いては斯かる形態をとる根拠があり、反対に日本に於いては夫れがないのである。即ち英国の船長（米国に於いても大体同様ならん）の地位権限は、名実ともに強大なものであること、まさに船長の組合加入反対委員の強調する如くである。

日本に於いても、法規上船長は船員ではあるが海員ではない。然しこの区別を知っている者は、関係者意外には極めて少なく、船員でも知らぬ者が少なくない。かかる現実そのものが、我国に於いて船長と他の海員との差別の無さを示しているのである。ただ我国の船員法、海事法等は、多分に英国の影響を受けているから、法規上かかる区別を存しているに過ぎないのである。

然るに英国では、船長と海員とは、名実ともに完全に区別しているのである。例えば我国では、乗組員何名という場合船長を含んでいるに反し、英国その他では乗組員（クリュー）何名では船長は含まれない。必ず船長と乗組員或いは『船長を含めて』と付加しなければ船長だけ別にいることになるのである。

筆者が航海士として乗船中、之に類した一つの失敗がある。前欧州大戦当時、或る会合で雑談しているうちに、同席した英国人が話の途中で急に鄭重になり、キャプテン、キャプテンと呼ぶ。筆者が船長でないと告げても承知せぬ。その理由は筆者が自分の乗組んでいた船をMy ship、私の船と言ったためであり、英国に於いては船長以外の者は『私の船』とは言えない。Our ship 我々の船でなければならないからである。英国の船員給与は毎年海事協同会に於いて、団体協約を締結し決定されていたが、船長は除外されていた。また英国の船長は名実ともに機関長以下の雇傭権を有し、一航海終了後船長以外の者は一応下船する例が多いのである。

従って船長の社会的地位の如き、日本人の想像も及ばぬところで、サーの称号を有する者も少なくない（もっとも現在の敗戦日本では船員自身これを望んでもいまい）。キャプテンなる言葉も職名のみでなく、一種の敬称となっている。船長には決してミスターを用いずキャプテン何某であり、丁寧なものはサーの代わりにキャプテンを用いている（米国も同様と記憶する）。

斯の如く、社会的にも職務上にも、絶大なる優遇と権限とを付与されている欧米先進海運国の船長と、日本の船長とを労働組合加入問題、乃至は単一海員組合加入問題で対比せんとするは、戦時中の新造語いわゆる『不可能を可能』とするの愚に他ならない。

六　結語に代えて

筆者は我国船長の社会的地位の向上、物心両面に亘る優遇の実現を強く主張するものであるが、船長のみの向上乃至優遇を主張する者には与みし得ない。蓋し船長の地位向上乃至優遇の実現は、他海員のそれを伴わずしては到底望むべからざることだからである。それは我国の現状に於いて、否定し能わざる現実である。

万一にも船長にして船主の利益代表者なる字句に自己満足を感じ、他海員との立場を異にする如き錯覚を起す者ありとすれば、迂愚之位《うぐこれくらい》甚しきはない。しかもその不幸は船長の上のみに止まらないのである。

船長の労働組合加入にして拒否されんか、船長の団結の自由は失われるのである。船長は此の危険なる事態を認識しなくてはならぬ。船長は自己の現実の姿を直視し、他海員とひとしき勤労者の立場を自覚し、団結の自由を確保しなくてはならぬ。

しかして今日こそ勤労者の団結を、より広汎に、より強大にすべき時であり、区々たる小異をすてて大同につき、産業別単一組織を急がねばならぬ段階にある。されば全日本海員組合への積極的参加は、船長自身の熱望たらざるを得ないのである。

我が国の海上労働運動は、明治二九年一月、実に船長及び機関長（当時は一等機関士）によって結成された海員倶楽部の創立に始まる。爾来五十年、その後身たる海員協会は、国家の強権により解散せしめられた昭和十五年まで、海陸を問わず本邦最古の歴史を有する労働組合たるを誇りとしたのである。そして海員倶楽部の創立者たる諸先輩の意図が、単に高等海員の組織たるにとどめずして、全船員を一丸とする綜合海員団体を目標としていたことは、今日なお現存する記録に明らかである。省れば全日本海員組合の結成こそは、半世紀前すでに我々の先輩が理想とし、且つ予見していたところであった。

まことに我国に於ける船長の地位と権限とは、そのみじめなる現実にも拘わらず、しかる勤労者としての自覚の指導性に於いて、真に崇高且つ偉大なりしを銘記しなければならぬ。想えば船長の労働組合加入可否の如き、およそ論ずるに足らないのである。[*1]（一九四六・四）

＊1　船員中央労働委員会においても、船長の組合加入問題は無事解決し、加入は保証された。しかし、一九六〇年ごろから、船長の組合加入はしだいに形骸化していった。また、後に船長の組合脱退問題が起こることになるが、その頃には遠洋大型船の船長のおおかたの非組合員化がすでに一般化しており、船員中労委は、一九六五（昭和四〇）年、船長を非組合員と裁定した。永山によると、「外航船長の海員組合加入の自由は」「海員組合自らの手で奪われた」。

複写便箋

昭和二一〔一九四六〕年九月の海員ストのあと、九月二十日完全雇用協定も調印されたが、中闘派は十月五日の大会で産別会議加盟などを決めたほか仮執行部を選出し、他方組合長派は大会延期を宣言し、十月六日の拡大幹部会で中闘派系執行部員約五十名の罷免を決定、海員組合は東京と神戸に分れて対峙していた。組合長派は十一月九日神戸で大会開催を決めていたが、それが実現すれば分裂は決定的となる情勢のときだった。

ストライキの名残りで東京の中闘派は意気軒昂たるものがあったが、その実財政的に窮迫していた。博多の美《み》甘傳市《かもでんいち》が闘争資金二万円を送り届けたところ、田中松次郎が涙を流して感謝し、却って美甘がびっくりしたりした。時日の経過そのものが、神戸の組合長派に有利に、東京の中闘派を不利にする事態だった。

そして田中から、中闘副委員長の馬場禎二[*1]を、帰省を名目に九州に派遣するから事態拾收を図ってほしい旨の、切々長文の手紙が私あてに来た。

私は小椎尾豊とはかり、東京と神戸との統一を部外の第三者による斡旋でなく、あくまで組合内部の手で実現したいという九州支部長竹本和蔵の持論を活かして、中国支部長山村俊助とともに統一工作に当るように、海員スト勃発のときと同様、全力をつくして竹本を説得した。

正確な日付は私も忘れたが、十月中旬だったことはほぼまちがいない。馬場、山村を九州支部に迎えて、この二人に竹本、小椎尾、私を加えた五人で一日中竹本宅で統一工作につき討議し、夜にいたって完全に意見の一致をみた。竹本のつよい希望でそれを書面にし、五人が署名捺印した。馬場、山村ともに、私とはそのときが戦後はじめての再会であった。

書面の内容はおおよそ左のようなものであった、と記憶する。

中国、九州両支部長は神戸派、東京派双方に無条件統一を申入れる。双方もしくはいずれか一方にこれがいれられないときは、中国、九州両支部は連合して、東京派、神戸派とは別に西国海員組合(仮称)を結成する。

双方が申入れを受諾したときは、神戸派、東京派ともに解散し、両支部長のほか藤原喜代松、新妻徳寿、下村幸太郎の五人よりなる統一委員会が組合を管理する。

統一委員会は早急に臨時大会をひらき、十月大会の組合長罷免、本部東京移転、産別会議加盟、仮執行部選出等の決議をすべて取消し、事実上十月大会を無効ならしめる。

神戸派の十一月大会はひらかないこととし、拡大幹部会決定はこれを白紙にもどす。

統一委員会は臨時大会の準備、執行部再編成の人事、組合財政の整理等、実務の細目は別に定める三人委員会にこれを当らしめる。

右の通り意見一致のことを確認し、九州、中国両支部長の神戸派、東京派との交渉が成否いずれとも終結するまで、署名捺印の五人はこれを口外しないことを誓約する。

「別に定める三人委員会」は杉山善太郎、野島鉄造および私とすることも申し合された。この五人委員会とか、三人委員会とかの構想は、そのころ開催中の中国の政治協商会議に倣ったのだったと思う。

いささか芝居じみた署名捺印のあと祝盃をあげたが、竹本が大盤振舞をしてその夜の酒宴は豪華だった。よかった、よかったと竹本夫人が喜ぶのに私は感動した。酒がまわって五人ともすっかり打ちとけ、肩の重荷をおろしたと言って馬場が泣き出し、竹本、山村まで貰い泣きをする始末で、小椎尾が幾度か都々逸をうたい、竹本が小唄をうなったりした。

翌朝馬場、山村とも機嫌よく東西に別れて去ったが、その夜小椎尾が神戸から奇怪な電話が来たと浮かぬ顔でつたえて来た。中闘派の某々が神戸に来て、神戸派の某々に面会を求めたが拒絶されたという。相手は竹本を出してくれといったが、小椎尾はそれを拒わり〔ママ〕、又電話のことは竹本には話すまい、と言う。私も同意したが、何のことかわからぬまま不安であった。馬場は鹿児島に行き、山村は尾道で竹本を待っているはずであったが、暗い予感がして私たちはいろいろと語り合った。

次の次の日は竹本が尾道へ発つ日だったが、その竹本からも音沙汰がなかった。

やがて小椎尾が門司からの電話に出たあと、顔色を変えて私に飛びついてきた。

「どうしろうども相手では芝居にもならんわい、……一切合切おじゃんになった……」

小椎尾は吐き出すように言い、まさに怒り心頭に達《〔ママ〕》していた。

田中松次郎が門司に来ていて、門司ではすでに海員スト報告船員大会を準備し、ビラも各船に流したという。今どきそんなことをする無神経さもだが、とにかく何の用件で来たかと訊くと、神戸派東京派の統一が決ったと馬場から知らせてきたので詳しいことをききに来た、神戸にも某々を派遣した、という田中に、小椎尾は腹が煮えくりかえりそうなのをこらえて、とんだことをしてくれた、それで統一もだめになった、とにかくすぐ門司に行くから、と答えて、電話を切ったという。

「田中松先生も、さっぱりわからず、ぽかんとしているんだから呆れたもんだ……」

小椎尾は怒ったり呆れたりで、おそろしく雄弁になっていた。

中闘委員長の田中がのこのこ出あるけば、どこだってストライキ報告会くらいひらかないわけにいかないのが当然だろう、そして今船員集会をひらけば、神戸派の攻撃集会になるのもわかりきったことだろう、それだけ神戸派を激昂させ、それだけ統一は困難になる、そんなことさえわからないのだから話にならない……中闘委員長たるもの、どっしりかまえておればいいんだ、ぴょこぴょこうろちょろする必要がどこにあるんだ……何もわからないのに神戸に人をやるなんて、なんてことだ、足もとを見すかされるだけのことでないか、……おっちょこちょいもいいところだ、……。

馬場にしても全く困ったものだ、自分で署名捺印しながら、署名捺印したことの意味がわからないのだからどうにもならない、「口外しない」とは言わないことで、電報で知らすのはかまわない、とでもいうのだろうか、少し頭がどうかしているのじゃないか……。

更に小椎尾はつづけて言った。

「……しかもその田中君への電報を支部の複写頼信紙を使っているんだ、……複写紙にちゃんと残っていて、机のわきに抛り出してある、……今朝方何げなくあけてみてびっくり仰天したね、……すぐ破り棄てておいたが、あれでは竹本さんが見たかもしれず、とにかく見た人が一人や二人はあるだろう、……内容が内容だから、竹本の耳に入ったことはたしかだろうな……」

私は激昂する小椎尾に、それなら複写紙を破いたのは却ってまずかったろう、と言い、小椎尾もうなずいたが、すでにそんなことはどうでもよいにちがいなかった。

大変な功名をたてた、それを自分がやったのだ、と名乗りたかったのだろう、と小椎尾は言ったが、私は馬場の泣顔を思いうかべながら、直情一途な馬場のことだ、うれしさのあまり、一刻も早く田中に知らせたくて、他のことは考えられなくなっていたのだろう、と私は思った。しかしとにかく、どうにもならないことをしてくれた。私は全身の力が抜けていくのを感ずるばかりであった。

竹本はその日も、その次の日も、そのまた次の日も、尾道へ立たなかった。反対に、神戸から入れかわり立ちかわり、竹本をたずねて人が来た。竹本が彼らに、五人が署名捺印した書面をみせなかったらしいのは、私などに対するほとんど最後の好意であったようだ。

こうして、私たちが骨身を削った統一工作は、闇から闇に葬り去られた。*2〔執筆年不詳〕

〔「近況一束」その九、「複写便箋」抄〕

＊1　馬場楨二（一九一〇―一九六四）　小学校卒業後見習い水夫となり、日本郵船三笠丸その他に乗船、組合運動をする。敗戦後、全日本海員組合結成に参加し、教育出版部長。一九四五年、日本共産党入党。一九四六年の海上ゼネスト時に中央闘争副委員長。

＊2　一九四六年一一月九日に始まった海員組合第三回定期大会で、組合の組織的分裂は回避されたが、中闘派幹部を中心に五二名が除名処分になった。永山も除名された。当時の海員組合員数は、一九四六年六月末で六万七一五〇名（『全日本海員組合活動資料集』上巻、二七八ページ）だが、木船数の多かった九州・中国地方を合計すると、組合員数は過半に近かった。

汽笛は鳴らなかったか

一九四七、八年〔昭和二二、二三〕ころだから、今では三十年がたむかしになる。

国鉄門司鉄道局若松機関区の機関助手を中心とする、待遇改善に絡むストライキがあった。当局側は勿論、組合の方さえ、たかが機関助手のさわぎと甘くみたのが裏目に出て、九州全線の国鉄ダイヤが大きく乱れ、国鉄での戦後最初のストライキらしいストだったと思う。そのとき私は南九州にいて、出水から鹿児島まで行くのに七時間ほどもかかったのを記憶する。

出水の宮路宅に家族をあずける前、数ヶ月のあいだ、西日本石炭の社宅を出されて住む場所のなくなった私は、やむなく一家五人で共産党若松地区委員会にころげこんだ。寝泊りしていた常任が結婚して、別に世帯をもったからでもあった。

地区委員会はたちまち西日本の船員のたまり場になり、毎晩ひらかれた彼らの労働学校に、国鉄若松機関区の青年たちが参加するようになった。

仕事にワッチ〔当直〕というものがあることで、国鉄労働者と海員とは共に共通していて話が合い、双方はすぐに親しくなった。

当時米の配給量が、海員は甲板、機関、事務各部門ともならして同量だったが、国鉄では機関士や機関助手は少々多く、車掌や駅員は少々少なかった。同じ労働者なのによくもそんな差別に黙っていられるものだと海員側が言い、労働の質に応じ配給量のちがうのこそ階級的に正しいと国鉄側が主張、大激論になったりした。

実際その当時若松地区委員会は、海員と国鉄とで四六時中占領された恰好だった。ところがそれで却って、旭化成や板硝子、洞海造船の労働者までが、わいわいとやって来るようになった。九州地方委員会から来て半日ほどいた椎野悦郎[*1]が目をまるくして、これだけしょっ中労働者が押しかけてくる地区委員会はほかにない、その点では日本一だ、と言った。

ところでさわがしくなってきて職場交渉がこじれ、国鉄若松機関区のストが必至の情勢となってきた。そこで、もし若松機関区がストに突入した場合、洞海湾在港船はマストに赤旗を掲げてスト支援の示威をしてはどうだろうと、西日本石炭の船員Eが言い出した。この男、モスクワ・メーデーだったのかカラー映画（当時はまだめずらしかった）をみて来てすっかり感激し、若松、戸畑、八幡各港を含む洞海湾在港船全部に赤旗を翻らせてみたい、一度でいいから、と日ごろから口にしていた。

相談をうけた私は、「おもしろいが、そういうのは一度きりで、実際の効果はどうだろう、それよりも、地味にカンパを集めて贈るなり、ピケ行動などに積極的に応援、協力しては、……」と言っておいた。彼は私の言ったことを、不賛成ととったらしく、それで私に報告しなかったのだろう。私は南九州から帰ってきて、かなり後に、しかも機関区の連中からそれをきいたのだった。

赤旗は、間に合わなかったらしい。また勿論、在港船全部とはいかなかったようだ。しかし若松港には、西日本石炭の曳船汽船、被曳船、機帆船だけで常時数十隻が在港していた。

スト突発とともに、それらの船は、船にあるだけのフライ旗を、旗だけでなく布類のすべて、カバー用天幕、シーツ、船によっては合羽、シャツ、ズボンのたぐいまで動員して、満艦飾式に、ある船では洗濯ものの干し場さながらに、マストに張り、ロープに掲げたのだった。

……機関区での決起集会を終って、臨港船のレールを歩いてきて、在港船の異様なありさまに、おどろきました、……「ありゃ、何じゃ？」と言う者もいました。「西日本の海員の連中だ、……オレ達の応援だ！」、それがたちまちみんなにつたわりました、……うれしかったなあ、泣き出す者もいました……。

みんな猛烈に手を振りはじめ、船からも「がんばれ！」と手を振ってくれました、……感激でした、……いや、まったく感激でした、……と、若松機関区の連中から、こもごも私はきかされたのだった、……。彼らが感激しているのだから、私も感激しないわけにいかなかった、……。いや、私はどうやら、感激する彼らの方に、感激した按配だった、……。

そんなことが、更にいろいろ尾鰭がついてつたわったのだったろう。加えて本人が一倍感激やだったこともあったろうが、地方委員会で、北九州担当の常任委員Uが、全九州をゆるがした国鉄若松機関区の機関助士〔ママ〕のストは、そもそものはじめは西日本海員細胞の活動に因るものだ云々の報告をして、奇妙なことを言うとみんなから怪しまれたとかの裏話も、私は耳にしたりした、……。

ところで話をきいて、私はEを呼びつけ、「よくやった」とほめてやったが、叱られると思いこんでいたEは、私のほめ言葉を信用しかねる様子で「カンパがろくに集まらなかったもので……」と弁明して私を苦笑させた。（一九八〇・一二）

〔『星星之火通信』三一号、一九八〇・一二・一〇・抄〕

＊1　椎野悦郎（一九一一―一九九三）　中国撫順生まれ。小学校高等科中退後筑豊炭田で炭坑労働者となる。全協に加入、炭坑争議に参加。敗戦後上京して日本共産党再建活動をし、党統制委員長、臨時中央指導部議長、政治局員などを歴任したが、六全協後離党。

共産党本部へ †

昭和二三（一九四八）年の何月であったか、所用で本部に上京して来た私は当時の政治局員志田重男[*1]にくどき落されて、そのまま本部につとめることになった。志田によれば党の仕事の地理的な分野は、山林と平野と海上の三つだから、本部の構成もその三分野に即して組みかえる考えだ、というのであった。そこでさしあたり海上部というのをまずつくる、それは今までの専門部とは全く意味がちがう、新たな構想による大きな部門で、部長に紺野与次郎、次長に袴田里見、その下に私の知らぬ斉藤四郎という男と私とを配置し、さらに適当有能な働き手を二十名ないし三十名集める、そこで思いきって私に仕事をしてもらう、といった話で、海員のことしか考えないセクト主義を私は批判され、その任でないと固辞して消極主義だとまた批判され、烟にまかれたかたちで私は本部勤務をおしつけられたのであった。しかし志田構想は雄大すぎて、夢ものがたりにすぎないように思われたのが本当だが、海上という分野を重要に考えるというのは正しかったし、私自身の年来の主張でもあったから、志田の要請乃至強請をことわることは私にはできなかった。私は志田の誇大妄想を半ば、いやほとんど全く知りつつ、したがってそれにともなう危険も何がしか覚悟しつつ、それに応じたのであった。夢ものがたりはやはりそれだけにすぎず、実現した〝海上部〟は一専門部の〝海上漁民対策部〟という妙な名で、部長が袴田里見、部員は私のほか松田、矢吹、江副四人、田中松次郎もいたがいくらもなく兵庫にうつることが決まっていて、事実まもなく去って行った。しかもその〝海上漁民対策部〟もわずか半年あまりのいのちしかなかった。海員関係は労働に漁船関係は農民に、と、本部機構合理化の前にたあいもなく抹殺されてしまった。〔執筆年不詳〕

〔未発表・原題不明〕

＊1 志田重男（一九一一―一九七一） 兵庫県出身。小学校卒業後、旋盤工になり、労働運動に参加。三一年全協に加入し、また日本共産党に入党。戦前・戦中は治安維持法違反、予防拘禁などでほとんど下獄。四四年に出獄し、久保田鉄工所で働いているときに敗戦をむかえる。戦後は日本共産党再建に参加、関西地方協議会の責任者となる。五〇年分裂時の徳田派の国内責任者。大阪地方委員、中央委員、政治局員などを歴任するが、六全協後、除名された。

そのころの十月十日のこと

十月十日というのは、徳田、志賀など、共産党の最高幹部らが米軍総指令部の命令で釈放された日で、「解放記念日」と言われていた。

今では、そんなこともなくなって、すっかり忘れられてしまったようだが、私が共産党本部につとめていたころ、その日は休日、というより「祭日」で、本部員は家族ともども本部に招かれて、何がしか御馳走になったり、大広間で、各職場別の本部員の素人演劇コンクールを鑑賞したりなど、随分楽しい半日をすごしたのだった。

私も、嬬の瑞枝とともに、本部大広間の会場にいた。（子どもたちは、つれて来ていなかった。彼らを、どうしたのだったか、不思議というしかないが全然記憶がない。）

そのとき、徳田、志賀、宮本[＊1]、西沢[＊2]など（なぜか野坂参三の記憶がない、いなかったのか、いたのに影がうすかったのか）最高幹部数人を壇上に列べての、クイズ番組みたいのがあって面白かった。会場の参会者から質問が出されて、パネラーが答える、というのだった。

一例をあげると、「プロレタリア文学で、次の産業別労働者を書いた代表作とその作者をあげて下さい。いいですか、鉄道、紡績、石炭、海員、……」

私は詩人ぬやまひろしの西沢隆二か「敗北の文学」の宮本顕治かと思っていたのに、即答したのは志賀義雄だった。

「鉄道、つまり国鉄ね、『汽車の罐焚き』、中野重治、紡績では『綿』、須井一、そして海員ではもちろん『蟹工船』小林多喜二、或いは『海に生くる人びと』『船の犬「カイン」』の葉山嘉樹もかな、……そして石炭は、間宮茂輔の『あらがね』？　これはちがったかな」

私は驚嘆した。同じようなクイズの質問が文学ばかりでなく、美術、音楽、演劇、彫刻、哲学、等々について次々と出て、徳田球一は皆目だめで、それはむしろ愛嬌でもあった。しかし、西沢隆二も、意外にもの知らずで、また文芸評論家の宮本顕治も、さっぱり回答できなくて、私は正直、幻滅し、おどろいた。党員芸術家の幾人かまで知らないのだから、私は哀しくなったくらいだった。博識は、なんといっても志賀義雄だったのに、私はびっくりし、また一種感動もした。

拍手や野次や爆笑のあいついだ楽しい雰囲気のあと、志賀義雄が言った。

「さて、皆さん、徳田君のことを、みんな〝徳球《とっきゅう》〟、ないし〝徳球さん〟とよぶでしょう。徳田君のそのニックネームを、徳田球一の苗字と名前の一字ずつをとった略称と思っている人が多いようだが、それは、ちがうんだよ、……」

満座が、何が言い出されるのか、といった疑問と期待とでざわめいた。

「徳田君の渾名、ニックネームは〝三等特急〟というのが正確なんだよ、……」

志賀の話に、会場は爆笑の渦となった。拍手さえ、出た。徳田球一が、ケタケタと大声で笑ったのも印象的だった。一ときのざわめきのあと、若い女性の、かん高い声があがった。

「それは、わかりましたが、それで、志賀さんの渾名、ニックネームは、何というのですか？……」

「ぼくの渾名？……、いや、ぼくには、ニックネームなんて、ないんだが……」

志賀義雄が答えると、矢つぎ早に、かん高い声が言った。

「なら、ここで今、つけてあげましょうか？……」

困ったような、うれしいような、複雑な苦笑をうかべて、いくらかどぎまぎしながら、しかも演技派ぶりはしたたかに、それなり落ちつきはらった口調で彼は志賀調で言った。

「そりゃあ、有難いというか、……渾名をつけてもらってもいいけれど、それは、……それはそれで、何というのかな？……」

間髪を入れずの言葉通り、すさまじいほど大きなかん高い彼女の声がひびいた。

「花王石鹼!!!」

大広間は、大爆笑となり、やがて一斉の拍手が湧き上がって、一とき止まらなかった。

志賀義雄の、なんとも困ったといった苦笑いが、言われてみればその通り、なんともかんとも花王石鹼の広告とそっくりで、私も正直、感嘆した。ふしぎに妙に、私にはその花王石鹼の広告そっくりの顔が、うつくしく思えた。

となりの瑞枝も、笑って、涙さえこぼしていて、言った。

「ほんと、うまいというしかないけど、……ひどいわ……、ひどいわ……」

かん高い声で、「花王石鹼!!!」と叫んだ彼女が誰だったか、どこの何という人だったか、私は知らないし、今では知りようもない。

それにしても、一九四〇年代後半のその当時、共産党本部は、なんというあたたかい、親密な空気で一ぱいだったかと、今にして思えば、夢のようななつかしさで切なくさえなってくる。（一九八六・九）

（『金釘通信』六号、一九八九・九・二九、「そのころの十月十日のこと（「志賀さんのこと」その3）」）

＊1　宮本顕治（一九〇八―）　山口県出身。東京帝国大学経済学部卒。高校在学中からマルクス主義と文芸評論に関心をもち活動。一九三三年治安維持法違反で逮捕されて下獄。非転向で四五年一〇月釈放される。戦後は日本共産党中央委員、書記長、中央委員会議長を歴任。現在同党顧問。七七―八九年参議院議員。著作は『宮本顕治文芸評論選集』他多数。

＊2　西沢隆二（一九〇三―一九七六）　筆名ぬやま・ひろし。兵庫県出身。第二高等学校中退。一九二六年中野重治らと文芸誌『驢馬』を創刊。全協金属の書記をしながら詩作。三三年治安維持法違反で逮捕されて下獄。敗戦により釈放され、日本共産党中央委員となる。また中央合唱団を組織して歌ごえ運動を全国的に展開。六六年路線対立から共産党を除名された。著作は詩集『編笠』『ぬやまひろし選集』他がある。

「海上区」をめぐって

共産党の六全協のあといくらもなく、党の分裂以前の正常な状態にもどすという意味がたぶんにあったのだったろう、大幅な人事異動があって、私も山辺健太郎[*1]に「君も流刑囚のひとりか？　何をやらかして睨まれたのかね？」とひやかされた『アカハタ』記者から、以前にいた労働組合部へ復帰した。

たしかそのとき、『アカハタ』の同僚記者数人がひらいてくれた送別会の席でのことだったと思うが、その一方、春日庄次郎が統制委員会議長になった直後のことだったような気もしないでもなくて、いまひとつはっきりしない。

しかしそれが、池袋駅北口にあった（おそらく今もあるのだろう）「おもろ」という、酒、焼酎のほか、むしろ看板にして沖縄の泡盛をのませ、また一風変った沖縄料理を売りものにしていた店で、前野良[*2]（以下Mとする）ほか数人と飲んだときの話だったことはたしかである。

とにかくその夜、その「おもろ」で、酒の上のことではあったが、春日庄次郎の党役員罷免を要求しようという話をMにもちかけられて、私はびっくりした。

＊

ところで、この方は共産党の六全協のはるか以前、私が海員オルグとしてまだ九州にいたころ、中央に袴田里見を部長に漁民対策部というのができ、田中松次郎がその部員になった。おのずと上京のつど、私はそこを訪ねることになり、同じ部員だった松田茂久や、農林省の水産関係の事務官だった本多英男を知った。

大阪にいた志田重男が政治局員になってやがて中央にうつり、漁民対策部が海上漁民対策部に改組され、志田によばれて私も九州から上京、海上区（海員の党組織）を担当してその部員になってからは二人とは一そう親しくなった。そして松田宅を幾度か訪ねるうち、同じ田園調布に住む本多宅に寄ることがあったが、本多宅の二階にMが下宿していた。彼はそのころ党の調査部にいたのだったろうか。学究肌の勉強家ときいたが穏やかな人物といった印象はわるくなかった。ただ学者ときかされてはコンプレックスをまぬがれず、別世界の人の感じもして、うちとけたつきあいにはならなかった。

壮大な（殆ど煙にまかれた按排できかされた私にはそう思われた）志田構想による海上漁民対策部は、しかしわずか一年足らずのうちに突然解消ときまり、海員関係の私ともう一人は労働組合部（部長春日庄次郎）に、水産漁業関係の松田は農民部に配置替になった。志田の当初の話とはまるっきしちがうので私などただただおどろくしかなかったが、それでも労組部で春日部長をはじめ、部員の渡辺四郎、戸田茂、西谷和子らを知ったのは有難いことだった。

そしてこれまた一年そこそこでコミンフォルムの日共批判が出た。追いかけるようにマッカーサー命令で党中央委員が全員追放になり、労組部長は鈴木市蔵[*3]に変った。果然朝鮮戦争が勃発し、日ともに半非合法状態に逐いこまれた党そのものも事実上分裂していたのだった。

そのころ私が全力をつくしたのは、海上区を分裂させないことだった。それは九〇パーセント以上成功したと思うが、逆に海上区では対分派闘争が不活発だとか、海員関係に分派に絡む被除名者がほとんど出ないのはおかしいなどの批判を受けねばならなかった。そのあげく、たまたまある地方党機関とそこの海員オルグとのあいだに問題が起こり、その責任をとらされたかたちで、私は海上区の実質的な責任者の地位を罷免された。

数ヶ月だったが、身動きもできないまま無収入状態になった私をみかねて、その時本多英男ほかが金をくれたのはなんとも有難かった。

〝干（ほ）された〟（当時、党機関から降ろされて放りっぱなしにされるのを干（ほ）される、と言った）数ヶ月をどうにか食いつないでいるうち、誰かが気にかけてくれたのだろう、突然よび出しがかかり、私は、日中〔日中友好協会〕、日ソ〔日ソ親善協会、後の日ソ協会〕、日朝〔日朝協会〕、世界労連出版局などの国際連帯団体、平和委員会、平和国民会議、帰国協力会ほかの平和運動団体などのオルグといった、いわゆる〝裏の〟仕事を与えられた。まるっきり知らぬ世界だったが、そこでも清水達夫、岩村三千夫*4、金昌吽*5、大沢三郎*6、伊井弥四郎等々、ただならない人びととめぐり会えた。

民間団体による日中漁業協定がはじめてむすばれることになって、いくらかでも海に近い仕事ができるのを私は他愛もなく喜んだのだったが、そんな中のある会議で潜行中の竹中恒三郎と会った。私の方は懐かしい気分で挨拶したが、「君はこんなところにいたのか」と意外だったらしい彼の困惑した表情に私はとまどうしかなかった。当時私たちはきびしくペンネームを使わせられていたので、本名の私とわからなかったのだったろう。果して、数日のうちに私はその仕事からおろされ、『アカハタ』編集局出向となった。

『アカハタ』に移っても暫くは仕事らしい仕事を与えられず困惑した。部署も次々と変ったが、それでもそこで江森盛弥*7、下村義雄*8、藤川義太郎*9などと親しくなることができた。

殆ど強引に自分から仕事をつくるみたいにして、やがて私はもっぱら裁判所通いをしたのだが、とにかく私の『アカハタ』記者としての最後の一時期、直接の上司みたいだったのがMだった。Mはかねての印象とはちがって、若い記者と顔色を変えて言い争ったりするのにおどろきもしたが、顔見知りのせいか私には終始よくしてくれ、わりかし話もあい、私の仕事にも殆ど干渉しなかった。（一九七九・九）

〔『星星之火通信』四九号、一九八四・四・二五、「目を転じよ」抄〕

＊1　山辺健太郎（一九〇五―一九七七）　東京都出身。小学校卒。戦前浜松楽器争議に参加。労働運動、社会運動を精力的におこなう。四一年に検挙・投獄。四五年出獄後は日本共産党統制委員、『前衛』編集委員などを歴任。『現代史資料⒁―⒇』「社会主義運動⑴―⑺」（みすず書房）を編集解説、他著作多数。

＊2　前野良（一九一三―）　九州大学法学部卒。一九四四年一兵卒として広島に動員されたとき被爆。戦後、政治経済研究所創設。一貫して反核・平和運動に参加。原水禁国民会議顧問。

＊3　鈴木市蔵（一九一〇―）　神奈川県出身。小学校卒。地元の築港現場で働きながら全協で活動。一九三五年、上京して国鉄に勤務し、敗戦後、国鉄労組で活躍。二・一スト時の中央闘争副委員長。四九年、レッドパージで国鉄を解雇される。のちに日本共産党中央委員、労働組合部長などを歴任。六四年党を除名され、志賀義雄らと「日本のこえ」を結成。著書『シグナルは消えず』他。

＊4　岩村三千夫（一九〇八―一九七七）　新潟県出身。早稲田大学政経学部卒業後プロレタリア科学研究所に参加。三七―八年頃読売新聞社に入社。四六年の読売争議で退社。中国研究所、日中友好協会等の理事を歴任。中国関係の著書多数あり。

＊5　金昌吘　在日朝鮮人連合会千葉支部で活躍。福岡県にて客死。生没年不詳。

＊6　大沢三郎　羽賀商店勤務。

＊7　江森盛弥（一九〇三―一九六〇）　関西学院中退。戦前『無産者新聞』本社で組織部を担当。戦後は『平和と独立』の編集責任者、『アカハタ』文化部長などを歴任。詩集『わたしは風に向ってうたう』など多方面の著述がある。

＊8　下村義雄（?―一九七〇）　東京商科大学卒。大塚金之助ゼミ出身。日本共産党本部、『アカハタ』編集局勤務。

＊9　藤川義太郎（一九〇八?―一九八〇）　福井県出身。第一高等学校卒。イギリスで電気事業見習のころ、エ

スペラントを学習。日本電気産業労働組合（略称電産）中央委員。電産労組規約に英語とエスペラントで組合名を入れた主唱者。

単独部――『アカハタ』勤務の一日

くもり日の午後、うすぐらい東京地裁の廊下を歩いて次々と法廷をのぞいているうち、見おぼえのある裁判官の顔をみつけて、私はそこへ入った。

ちんぴらふうの四人の青年の強盗傷害事件で、弁護士の尋問をきいていると、上野公園で知り合った四人が共謀して小料理屋の主人をおどしあげ、負傷させた上金品を奪ったというありふれた事件だった。

被告人のうちのひとりが、弁護士などつけてほしくないと申し立てているのが、少々変わっていた。その被告人の国選と思われる弁護人が、

「つまり君はわるいことをしたのだから、弁護などしてもらわなくていい、裁判所で決める通りの刑をいさぎよくうけたいというわけだね」

と訊ね、被告の青年は黙ったままうなずいた。

弁護人はかさねて、

「君の心持はよくわかるんだが、裁判では弁護人は必ずつくことになっているのだからね。そういう有難い制度になっているわけだから、それをありがたくうければいい。君も弁護人が気にいらぬとか、どうでもこうでも弁護をことわるというのではなくて、わるいことをした上に、さらにお手数をかけまいというんだね。その気持はそれでよいが裁判にはそういう遠慮はいらない。弁護人なしでは、裁判はできないことになっているのだからね。わかるね」

かなり年配の弁護人は、時折裁判長の顔をちらちらみながら、なかば裁判長の方にもきかせるようにくどくど言い、青年は今度はハッキリと、「ハイ」と返事をした。ひとりだけの裁判長は、しかし、この問答にはほとんど無表情だった。

四人の被告人に四人の弁護士が、ひとりずつ替わるがわる被告人の一人ひとりに、こまごまと尋問をした。被告人の青年四人ともそれぞれ、随分詳しくそれに答えた。

生い立ちだの、家庭の事情だの、不良の仲間に入った契機だのについてだった。両親の夫婦仲がわるかったという者がおり、また片親の子が幾人かいたのも耳にのこった。ありきたりの感じもなくはなかったが、いくらか競うみたいに、弁護人たちが熱心に尋問したのに私は少々感心した。私と列んで傍聴席で、被告人の家族らしい男女数人の中には、顔をふせてハンカチを出し涙をぬぐう者もいた。

弁護人の尋問がおわると、裁判長は四人を一緒に起立させ、自身で尋問した。その尋問の仕方が、弁護人らのそれとうって変わって、秋霜烈日といったものがあり、法廷はとたんに緊張した。傍聴席も声をのみ、私など頬がこわばるぐあいだった。

元気一杯の健康な若者が、悪事と知りつつ強盗を共謀するとは何ごとか、という、尋問というよりはげしい叱責だった。太い黒ぶちの眼鏡をかけた裁判長の大きな目玉が被告人の一人ひとりをきびしく見すえていた。

なぜ強盗などを計画したかとの問いに、被告人のひとりが、金に困ったからで、つまり「生活問題です」と答えた。

そのとき、裁判長の顔が硬くなった。

「生活できなかったというのか？」

「そうです」

「それならお前らはなぜ靴みがきをやらぬのだ？」

「……」

「なぜ屑ひろいをやらぬ？」

「……」

「なぜ、乞食をやらぬ？」

「……」

裁判長は少しく声をはりあげ、やや口早に靴みがきも屑ひろいも乞食も、被告人らよりもずっと上等な人間なのだ。千とか万とかの金を不正に手に入れて、うまいものをくい、よいものを着、いい住居に住もうとする者たちよりも、人になんと言われようと自分の労働で生きる靴みがきや屑ひろい、人の同情のみにすがる乞食の方が、人間としてはるかにけたちがいに上等なのだ、云々と言った。しまいがた、そう言う裁判長の声はふるえていた。

私には、裁判長がほとんど憎悪をこめて糾弾しているのが、目の前の四人の被告人だけではないように思われ、体ごとすくむような感動をおさえきれなかった。またこの被告人たち、法廷の傍聴人たちが、この裁判長がどういう人か知っているだろうかと思った。

その数日前、必要があって私は三鷹事件一審判決文を通読し、ふたたび感ずるものがあったのだが、三鷹判決の後、単独部に左遷されたとうわさされた鈴木忠五裁判官が、その裁判長であった。（一九五五・一二）

〔『星星之火通信』一八号、一九七九・五・二七、「単独部」〕

恥しらず

共産党の六全協の直後（だったろう）、潜行中の党幹部、野坂、志田、紺野の三人が芝居気たっぷりに日比谷公会堂の集会に公然と姿をみせ、たちまち逮捕されると新聞にでかでかと書き立てられた。いくらもなく保釈で釈放になるや野坂参三の衆院選挙立候補が、まったく手まわしよく発表されたのだった。

その丁度おなじころ、やはり潜行幹部の一人松本三益[*1]の裁判が、東京高裁の三宅裁判長係りで、数十人に及ぶ弁護人の弁論も終って結審し、すでに判決公判も決っていたある日だった。『アカハタ』記者として裁判所通いをしていた私は、党本部近くの路上で松本三益と顔を合せたので笑いかけながら挨拶した。

「いよいよ判決ですね。今度は大丈夫、確実に無罪でしょう……」

「あ、君にはまだ知らせてなかったか、判決はのばしたよ」

あっけにとられた私に、松本三益はるる説明した。

判決公判は参院選挙の後に延期した。判決が無罪ならいいが、万が一有罪になっては野坂参三の得票にひびくにちがいない。春日正一の有罪になった先例があるから、書記局でいろいろ検討した結果、そういうことに決った。勿論裁判所には、主任弁護人青柳盛雄[*2]が国際民主主義法律家協会会議に出席のため渡欧するので、帰国まで延期してもらう、ということにした、云々。

私は自分の顔色が変るのが、自身でわかった。呆れてものが言えなかった。しかし言わぬわけにもいかなかった。一体、それは何ということか、と言って声がふるえた。

そんなやり方は、ミスとか失策というのとはちがうだろう。そんなのは、共産党が共産党でなくなることだろう、……と私は言った。

最低限、前回公判できめた判決公判期日には、判決文はできあがっているのだ。無罪にせよ有罪にせよ、すでにできあがっている判決を、裁判所にそらぞらしく理由をすりかえて頼みこんで、参院選挙の後まで国民に知られぬように隠してもらう、なんという日和見主義、日和見主義どころか完全な屈伏、それも裁判所へおすがりしての屈伏だ……。

十二月二六日（一九五四年）にできていた三鷹事件判決を、突如翌年六月二二日に延期した田中耕太郎[*3]最高裁長官のやり方を糾弾したのは共産党ではなかったのか。そして松本裁判の場合、竹内被告死刑の三鷹判決の延期より一そう醜態である。若しも判決が無罪だとしたら、延期させた共産党の愚劣さはまさに歴史的な恥さらしになるだろう。

裁判官とてそれぞれ新聞を読んでいるのだから、突然の延期の理由をいかにうまくこじつけようと、その〝本当の理由〟が裁判所にわからぬはずはない。裁判所ばかりでない、少し頭の切れる新聞記者は勿論、いくらか注意ぶかい人なら誰にも、そのほんとうの理由はわかりすぎるくらいわかるだろう、そして中には、共産党もなかなか味なかけひきをやりおる、などという者も出るだろう、寒気がする……と私は言った。事実、そう言って私は寒気がした……。

有罪判決なら有罪判決で、それで全党を奮起させたらよい、「獄中当選」など、外国ではザラにあるのだ……。

裁判所は、そんな共産党のやり方を、腹の中でせせら笑うだろう……そんなことをして、三宅裁判長と顔を合わせられますか!?……、『アカハタ』記者として私は、裁判所に出入りすることに顔を赤くせねばならない！……。

一体そんなことを、松本三益本人がよく承知したものだ。あんたはよくもそれで、共産党員といえるものだ!……。

私はそんな意味のことを、支離滅裂にまくしたてた。昂奮して涙が出そうだった。いや、涙が出た。(実のところ、数十年経った今も、思い出すと屈辱感で正直私はいくらか顔が火照る始末である。)

私のそんな見幕に、松本三益もおどろき、善良な彼はたちまち顔を真赤にした。……そして、もう手続をしてしまったのだからと哀願するように幾度もくりかえし、ひたすら私に殆ど詫びるので、私は彼が気の毒になった……。

青柳盛雄以下共産党の弁護士も、それぞれ松本三益同様に人のいいところがあって、「書記局決定」に押し切られたわけかと、私はくやしく、また情なくなった。しかし、松本裁判には、もと日弁連会長の長野国助[*4]以下、党外の弁護士数人も弁論に加わっていたのだった。その人びとにも、はかったのか、と私は訊いた。松本三益は真赤になって、しかし正直に答えた。

「いや、はかってない……」

「そんな!?……」

ふたたび顔色を変えた私に、松本三益はしどろもどろになって、事後になったけれど必ず話す、話してきっと諒解してもらうから、と言った。

しかし、本当に話したかどうか、話して長野国助ほかその人びとが何と言ったか、或は呆れて何も言わなかったか、おそらく話さなかったのではないかと思うが、どういうことになったのか、その後のことは私は知らない。

私はなお憤懣やるかたなくて、志賀義雄（当時衆院で法務委員をしていた）の津京秘書に、志賀義雄は一体何をしているのかと八つ当たりをしたのだが、驚いたことに後から彼に、志賀義雄はこの件については何も知らなかったのだ、ときかされた。たしかその後、そのことで私は志賀義雄に随分と慰められたのだったと思う。

そのときの参院選挙で、野坂参三は当選した。判決延期は野坂が言い出したとは思われないが、その「書記局決定」には参加したと思われ、私は野坂参三にもまたぞろ幻滅した。そして選挙後に延期された判決公判で、松本三益は無罪となった。くやしさのあまり、私はアカハタの原稿にこの無罪判決が当初きまった通り参院選挙の前に出ていたら、野坂参三の得票は数千票、いや数万票多かったにちがいないと書き加えたが、果してデスクでその部分はそっくり全部削除された……。（一九七九・一・二五）

（『星星之火通信』一六号、一九七九・二・一五、「八年前と八年後」）

＊1　松本三益（一九〇四―一九九八）　旧姓真栄田。沖縄県出身。一九二二年阪神電鉄従業員となり労働運動に参加。三一年日本共産党に入党。敗戦後共産党の再建活動に参加し、四七年中央委員になる。レッド・パージで追放され、潜行中に団体等規制令で検挙、投獄される。五四年臨時中央指導部員、六一年中央委員、七七年顧問などを歴任。

＊2　青柳盛雄（一九〇八―一九九三）　東京帝国大学法学部卒。一九三一年自由法曹団、解放運動犠牲者救援弁護士団に加わった。戦前は三・一五事件、四・一六事件（いずれも共産党員と同調者の弾圧事件）の公判闘争で活躍。戦後日本共産党に入党。自由法曹団再建に尽力。三鷹・松川・メーデー事件の主任弁護人として活動

した。

＊3 田中耕太郎（一八九〇―一九七四）　鹿児島県出身。東京帝国大学卒。卒業後母校で教鞭をとる。敗戦後は文部省学校教育局長。文部大臣、最高裁長官などを歴任。著書は『世界法の理論』全三巻他がある。

＊4 長野国助（一八八七―一九七一）　愛媛県出身。明治大学卒。国内的には最高裁裁判官任命諮問委員、日本弁護士連合会会長その他を歴任。国際的には一九六四年ブラジルのクーデタで、中国人が不法に軍事裁判にかけられたとき、国際弁護団長として活躍した。

勿忘草を連想するといった話――「回復」後　†

六全協で党の統一が「回復」[＊1]して、たしか第七回大会がひらかれたあと、したがって第八回大会の前ということになるが、そのとき私は海員関係をうけもって労働組合対策部にいた。部長は鈴木市蔵で労対部づきの書記局員が西川彦義（以下N・Hとする）であった。

戦前戦後を通じてもっぱら関西にいたN・Hとは、名前だけは早くから知り、また「分裂」時代は悪党の元凶みたいにきかされていたが、六全協前は口をきいたことは勿論、会った記憶もほとんどなかった。

つまりその時ほとんどはじめてN・Hを知ったのだが、正直私は春日庄次郎以来久方ぶりに「話のよく通ずる」（勿論比喩的にいってのことである）先輩に出会えたという気がした。

ところで統一「回復」後の第七回大会では、「戦後労働運動の総括」がなされることになっていたが、主として長谷川浩の筆ときく苦心力作のその草案も、何かと異議が続出して中央委の承認が得られず、大会席上資料として配布されるにとどまり、次期（つまり第八回）大会まで見送られることになった。

それで大会後早速「総括」起草特別委員会が設けられ、袴田里見、吉田資治《すけはる》[2]、伊井弥四郎、金子健太[3]、松島治重[4]、鈴木市蔵、春日正一[5]、高原晋一[6]（ほかにもいたと思うが、今はっきり出てこない）らが委員に選ばれ、書記局員のN・Hも勿論その一員で、事務責任者のようなものになっていた。そして、どういう風のふきまわしか、私がその書記役を仰せつかった。勿論再三辞退したが、きかれなかった。

しかし、周知のように、その後の八回大会をめぐる事態の急変[7]から、勿論N・Hが起草した「総括」草案も活字にさえなることなく、日の目をみないでしまった。結局、「大会決定」の「戦後労働運動の総括」は今日なおそのまま棚上げになっているのではないかと思うが、或いはそれがむしろ当然のことなのかもしれない。

けれども、その時の「総括」委員会そのものは、幾回か会議などを重ねて、「生産管理闘争」[8]、「二・一スト」、「地域人民闘争」[9]、「統一委員会」[10]、「新潟国鉄闘争」[11]等々のテーマにつきしばしば激論がかわされ、もっぱらききとり役の私には大変に勉強になったほか、労働運動、ないし、労働組合についての、お歴歴方それぞれの考え方のおおよそを知ることができたのは、それなりに私には幸運みたいなことでもあった。

（『星星之火通信』九号、一九七八・六・二五、「勿忘草を連想するといった話」抄）

*1 「回復」 一九五八（昭和三三）年七月の第七回党大会（一九四七年以来一一年ぶり）で、日本共産党は、「極左冒険主義」と「党紀律違反」などで伊藤律[*12]、志田重雄、椎野悦郎の除名を確認する一方、「統一と団結にかんするよびかけ」を採択して、一九五〇年以来の党の分裂状態に終止符をうった。永山もこのとき、『アカハタ』記者から、労働組合対策部に復帰した。

*2 吉田資治（一九〇四—一九九二） 富山県出身。早稲田工手学校卒。卒業後東電研究所助手となる。兵役終了後関東電気書記となり、労働運動に参加。一九二八年日本共産党に入党。二九年逮捕され、敗戦まで数年間を除き、獄中にあった。戦後は産別[*13]議長、日本共産党統制委員会副議長などを歴任。七七年、同党名誉幹部会員となる。

*3 金子健太（一八九九—一九八三） 東京都出身。小学校五年終了。機械工となり新潟鉄工その他を転々としながら労働運動に参加。一九二一年入党、全協の組織部員となる。敗戦後全労連[*14]幹事、日本共産党労組部副部長などを歴任。七四年同党顧問となる。参議院議員当選一回。

*4 松島治重（一九一二—一九九四） 富山県出身。富山中学校卒。肺結核療養中に小林多喜二[*15]の『不在地主』を読み、マルスク主義に関心をもつ。地元で全協活動、解放運動犠牲者援護活動をした。一九四五年日本共産党に入党、中央委員、大衆運動委員長を歴任。七七年から同党名誉幹部会員となる。

*5 春日正一（一九〇七—一九九五） 長野県出身。電機学校卒。小学校卒業後上京して芝浦製作所などで働き、労働運動に参加。一九二八年に日本共産党に入党。太平洋戦争中逮捕され、四五年十月に釈放。共産党再建に参加。衆議院議員、参議院議員、党中央委員会幹部会員として活動。

*6 高原晋一（一九一七—一九九八） 全逓出身。一九四六年日本共産党に入党。労働対策部副部長、宣伝・教育・文化部長などを歴任。

*7 事態の急変 共産党第八回党大会（一九六一年）を前に春日庄次郎が離党を表明、同大会が春日の除名を確認したことを指すと思われる。

*8 生産管理闘争 会社側が計画的に工場閉鎖をしたときなどに、労働者が自主的に生産・業務を管理する争議

手段の一種。敗戦後の一時期、高萩炭鉱、東芝車輛その他で活発に闘われた。

＊9　地域人民闘争　一九四九年の総選挙で日本共産党は三五議席を獲得し、それによって、占領下であるにもかかわらず、吉田内閣および国内反動勢力に対決姿勢をとり、大衆の日常的な要求と闘争を、機械的に権力の問題に結びつけた。

＊10　統一委員会　一九五〇年、コミンフォルム批判により日本共産党が分裂したとき、徳田派によって排除された中央委員七名（志賀義雄、宮本顕治などの国際派）が、党の統一を回復するために、地域組織、大衆団体グループを結集して全国につくった委員会。

＊11　新潟国鉄闘争　一九五七年の春闘ののち、国鉄では再三にわたり大量の処分者が出た。それに対する処分撤回闘争の一環として、新潟では実力行使をくり返し、列車がたびたび止まるなど地域生活に大きな影響がでた。また組織も分裂し、新労組が結成された。

＊12　伊藤律（一九一三―一九八九）　広島県出身。第一高等学校中退。在学中に共産青年同盟で活動。一九三三年日本共産党入党。三九年治安維持法違反で検挙。このとき拷問を受けて自供したことが「ゾルゲ事件」（ソ連赤軍諜報機関の関係者であるゾルゲ、尾崎秀実などの検挙事件）の発端となったとされる。敗戦後共産党で農民運動を担当するが、一九五一年中国へ渡る。五五年、日本共産党より除名。八〇年中国より帰国。

＊13　産別　全日本産業別労働組合会議。一九四六年結成の全国中央労働組織。二・一ストを指導、敗戦直後の日本労働運動の主導権を握ったが、共産党による運動方針の「押しつけ」「引き回し」批判が集まるようになり、弱体化、一九五八年解散。

＊14　全労連　全国労働組合連絡協議会。一九四七年結成、当時の中立系主要労働組合の大半が加盟し、戦後初の労働戦線統一組織となった。緩やかな連絡協議機関。一九五〇年、反占領軍的とされて解散させられた。

＊15　小林多喜二（一九〇三―一九三三）　秋田県出身。小樽高等商業学校（現小樽商科大学）卒。卒業後は北海道拓殖銀行に勤務。在学中から小説を書く。作品『一九二八年三月十五日』で注目され、プロレタリア作家同盟（ナップ）で活動。一九二九年日本共産党に入党。三三年逮捕、拷問・虐殺された。小説『蟹工船』他、評論は『定本小林多喜二全集』全十五巻におさめられている。

〝悪い奴ほどよくねむる〟[*1]

一

「船内に苦情は山ほどあるのだが誰ももち出そうとはしない。もち出したくても、もち出すことができないのだ。組合にもちこむと、組合は会社との交渉で、まず第一に何丸の誰某から言ってきたと言う。会社はその時その問題では折れても、その何丸また誰某に目をつける。そしていつか必ず仕返しをしてくる。そうなると、自分自身ばかりでなく他人にさえ迷惑をかけることになりかねない。有形無形の圧力がかかるのだから苦情をもち出そうにももち出せないのが現実である」というような話をきいた事は幾度もある。まじめな人のまじめな話である。だから、こういうことについても、少しく立ち入って考えてみねばならないだろう。

二

まず、こういった話はおそらくは多くの船での現実にちがいないということだ。つまりウソ、いつわりではなくて、多かれ少なかれこうした事実があり、それを誰しもがみとめないわけにはいかないということである。したがって、こうした話を否定するわけにはいかない。

否定するわけにはいかないので、こうした話が出ると、多くの場合多くの人が、たしかにその通りで、その通りだろう、その通りなのだろう、と相づちをうつことになる。相づちをうつのだから、こういった話を支持し、賛成するかたちになる。多くの人が支持し、賛成するから、こうした話がますます各船できかれるようになり流行するみたいなことになる。

事実、「何かやりたくても、今のままでは何もやれないというのが本当のところでね」といった言葉が、各船共通のものになりかかっているし、組合なり、組合運動なりについて話す時の一つの挨拶ことばのようになりつつあるといえる。

ところで、こうした話が流行みたいになり挨拶ことばのようになるということは、どういうことになるだろうか。こうした話が出て、あいづちをうたれ、賛成され支持され、挨拶ことばのようにとりかわされるようになることは、結局多かれ少なかれ、この話のような考え方が、ますます各船にひろがり、多くの人がそうした考え方をすることになるということであるだろう。「やりたくても、やれないのが現実だ」と多くの人が考え、苦情があってももち出さず、不平や不満もみずからおさえて何も言わないということになるわけであろう。事実、そういうことになるにちがいないし、そういうことになっているように思われる。

そして、そういうことになると、得をするのは誰だろうか。そういうことになると、損をするのは誰だろうか。得をする奴は、当然そういうことになるのをのぞみ、期待し、またねらっているにちがいない。そして損をする者は、果してそういうことになることをおそれ、心配し、また警戒しているだろうか。

三

「何かやりたくても何もやれない」「苦情をもち出そうにも目をつけられるだけだ」ということで皆が何もやらなくなり苦情ももち出さぬということになれば、一ばん得をするのは資本家である。そうなれば万々歳だからである。だから、こうした話がひろがり、流行みたいになり、挨拶ことばのようになることは、資本家側にとっては願ってもないことになる。むしろ大いにひろがらせ、流行させたいことになる。そして大いにひろげ、流行させているかも知れないのだ。

反対に、みんなが何もやらなくなり、苦情ももち出さぬということになれば、一ばん損をするのはわれわれお互いである。一そう何もやれなくなり、苦情の種がますますふえるのに、ほとんど苦情にもならなくなるわけだからだ。だからわれわれの立場からいえば、こうした話がひろがり、流行することはのぞましくないことであり、困ったことであるわけだ。そこまではわかるとして、それが危険な、おそるべきことだとわれわれ自身気づいているだろうか。こうした話がひろがることを警戒し、流行しないように何がしか努力しているだろうか。反対に、ひろがることに調子をあわせ、流行することに協力しているのではないだろうか。もし、そうだとすれば、われわれはとんだペテンにかかっていることにならないか。

四

さて冒頭の話にもどって、「組合にもちこむと、組合は会社との交渉で、まず第一に何丸の誰某から言ってきたと言う」という点を考えよう。これはつまり苦情をもちこんだのが何丸、誰某と会社側にすぐ知られるということだろう。このことに限っていえば、組合がその船の実情、その人のおかれている条件を十分考慮して、何丸とか誰某とかを具体的には明らかにしないといった配慮をすることはたしかにのぞましいにちがいない。しかしそれを別にすれば、交渉をすすめるために、何丸、誰某を具体的に明らかにすることが必要な場合も当然ありうるわけである。苦情をもちこんだということで、何丸、誰某に目をつけることがわるいので、それを明らかにすることがあながちまちがいでもなく、わるいこととも言えないのである。ついでに言えば目をつけることは、つまり何がしか差別をすることであり、労働組合法にいう明らかな不当労働行為である。そういう事実があれば、われわれは黙っていずにどしどし問題にし、場合によっては法律的にも制裁せねばならないのである。

ところでこの話のこの部分はそういう事実についてばかり言っているのではなく、要するに組合が会社側とツウツウだということのたとえなのであろう。つまり組合がほとんど会社側に立ち、むしろ会社に協力して「目をつけ」たり、圧力を加えたりしかねないという意味である。会社が目をつけて何がしか差別をするのは、組合法にいう不当労働行為になるたてまえだが、組合が「目をつけ」るのは、本当は一そう不当な不当労働行為であるにかかわらず、法律的には不当労働行為になりにくいかも知れない。ここに御用組合というもののばかにならぬ効用があるわけである。

それはさて措いて、この話の中心は実はここにあるのかもしれない。海員組合が現実にああいう組合であるかぎり、苦情をもち出したくてももち出せない、何かやりたくても何もできない、ということである。そしてそういう話、そういう考え方が、今日各船に共通し、われわれ船員の合言葉のようになっていることも、今さら言うまでもないことである。海員組合がたよりにならない、といった話は、各船のいたるところでささやかれ、ささやかれるどころか時には叫ばれていて、耳がタコになるくらいである。そしてそれがいたるところでささやかれ、叫ばれているために、事実もまたそういうことになって、海員組合が今のままでは、何かやりたくても何もできない、苦情が山ほどあってももち出すことができない、不平不満があってもみずからおさえて何も言わない、ということになりかかっているのではないか。それが言いすぎとすれば、ということになってしまっているのではないか。それはまざまざとあらわれているのではないか。例えば全国委員選挙のおどろくべき低調ぶりなどに、

そして同様に、ということになって一ばん得をするのは誰だろうか。何者だろうか。それも同様に、明らかすぎる。海員組合がたよりないということで誰も何も言わなくなり何もやらなくなる。そのことこそ彼らにとって願ってもないことであり、そもそものねらいであるのだ。それこそが彼らの、もっとも巧妙な海員組合の使い方といってよいのである。〝悪い奴ほどよくねむる〟、のである。

だから下手をすると、われわれの海員組合に対する批判、組合幹部への攻撃などまでが、彼らの巧妙な海員組合の使い方に、知らず知らずのうちに協力することになりかねない。ふたたび、われわれ

は、とんだペテンにかかっていることになりかねないのである。

五

人間の社会のことは複雑である。今の世の中のからくりは巧妙である。単純に一プラス一は二という風にいかぬことが少なくない。善意の、まじめな話が、善意でまじめであるだけに、悪らつに利用されることさえあるわけである。

組合がたよりないから、何も言えない、何も言わないのではだめなのである。単にだめであるばかりでない。客観的には利敵行為になりかねないのだ。

組合がたよりないから、何によらず一そう言わねばならず、やらなければならない。一そう苦情をもちこまねばならず、とりあげさせねばならない。たよりない組合が一そうたよりなくなることをくいとめ、たよりになる組合にするためには、それ以外にはないのである。目をつけられることをふせぐみちは、目をつけられる船、人を、一隻でも一人でも多くすること以外にない。すべての船、われわれのみんなが、目をつけられるようになれば、それはつまり、目をつけられる船、目をつけられる人が一隻も一人もなくなるということなのだ。全部を差別することは、差別がなくなることだ。差別できなくなることだ。

苦情をもちこむとうるさがる組合幹部、何も言えず何も言わない組合員をこそ好ましいとする組合幹部、そういう組合幹部が残念ながら少なくないことは事実である。しかしそうでない組合幹部が、全然いないというのもまた事実とちがうだろう。

組合幹部は、われわれ組合員の公僕である。どしどし問題をもちこみ、不平不満をとりあげさせてこそ、公僕の是非ははっきりする。大衆的に組合幹部を点検するみちは、組合をたよりにならぬとあきらめてしまうのでなく、たよりにならなければ一そう、われわれ組合員がものを言い、問題をもち込むことでひらけるのだと思う。

以上のような意味で、われわれの考え方を大きく転換せねばならないと考える。

大切なことは、組合の悪口を言うだけにとどまっていると、逆に敵の手口にのせられていることになりかねないということである。

〔『かもめ通信』七九号、一九六四・一二〕

＊1　永山は当時、全貌を現わしつつあった「海運合理化運動」のなかで、海上労働者の「生活と権利」を守る闘いをどう組織するか、そのために海員組合の民主化をどうすすめるかに腐心していた。この時期に書かれた小論。

船長非組合員化の裁定

一

一九六五（昭和四〇）年十一月八日、船員中央労働委員会により船長の組合加入問題についての仲裁裁定が発表されて、仲裁は調停とは異なり強制力をもつのだから、およそ外航の船の船長は事実問題としてほとんどすべてが、というよりまったくすべてが、という方が本当だろうが、海員組合の組合員ではなくなることになった。どうも大変なことになったというより仕方もないが、それにしてもどうしてこんなことになったのか、あるいは、こんなことになるようになったのか、どうにもわかりにくいので困る。

しかし、やはり第一に問題にすべきことはこの仲裁裁定の内容だろうから、この裁定の愚劣さについて一つだけのべておくことにする。

裁定ではもっぱら外国航路だとか三千トン以上だとかを云々するのだが、今日のわが国の外国航路の船長で、三千トン以上の船の船長だからもちろん十万トンタンカーの船長もふくめて、乗組員を彼ひとりの判断と権限で採用したりクビをきったり、また乗組員の給料をあげたりさげたりできる船長はひとりもいない。（船長の非組合員化により、それができるようになる錯覚をおこす船長がひとりもいないとはいえないだろう。それにしてもそんな錯覚をおこす船長とて幾人でもないだろう。）しかし、その反面、四、五十トンの漁船の船長には、まったく彼ひとりの判断と権限とで、乗組員の採用非採用、給与の増減から降昇職のすべてができる、また現にしている船長は少なからず実在する。それがいくらも海員組合の組合員として加入している。つまり船長の権限とか〝非組合員性〟とかは、船が大きいから、遠く外国へ行くから、優秀船だから、といったことと必ずしも比例するどころか、むしろ反比例するといった方がよいくらいなものだ。ただ、この一点だけでも、今度の仲裁裁定は現実をみない空想の産物といってよいのだ。

ところでこんなことも、脇村船中労委会長以下は、先刻百も承知のことにちがいないのである。百も承知の上で、一読してみただけで何ともそらぞらしいかぎりの、今回の仲裁裁定をあえて発表したとしか思えないのだから、どうにもやりきれなくなるのである。

二

船長非組合員化の仲裁裁定は、海員組合の賃金闘争を目前にして発表された。

しかも発表一ヶ月前の組合全国大会では、船長非組合員化問題が海運資本の反動的な分裂攻勢であることが正しく指摘された。またこの問題にたいする、あるいは船長にたいする組合の今日までの態度やすすめ方についても、かつてなくきめこまかく論議され、反省もされたのであった。また執行部もそれを確認して、組合の主張に反する裁定の出る危険が見通される場合は、仲裁申請をとりさげる旨を言明した。賃金闘争を中心課題としたこの二四回大会では、なお掘り下げが十分であったか否かを別として、賃金闘争との関連においても、また海員の団結権という面からも、船長非組合員化問題の位置づけは、それなりに正しくなされていたのである。

しかも組合幹部は、組合の主張に反する裁定が出るはずはないと確信して、仲裁をとり下げず、船長の団結権をみずから放棄してしまったのである。これは、「見通しの甘かったことは自己批判する」といったことですむことではない。

組合に加入して組合員となっていた船長のなかには、船長は労働者であり、労働者の立場に立つべきであるとの信念のもとに、組合員たることを誇りとしていた船長がいたのである。そのために有形無形の圧迫を会社からうけ、あるいは先輩同僚からわらいものにされ、変人あつかいされながら、しかもあくまで組合員たることをもってみずから任じていた船長がいたのである。その数の多少にかかわらず、こうした船長にたいして、組合幹部はどういう申訳が立つのか。

三

ところで船員中労委の仲裁裁定は、前記のようにまさしく現実をみない空想の産物なのだが、同時にそれはまた、今日の船長の現実を「みた」現状肯定の産物でもあるというのは、現実問題として、船長の非組合員化は今日とうとうとしてすすんでおり、ことに外航船や、大会社のあいだでは、事実として非組合員船長が圧倒的に多く、ことに中核六社などでは組合員船長はまさに例外的存在となってしまっているからだ。一航士〔一等航海士〕が船長になると同時に、大会社の給与係はチェックオフ（組合費天びき）をやめることが慣習となっているありさまだからである。船中労委の裁定は、この現実をそのままみとめただけのことにすぎない。その意味では裁定は「空想の産物」とは反対に、まさに「現実の産物」である。

そして海員組合はこのとうとうたる船長非組合員化の情勢に、教宣活動として機関誌で問題を解説し、あるいはパンフレットを出すなどのことはたしかに実行した。それも必要なことである。しかし、個々の船長とひざをまじえて語りあい、説得するといった労働組合として本来の組織活動、オルグ活動は、一体どれだけなされたのか、ほとんど何もやらなかったのではないのか。反対に組合幹部のやろうとしたことは、ユニオンショップをたてに、その「実力行使」で否応なしに船長の組合加入を強行するという、組織にものをいわせての思いあがった戦術であった。こうした思いあがりは、船中労委が組合の主張に反する裁定を出すはずがないという判断の思いあがりと、まったく同じものではないか。

四

だから船中労委の船長非組合員化裁定から学ぶべきことは、組合も組合幹部も、全国単一組織という海員組合の実力に不抜の確信をもつことはよいとしても、それで思いあがってはならないということとであろう。情勢は、思いあがりで判断すると必らずまちがうほどきびしいとさえいえるのだ。

必要なことは思いあがりとは反対に、大衆運動、労働運動の初心にたちかえり、労働組合本来の原則に根ざして、一人ひとりの組合員船長をもっともっと大切にし、一人ひとりの非組合員船長をあくまで説得によって自覚をうながす地味な組織活動に、全組合員をあげてただちにとりくむことであろう。船長の非組合員化は、むしろ船長と他の乗組員との立場を明確にして、すっきりしてかえってよい、というのが、残念ながら実のところ各船での多数意見ではないだろうか。そういう実態となっていることに、組合幹部は真に責任を感じなくてはならぬ。船長の非組合員化が組合分裂の反動攻勢であることも、船長をふくむ船員の団結権はく奪の一歩であることも、大会での論議は別として、各船では必ずしも十分に認識されてはいないのである。少なくも現情のままでは、労協改定期における船長組合員化の実現も、組合幹部のつよい言葉にもかかわらず、部内の支持すらえられないことになりかねないことがおそれられる。

海員組合が労働組合の初心に立ちかえることは、船長非組合員問題にひきつづく賃金闘争においても大切な課題となるだろう。全国単一組織の力を背景にしての組合幹部の〝政治力〟といったものだけでは、賃金要求すら獲得できる時代はすぎさったのではないか。反対に一人ひとりの組合員の組合意識（それは組合幹部のきらう言葉をつかえば階級意識ということだ）にささえられた自発的な団結の力が一切を決定する時代に、すでにうつってしまっているのではなかろうか。一たんうばわれた船長の団結権をいかにしてとりもどすか、それも一人ひとりの組合員が真剣に考えなければならぬことである。

〔『かもめ通信』八九号、一九六五・一二〕

日本特別掃海隊

『権力の終焉』『ザ・カンパニイ』[*1]の二冊をよみ終っていくらもなく九月十一日〔一九七八年〕、偶然（これも或いは偶然といってはまちがいかもしれない）NHKTV特別番組「日本特別掃海隊」をみた。

昭和二十五〔一九五〇〕年十月から十二月にかけて、米極東軍司令部の要請をうけた首相吉田茂、海上保安庁長官大久保武雄は、日本の機雷掃海艇のべ五三隻、日本人一、二〇〇人を朝鮮戦争に参加させた。

つまり、いうなれば、「有事」に際しての「超法規的行動」「超憲法的行動」は、自衛隊栗栖元統幕議長の「問題発言」をまつまでもなく、二十八年前にすでに、ときの権力者によってみごとに実践されていたのである。

爆沈した十四号艇の調理員中谷坂太郎〔二三歳〕は戦死し、多数が負傷した。

最初十月はじめ、下関唐戸桟橋に集結した掃海艇二十一隻の乗員は動揺したが、大久保長官自身が出むいて「日本の自立のため」と説得、出港させた。しかし十四号艇が元山沖で爆沈して、うち三隻は掃海作業を拒否、日本にひきかえした。ために能勢氏以下、その三隻の艇長はクビになった。それればかりでない。終戦時日本周辺を埋めた機雷除去のため、八〇隻の掃海艇を日本が保有したこと自体、当初から秘密にされた。終戦前、つまり戦争中、〝飢餓作戦〟と名づけられた日本周辺海域への米軍の機雷投下が国際条約違反なので、それをかくすためだった。（とナレーターが言った。）「日本特別掃海隊」の朝鮮戦争への参加も、「世論の反響」を考慮して極秘とされた。だから大久保が、今日著書を出してそれを公表した（それがこの「特別番組」の材料となった）ことは、もはや「世論」を恐れる必要がなくなったという判断によるのであろう。そしてその判断は、殆ど当っている如くだからやりきれない。

戦争放棄の憲法をもつ国の国民を、ひとむかし前と全くおんなじに、「自立のため」、「お国のため」と泣き落しをかけて戦争に参加させ、少なくも一人を殺した首相、長官は、わいろをとってロッキード機を国に買わせた首相、社長連より、その罪は軽いのであろうか。得々とテレビの画面に出て、当時の苦心を語る元長官は、中谷坂太郎の墓参ぐらい、したのだろうか。

この男が運輸省の小役人だったころ、一夕会食したことを記憶する私は、その夜なんともやりきれなく、むしょうに腹が立ってひとりヤケ酒をあおったが、なにも「特別掃海艇」ばかりでない、朝鮮戦争では日本人船員が幾人も「戦死」した事実を、私自身とうのむかしに知っているのである。（一九七八・九・一五）

〔『星星之火通信』一一号、一九七八・一〇・二二〕

＊1　『権力の終焉』はH・R・ハルデマン著、サンリオ。『ザ・カンパニイ』は、ジョン・アーリクマン著、角川書店。

退職経緯 †

一

一九六八（昭和四三）年十月二四日、その日から始まる海員組合二七回全国大会に党本部から派遣された私は、早朝東京を発って、午前十時兵庫県委員会に出頭した。そしていきなり、旧知の県委労対のMから、私が着いたらすぐ、本部労対のYに電話するように、前夜本部から連絡があった旨を告げられた。

すぐ本部労対のYに電話すると、組織部のIが至急私に話したいことがあるので、すぐ引き返して本部に来てほしいとのことである。何の用件かは知らぬが、折角神戸に出かけて来ているのだから、大会が終わる二九日まで待ってもらえないか、I君に話してみてくれと私は言ったが、Yも要件の内容は全く知らず、とにかくすぐ引き返すようにとのことだから、と言うだけなので、やむなく私はそれでは今からすぐ帰る旨をのべて、本部に行けるのは夕方になろうと付言した。

午後六時東京駅についた私は、今から行く旨をYに電話したところ、組織部のIは発熱して早退し、翌二五日は休むので、二六日午前十一時本部に来るように、とのことづてだったと言う。拍子ぬけしたというより、何となくたばかられたような不愉快さだったが、気の毒そうに言うYに何を言っても仕方もないことだった。

二六日十一時、代々木まで行って念のため電話するとIは肺炎悪化の徴候があり病院に行っているので、更に三日後の二九日十一時に来てくれとのことだった。二九日は海組大会の最終日だから私は苦笑した。

しかし私は、私にかかわって何か異常な事態が起こっていることを思わないわけにいかなかった。私には皆目わからないながら、まないたの上の鯉になってしまっているような感じがした。

二九日十一時、連絡すると、来てくれと言う。さきに労対のYに会い、旅費の清算をすませて、I君と会った。I君と、もうひとり書記局員のIと二人が、私に話すてはずのところ、書記局員のIは所用のため欠席するので、I君ひとりで会うという、これも妙にひっかけたような前口上であった。

二

I君はまず、至急私に直接ききたい要件ができ、それで私のよび返し方を労対に申し入れたので、労対には責任のないことだから承知されたい、と言った。至急の要件と言われて、私の方は当日帰ってきたが、それが六日もほったらかしにされて私の当惑したことを言うと、それはI君の病気という仕方もない事態による、とされた。

そして、私に関して中傷というかデマというか、そういうたぐいのことがいろいろときかれる。個人からのもあり責任ある機関からのもある、と言った。地方の機関からの場合、電話で話せることでもないし、きけることでもないので、機関から担当者本人に来てもらったが、夜汽車が遅くて深夜まで待って報告をきいたりした、などとも言い、私は奇怪な印象をうけた。

そしてI君は、ペン書きの文書を手に、ぽつり、ぽつり、断片的に質問し、その一つひとつに私は答えたわけだが、その個々のそれを総合すると前後大きく二つで、その二つが、それぞれ二つにわけて考えられた。

最初の分の第一は、次のごとくである。

この年の五月二七日に、船舶通信士協会の総会があり、前日同総会対策のため会議があり、それに当然出席すべき私が出席しなかった。それを不審とした海員の一「同志」が神奈川県委員会に問合せ、私が石油海運の船を訪船しているときき、追いかけてその船を訪ねてみたところ、私はその船におらず、また訪船した事実もないことが判明した。のちに、私は「山口」某宅で、そのとき、「山口」らとともに船会社づくりの相談をしていたことがわかった。

つまり私は、当然出席すべき船通協総会対策会議に出席せず、石油海運の船を訪船すると神奈川県委にウソを言い「山口宅」に行っているなど、規律違反であるということらしい。

そして第二は、この年三月ころ、私は「吉井進」なる人を訪ねたが、その時そこで海員党員の名簿をおとし、それが海員組合幹部の手に入ったため、海員党員が組合幹部に把握されて、組織的に重大な打撃を被った、と言うのである。ばかばかしいとも何とも、いいようもない話で、こんな質問にまともに答えること自身私には苦痛であったが、ともかく私は大体次のように答えた。

第一については、まず船通協総会対策会議なる会議がひらかれた事実がないし、万一ひらかれたとしても私は全然知らない。ひらかれない会議、または知らない会議に、私は「当然出席すべき」立場にたつはずがない。次に石油海運の船が京浜に入港することなどほとんどありえない。少なくともその当時、そのことを私は耳にしていない。加えて、これは理由のあることだが、過去二十余年、私は石油海運の船を訪船したことは一度もない。私が神奈川県委に、「石油の船を訪船する」と言ったこともないし、言うはずもない。「山口」という同志、知人、友人、親戚は数人あるが、五月二六日にその誰の宅をも訪ねた事実はない。

ついでに言えば、船通協総会は五月二六日で、二七日は一日事実とちがい、総会当日の二六日、総会対策会議がひらかれるなど、それだけでもこの話の荒唐無稽さは、多少とも実情を知る者には明白すぎる。

次に第二だが、「吉井進」なる人物を私は知らないし、したがって三月ころにしろいっにしろ、訪ねたという事実はない。私が党員名簿をおとして、海組幹部の手にそれが入ったなど、少なくも私には事実としてないし、うわさにしろ耳にしたことがない。それにもまして、海員党員名簿といったものを、私がもち歩くなどということ、いやまたそれにもまして、そういうものを形としてもつくるということ自体、私にはないし、するはずもないことなのである。

私に関して、右のような「報告」をする海員の一「同志」という者は私に考えられず、彼はむしろ「挑発者」というべきであろう。もし「報告」が機関によるものなら、そういう「機関」は、むしろ「挑発機関」の疑いが濃厚である。具体的に私に明かにされたい、と私は要請したが、それぞれ「善意」によると認められるからと、答えは得られなかった。

そこで私は反対に、およそこんな程度の「報告」を無神経にできる手合が誰と誰と誰あたりか、私にもいくらか見当がつくから、言ってみようかと言ったのだが、I君は苦りきって、その必要はない旨を告げた。

私は闘志というか熱意というか、とにかく急激に意欲といったものが自分自身の中で減っていく、いやむしろ、消えていくのを感じ、こんなことでわざわざ神戸からよび返されたわけかと情なくなったが、それにつづいてもう一つの、おどろくべき質問が出てきた。

そのもう一つの分も、二つに分かれるが、その第一は数年前、スパイ行為が自供されて除籍処分となったFと、最近、ここ十日か一週間ばかりのあいだに、私が会っていると言うのである。そして、私がFと以前から文通をつづけていて、Fからきた手紙を私が第三者の誰かにみせ、彼からFと文通などすべきでないと忠告され、私はそれ（Fとの文通）を、たしかにまちがっていたとみとめた、と言うのだから、手がこんでいる。

第二は、私が「ふくなが」、「たかみ」という、いかがわしい人物と親交をむすんでいる、というのである。

まず第一についても、私はおどろくとか腹が立つとかいうよりも、むしろ呆れ、情なくなってしまった。身におぼえがないなどというより、いま生きている人間どうしで、Fが顔を合わせられない、また顔を合わせたくない人間は、ほかの誰にもまして私であるはずなのだから、事実ないばかりでなくありえないことだ、と私は言った。Fと会ったことは勿論、賀状が年一度くる以外、文通など全くなく、したがってFの手紙を第三者にみせることなどあるはずがない。その第三者とは誰か、対決させてほしい、と私は言った。

しかも、除籍以来、Fと会ったことなど私は一度もない。第一、Fは神戸に住み、私は東京にいるのだから、Fが上京するとか、私が下神するとかでなければ、物理的に会うこと自体不可能である。というと、I君は「神戸以外、東京以外の場所で、ということだ」と言った。

私は、一瞬、寒々と鳥肌がたつ思いがした。そして、ここ十日、私は東京から離れたことはないと言ったが、もはや、何をいっても仕方がないという気がした。

第二について、私は、いかがわしい人物とつきあうことが、規律違反とは思えない、と言った。必要な場合、いかがわしい人とも、つきあうだろう、と言った。そして「ふくなが」「たかみ」とは、二人が「いかがわしい人物」とは反対に、当世、稀有な「信頼するに足る人物」と判断しているから、親交をむすんでいるのだ、と言った。

そして、二人につき「いかがわしい」という理由をきくと、「ふくなが」は、経営コンサルタントとして、公安調査庁の役人と通じ「民青対策」を策動しているほか、船会社をして韓国航路で金を儲けている、とかいう説明であった。加えて、台湾と貿易もしているという。「ふくなが」が「福永真一」であることを確かめて、私は腹を立て、彼がどういう「いかがわしい」と反対の人であるか、X、Y、Z、等の名をあげて、これらの人にきいてもらいたい、と言った。

I君は私の態度におどろいたらしく、「たかみ」については、「いかがわしい」というだけで、古本屋をしている以外、具体的には何もない、と言った。そして私に、だから「たかみ」については、「いかがわしい」のでは全くない説明を、私からきく必要はないと言い、私もそれ以上なにも言わなかった。

三

I君は、中央が私を疑ったのなら、事前に調べて傍証を固め、その上で査問するのが順序だが、私を信頼するので、直接私本人にきいたのだから、その点諒承されたい、と言った。つまり、これは「査問」ではない、と言う。それにしても、私についてこの種の「報告」のしばしばあることは、やはり私の不徳として、反省すべきでないか、と言う。そう言われれば、そういう気もした。

私よりも、もっと辛い立場にいて、それを耐えている人もいる、とも言った。私の親しい、Wのことにちがいなかった。

私の言う通り、これでは全くデマ、中傷のたぐいで、「報告」者側に問題があり、それについては中央で必ず「善処」するが、その点中央を信頼するかどうか、と言うのだった。

正直、私は全く信頼しなかったが、信頼したい、としか言えなかった。

また、私に糺してみて、本件は全くくだらない一件なので、私のためにも上級には報告しないから諒とされたい、と言った。

私は、中央の「善処」につき、私にも知らせてほしいと要求、諒承されて、それが明かになるまで、これでは仕事にもならないというと、暫く休養、勇退してはどうか、もし生活に困るなら、別途援助するから、遠慮なく言ってくれ、とのことだった。

勿論、私は生活のことは、私自身で考えるから、とI君の「好意」を辞退した。

私は、二十余年働いてきた場所が、全く別の「世界」となってしまっているのを感じて、争う元気もなくなった気がした。言われる通り、私は休養、いや、退職を表明し、それはたちまち承認された。心覚えのために、全く私自身がいやでたまらないことながら、ありのままを記録した。（一九六八・一二・三）

（『星星之火通信』一〇号、一九七八・八・二、〈旧いノートから〉欄「退職経緯」）

〔編者補記〕

一九六八年一〇月末、永山は突然、日本共産党本部の職を解任された。そのときの経緯を、一〇年後に発表したもの。解任当時五五歳。

解任されたのち、永山はK県の党組織に党員籍を移したが、やがて、連絡がなくなった。党を離れる決意を固めたようだった。このことについて、永山は口を閉ざしていたが、友人たちが口伝てに、党からの「月給」がなくなった状況を知り、さまざまなかたちで生活費の支援をはじめた。夫人は引き続き、共進運輸国際埠頭で働いていたが、二人の生計を維持する収入はなかった。

無線技士運動、海員運動の仲間、党活動の仲間、後輩たちのカンパにくわえ、亀田喜美治、丸山眞男は、月一万円ずつの定期的な援助をおこない、岸秀雄は、月三万円と日本酒二本の寄贈を、みずからの死の直前まで続けた。また、丸山は、岩波書店に頼んで、英英辞書の下請けの仕事を斡旋し、永山はこの仕事を、一九七一年六月から、七二年一二月まで熱心にとりくんだ。

暑気ばらいとその後

一九七一（昭和四六）年九月四日夜、伊東信と金子信一と土田金三郎とが来宅し、私と四人で酒をのみ酒の肴をつついた。

酒の肴といってもありあわせの私の手料理ばかりで、つまり干鱈の朝鮮風辛みごまあえ、マグロフレーキのしょうがおろし、野菜サラダ、茄子の塩漬、それに妻の瑞枝の買ってきた、たことかまぼこ、ほうれん草のおひたし、などだが、金子が例のようにあわびをもって来てくれて、くんせいふうの味つけでこれがまずぜいたく品で目玉、その他は枯木も山のにぎわいの「枯木」ばかりだが、それでも品数だけは多くて、いくらかは「山のにぎわい」らしくないこともなかった。

＊

ところで、次の日であったか、私は〝暑気払い〟の会が、何かもう一つ、もりあがらなかったようなのについて、考えた。

そうであった。その日、九月四日の『アカハタ』には、日本共産党代表団の「ルーマニア社会主義共和国訪問について」という記事と、日本、ルーマニア両党代表団の共同コミュニケが、第一頁巻頭に大きく出ていたのだった。『アカハタ』よりは早く配達される『朝日新聞』の朝刊にもそのことは報じられていた。

その日の夕方、ひとり少し早く来た伊東信が、私の机の上の『アカハタ』をみて、「ほう、大きく出ましたね」と言った。

共同コミュニケというのは、例によって長々しくて、『朝日』の方で要約をさきに読んでしまうと、この方はあまり読む気がしなくなるみたい、と私が言うと、伊東が笑ったのだった。

しかし、実は私は、その『アカハタ』の共同コミュニケ全文を、読むことは読んでいた。そつのないように吟味して書かれたらしい外交文書といった文章を、長いな、と思い、めんどうにも思いながら、とにかく終わりまで読んでいた。

そして、日本とルーマニアの共産党員ならとにかく、日本とルーマニアの、共産党を支持し、あるいは支持しない多くの労働者たちは、この共同コミュニケを読んで、何らかのはげましなり、感動なりを覚えるだろうか、と思った。日本とルーマニアの、政府間の共同コミュニケではなく、日本とルーマニアの両国の共産党間のそれなのに、とも思った。

もっと、ほかのことも考えた。共同コミュニケは、いわゆる自主独立路線について、力をこめて強調しているようで、つまり『朝日』の「解説」の説くように、ソ連や中国の〝大国主義〟をけん制していて、その意味で〝重要な外交文書〟らしかった。事実、コミュニケで、その自主独立路線について、日本、ルーマニア両共産党は、大いに共感共鳴しあっているようであった。

そして、いや、ところで、その同じ自主独立路線に拠ってルーマニア共産党は（また、たぶんベトナム共産党、朝鮮労働党なども）ソ連および中国の両共産党と、とにかく交渉、関係をたもち、反対に日本共産党は、その双方のいずれとも交渉、関係を絶っている、という現実が別にあった。

その現実では、日本共産党とルーマニア共産党とは正反対であった。だから、ルーマニア党が賢明とすれば、日本党は愚昧でなければならなかった。日本党が純粋となれば、ルーマニア党は不純であった。ルーマニア党が巧妙なら日本党は拙劣で、日本党が実直ならルーマニア党は狡猾なのだった。そして現実がそういうものである以上、自主独立路線の謳歌も、いつかそらぞらしくきこえてくるのは、いたし方もないことだった。

勿論、そんなことは、共同コミュニケでは、全くふれられていなかった。ふれられていないだけに一そう、私などには一種のみじめさとなって、口の中に苦い澱《おり》が残るような気分を押し殺さねばならなかった。

その日、少なくも午前中の私には、『アカハタ』の共同コミュニケの記事は、こだわらぬわけにいかない、一事件にちがいなかった。一事件というより、むしろ、一ばんの事件であった。

けれども、あまり読む気がしなくなるみたい、といった冗談口のほか、私は伊東にも感想めいたことを、何ひとつ言わなかった。言うまいという意識が、ほとんど無意識的に働いていたのだったろう。

〝暑気払い〟の会になっての後も、随分酔ったのに、私は「共同コミュニケ」についてなど、一口も口にしなかった。私はそれを、後で瑞枝に確かめてもみたのだった。

その日の、一ばんの事件を、タブーみたいに、そっちのけにしていたのだから〝暑気払い〟がもう一つもりあがらなかったのは、当然のことにすぎなかった。

あれだけ酔ったのに、よくも口に出さなかったものだ、と私は自分自身にいくらか感心もした。そして一方、私がほかのことを喋りすぎたのは、そのことについては喋るまいという、潜在意識のようなものからだったと気がついて、私は複雑な気持になった。

共産党にいた時よりも、共産党をはなれてからの方が、共産党についてはるかに真剣に心配しているような自分自身に、私は苦笑したくなった。

たしかに私自身、むかしより今の方が、共産党に不利なことは口にすまいと、何かにつけ一そう細かく気をつかっているようなのであった。

「それがよいことか、よくないことか、よくはわからんのだがね、……」

愚痴こぼしにならぬように、せいぜい努めて説明したのだが、やはり私の話はとりとめもないものになったらしかった。それでも、瑞枝は涙ぐんでくれて、言った。

「おとうさんが、一ばん可哀想ということになりそうね」

私は笑いながら、何も言わずにかぶりをふった。そして心の中で、そういうことかもしれぬ、と思い、いや、その反対だろう、とも思った。(一九七一・九・一〇)

〔『星星之火通信』七号、一九七八・一・三〇〈旧況断片〉欄7「暑気ばらいとその後」抄〕

いなかったヴィットリオ[*1]

戦後のイタリアと日本、イタリアの労働運動と日本の労働運動、イタリアの共産党と日本の共産党とは、たしかに似た面もあるが、反対にいろいろとちがう面がある、と私は考えていた。あたりまえのことで、人に言って笑われそうな話である。

レジスタンスの歴史をもつイタリアとそれのない日本、民衆がムッソリーニを縛り首にしたイタリアと、ヒロヒトも岸信介も安閑と生きている日本、第一次大戦後すでに「工場評議会運動」の経験をもつイタリアの労働運動と、戦前には組織率一〇パーセントに満たなかった日本の労働運動、等々、決定的なちがいは、これは一そうたしかに、次々といくつも数えられた。

二十年ほども前になるがトリアッティ[*2]と会談してきた総評幹部の一人が、「とにかく世界一流の人物という気がしたね。あのクラスの大物は、日本の党にはまずいないね」と洩したということをきいた。そのとき私は、それならトリアッティばかりでない、グラムシ[*3]にしてもいないわけだろう、と思った。

その少し後だったろうか、学者の友人がイタリアの総選挙を見て来て、話してくれた。

「イタリア共産党は赤旗を止めて一切みどりの旗を使っていた。日本の諸君とは感覚がだいぶちがうようだ。……それと、その方面はずぶの素人だから大きなことは言えないんだがね、個々の労働者、一人ひとりの組合員の意識水準ということでは、むしろ日本の方がすすんでいるようなのに、労働組合の幹部、運動のリーダーとかになると、イタリアでは文字通り粒よりに優秀なのが揃っているみたいで、日本とは段ちがいのような気がするんだがねえ、……日本の諸君にはもっともっとしっかりして貰わねば、と思ったね、……」

この話の後半など、耳が痛いながらも、考えさせられるものがあるような気がした。

しかしとにかく、いま一つよくわからないものがあった。塩野七生のイタリアのものなどで、いろいろ教えられるところもあったが、才筆にふりまわされて、却ってわからなくなったりもした。

ところでこのほど『イタリア共産党との対話』（岩波書店、一九七六）を読んで、私は又々大変な勉強をさせられた気がしたが、まず例えば次の一節（25―27頁）などに少なからぬショックをうけた。私は少し昂奮して友人に電話をかけたりした。

問　大衆の民主的組織の問題はどのようにとりくまれたのですか？

答　まず第一にファシズムの遺産を打破し、勤労者の組織された運動に、自由と真の参加の原則を鼓吹したのです。

一九四四年の最初の何ヶ月かに――まだナチスに占領されていたローマで――共産党員、社会党員、カトリック教徒のあいだに、統一的な労働組合の総同盟をつくるための交渉が行なわれましたが、それにかんする共産党の記録保管所が所有する文書が最近発表されました。

わが党を代表してこの交渉にあたったディ・ヴィットリオは、民主体制においてもファシズムがつくり出した法律による義務的な単一組合の維持に賛成する社会党およびカトリック教徒の立場に直面しました。

両者の見解では、義務的な加盟と自動的な組合費支払が、全イタリアにおける組合の普及と組合の物的発展にとってよいというのでした。

ところで今日、この文書を読むものにとって、印象的なのは、ディ・ヴィットリオの確信ですが、それにもとづいて非常に激しく、両者の立場に反対し、憎むべき強制の二〇年間のあとでの勤労者の「自由の必要」を強調しまた称揚しました。

さらにまた法律による義務的な労働組合は「多くの金、多くの事務所、多くの使用人」をもった官僚的な機関になるだろうが、「労働者階級にきらわれる」だろうことを主張しました。

「大衆に最大限のイニシアティブと権威を保存させる」完全に民主的な労働組合を誕生させることが必要でした。

この線に沿い、一九四四年六月のローマ協定をもって、解放されたイタリアにおいてその統一的な労働組合総同盟樹立の基礎がおかれたのです。……以下略。

（訳文はイタリア社会運動史の第一人者とされる山崎功訳だが、直訳主義というか、こなれた日本文とは遠い感じだが、逆にいやでも丁寧に読まされるということで、却て勉強になる意味で「名訳」かもしれない。……永山）

この一節からも窺い知られると思うのだが、『イタリア共産党との対話』を読んで、第一につよく感じられることは、同じように尊重するとしながらも、「民主主義」というものに対する取り組み方が、イタリア共産党と日本の党とでは、いくらか（たぶんいくらか程度のことではないだろう）ちがうのでないか、ということだ。

したがっておのずから、この一節ではっきり知られるのは、第二に、「大衆の民主的組織の問題」についても、同じようにイタリアの党と日本の党とでは、その取り組み方が相当ちがうのでないか、ということである。

「大衆の民主的組織」とは、代表的なそれとしてはまず労働組合ということになろうが、日本の党のめざす（或いはめざした）労働組合とは、おおよそのところ、左のようなところではなかろうか。

イ 〝階級的〟〝戦闘的〟労働組合

ロ やさしくいいかえるなら、ストライキ闘争をおそれずに激発する組合（この点、このごろは少々変っているかもしれない）、乃至政治的諸闘争……（政治的スト、デモ、決議、集会など）に積極的にとりくむ組合

ハ より具体的にいえば、かつての産別系組合、近ごろでは総評左派系組合

ニ つまり、いってみれば（党の側面からみれば）組合員、なかんずく、組合幹部、もしくは組合執行部、組合専従者などの中に共産党員が多数いる組合（最近では、したがって、乃至おのずから、組合内に、各種選挙の共産党候補者に対する後援会が公然と組織され、或いは活発に活動するような組合、又は『アカハタ』読者が多数いて、又『アカハタ』拡大活動が組合内で公然とかつ活発にできるような組合）

ホ 組合機関の決定で社会党（もしくは民社党）を支持するのでなく、政党支持の自由をうたう労働組合

右はそのいずれかというのでなく、同じことの別のいい方であったり、関連ないし重複したりもするが、おおよそ大体そんなところだろうというものである。

これに対し、イタリアの党のそれは、前記の引用から更に引用すれば、「ファシズムの遺産を打破し、勤労者の組織された運動に自由と真の参加の原則を鼓吹し」（傍点筆者）て「〝大衆に最大限のイ

ニシアティブと権威を保存させる〟完全に民主的な労働組合」（傍点筆者）ということになる。大すじでいって双方は矛盾するものではないだろうが、対し方、取り組み方の重点はどうにもニュアンスがちがう、いな、ニュアンスがちがうといった言い方ではすまされないほど、ちがってくるのではないかと思われる。

ふたたび、したがってそこから、この一節にはっきりと書かれているが、第三に、労働組合の「自動的な組合費支払制」――チェックオフとか組合費源泉徴集制とかいうもの――にいたっては、イタリアの党は、「印象的」な「ディ・ヴィットリオの確信」に「もとづいてひじょうに激しく反対」するのに対し、日本の党はここ三十余年一貫してこれを支持し、或いは支持しないとすればそれを容認し、又は最小限「ひじょうに激しく反対」しなかった。

ここではイタリアの党と日本の党とは、まさしく正反対の立場に立つ。現実に日本の労働組合の大半、殆ど全部は、ディ・ヴィットリオの「反対」に「反対」して、「自動的な組合費支払制」を何ら怪しむこともなくそのままつづけているのだ。

日本の党にも、ディ・ヴィットリオと同じ意見をもち、同じ主張を主張した人は幾人もいた。しかし、ヴィットリオはいなかった。なぜなら、日本の党の彼らは、党内民主主義によってたぶん「自由」にそれを「主張」し、「主張」できたのだが、とどのつまり「主張」し、乃至「主張」できただけだったからである。

勿論、日本の党にも、ヴィットリオと反対の意見をもち、イタリアの社会党員、カトリック教徒と同じく、「組合の普及と組合の物的発展にとって」チェックオフがよく、必要だという者もいた。官労系出身の人に多かったと思うが、チェックオフ制こそ、日本の労働者が〝たたかいとった〟!?ものだと豪語する者がいた。理屈はとにかく、チェックオフ反対などを党が打ち出せば、大混乱が起るだけだ、という者がいた。組合費支払など大衆が決めることで、現に多くの労働組合がチェックオフを可としている以上、党がそれに「反対」したり干渉したりするのはよくない、としたり顔で説く者がいた。組合費のことなど、些末な、形式的な問題にすぎない。労働者の要求はより具体的な、より直接的なものだ、という者もいた。

けれども、ヴィットリオと同じく、そこに労働組合の原則にかかわる意味、労働組合の根本問題を見て、組合費の源泉徴集制に反対し、その廃絶を主張した者は、私の直接知るかぎりでも、K、W、H、I、等々、幾人もその名をあげることができる。あげてみると、おおむね、戦前に運動経歴をもつ人々だったことに気がつくのだが。にもかかわらず、チェックオフ制は、今日現在も全般的につづいているのだから、日本の党には、全く末席に列なった私自身をも含めて、組合費源泉徴集制に「激しく反対」してそれを止めさせたヴィットリオは、残念ながら遂にいなかったのである。

グラムシやトリアッティばかりでない。ヴィットリオもいなかったのである。(一九七七・二)

『星星之火通信』一号、一九七七・三・二〇、「誰かに話したかった話　1　いなかったヴィットリオ」、
および『同』一一号、一九七七・九)

＊1　ヴィットリオ（一八九二―一九五七）　イタリアの労働運動指導者。共産党と社会党の統一戦線の実現に力を注いだ。イタリア総同盟書記長、世界労連委員長、イタリア共産党中央委員を歴任。

＊2　トリアッティ（一八九三―一九六四）　イタリア共産党の指導者。第二次世界大戦中は、モスクワからイタリア国民に抵抗を呼びかけた。大戦後、閣僚となる。一九五六年、第八回党大会で従来の革命的変革に代わる構造改革論を打ち出した。

＊3　グラムシ（一八九一―一九三七）　イタリアの革命家・思想家。社会党を経て共産党員となる。コミンテルン執行委員。一九二六年、ファシズム政権に逮捕されて二〇年の刑を受け下獄。病気に苦しみながら獄中ノートを書きつづけた。

第二節　家　族

結　婚

一九三七（昭和十二）年。その年一月結婚して、神戸市再度筋に新世帯をもったばかりの私宅は、二畳と四畳半と二間だけの家で、訪ねて来た米山大甫が、玄関だけの家とはおもしろいと、ほめて、実は呆れてくれたが、私も瑞枝も気に入っていた。家賃は月額二円五十銭だった。〔執筆年不詳〕

〔未発表〕

六部の輪唱――加古川 †

一九五六（昭和三一）年秋、突然思いもかけず男の子を交通事故でなくしてからは、私、また私の家族には、いつも、ひとり欠けているという記憶が、つきまとって離れないということがあった。……その暗い記憶の影がさして、団欒があったにせよ、しょせん不完全なそれでしかなく、つまりは団欒そのものになりきれなかったのでもあった。……おのずから、団欒といったものが、たえてなかったといった気がするということだろう、……。

そう気づくと、とたんに口の中に苦い澱がみるみるたまってくるような、みじめさだけ一杯といった気持ちになってくる、……一種自棄的な虚しさにずるずるとのめりこんでしまう、……そして、そういう自分自身がたまらなく厭になってくる、……。

「目を転じよ」という言葉があった、と思い出した。瑞枝が逝ったとき、N女史がくれた手紙の中の言葉だった。

そこで、しかし、と私は思いかえした。とすれば、一九五六年以前には、私にも言葉どおりの団欒の記憶があるはずだった。

われながらおかしいほど、むきになって、私は遠い過去を洗いざらい引っ掻きまわした。その一こま、一こまを、手繰るように辿った。あるに決っている、ないはずがないと、心の中で泣き言めくぼやきを繰りかえしながら、……そして、いつのまにか、いくらか必死といった構えになっていた。……そして四苦八苦のあげくといった恰好で、どうやらそういった記憶を探しあてたとき、胸のまん中あたりが両わきからきつく締めつけられて、きりきりと痛むような気がした、……いや、事実痛んだのだったと思う。

そのころ、私は仕事で、もっぱら九州の港々を駆けずりまわっていた。そして月に一度ほど、鹿児島県出水の友人宮路の留守宅にあずけていた家族のもとに寄ったのだが、そんなあるとき、瑞枝とこどもたち三人、計四人だから四部合唱というのだろう、「かっこう」だったか、「郭公ワルツ」だったか、そのコーラスが意外にうまくなっているのにおどろき、また少々感心もした。

「静かな湖畔の森のかげから
もう起きちゃいかがと郭公が啼く
かっこう、かっこう、かっこう、かっこう、かっこう、
かっこう、かっこう、かっこう、かっこう、かっこう、……」

「けっこう、ハーモニイができるのよ、……」

いくらか本格的に歌の勉強をしたのはひとりだけだったから、リーダーの瑞枝は楽しそうにそう言い、一ばん下の迅《はやし》が「湖畔」(こはん)をいくら直してやっても「こふぁん」と歌う、むしろその方が可愛いいからそのままにしておくの、などとも話した。

一人ひとりが一節ずつを、次々と後から追いかけて歌うのだから輪唱、四部の輪唱、私が加わると五分の輪唱になるのだった、……それに、そうだった、そのとき石本友治が東京から来ていて彼も輪唱に入ったから、六部の輪唱となったわけだった、……。

その一方、私は、私の団欒の記憶というのは、郭公の歌ひとつだけか、という気もしたのだが、とにかく思い出せたのだから、まずまずよかったのだった。それに、その団欒には、石本友治が入ってさえいるのだから、まさに格好のそれなのだ、と私は思った。

「石本さんの方が、おとうさんよりずっと音階が正確よ、……相当なものだわ」

須磨に住んだころから、石本は私宅に出入りしていて十年ごしのなじみだったが、私も瑞枝も石本の歌をきいたのはその時がはじめてだった。すっかり感心する瑞枝に、私はきげんよく、そんなことはない、小学校で私の唱歌の点はいつも十点だったなどと言ってみたが、ややバリトンがかかった石本の、意外にうまかった歌を知っている人は案外少ないのかもしれない。

それにしても出水での石本は、加古川での私と丁度逆なのであった。私は一人生き残って加古川に来たが、石本は出水に来た後一年足らずだったか、一年あまりだったか、とにかく一年そこそこで、北九州の病院で両手の動脈を切って自決した。出水に訪ねてきた石本が、私たちには最後の姿となった。

「石本さん、出水にお別れにみえたのねえ……」

瑞枝はそう決めこんでいたが、そのとき石本がすでにその決心をしていたかどうか、私には今もってわかりかねる。

しかし結果として石本が、私たちのほとんど最後の団欒に、おそらく彼自身も最後に加わっていたことになるのを、私は思わないわけにいかなくなった……。

睡りかけながら、或いは半ば夢の中であったか、堰をきったように悲しみが溢れてきて、私は枕がべとべとに濡れてしまうのを、K夫妻[*1]になんと弁明したものかと心配になり、そしてそればかりがむしょうに心配になっていきながら、ふたたび睡りこんでしまったようだった……。(一九八〇・九)

〔『星星之火通信』三一号、一九八〇・一二・一〇「加古川」抄〕

＊1　永山はこの日、須磨のK夫妻宅に招かれていた。

住まい——瑞枝宛の手紙　†

益々みんな元気の事と思います。

ところで小生の身柄は、本部づめに決定しました。それで今度は、九州へ八月一杯の期限つきで出張を命じられたわけです。二七日門司、二八日佐世保、二九日長崎、三十日博多で、三一日に出水へ一泊位できるかも知れませんが、途中一日のびたりすると、よれなくなる危険もあります。何とか日日をつめて一日位ひねり出そうと思っていますが。

さて東京の家の件ですが、みんながいろいろ心配してくれました。又今も心配してくれています、が今日までのところ、みんな難色があり、可能性がありません、問題は金で、五万円もあれば、いくらでもどうにでもなります。へや代は一〇〇〇円位です、が金がない以上どうにもなりません。

小生だけは、芝浦の船通協本部[*1]に泊って、やってゆけますが、家族はどうにもなりません。柴崎[*2]のはなれはだめだろうか、どうにもしようがなければ、小豆畑[*3]にたのむかとも考えますが、どうだろう。荷物は、芝浦は、せまくてだめです。送るなら水戸か、柴崎か、で、東京には預け先がありません。党の方でも、どうにかするといってますが、これも一寸あてになりません。けれども、いずれにせよ小生はもう中央づめになったわけです。来月は北海道へ行くことになるかも知れません。

心配をかけて申訳ありませんが、仕方のない事です、どうするかを考えておいて下さい。

＊

亀田に会いました。泣き出した。

兄にも会いました、借金の申込は、どうにもできませんでした。　於神戸

〔一九四八・八・二六付　鹿児島県出水市宮路方にいた妻、瑞枝宛〕

＊1　芝浦の船通協本部　船舶通信士協会本部、現船通労（船舶通信士労働組合）本部。東京都港区芝浦一丁目所在。

＊2　柴崎　瑞枝の母もとの実家。茨城県稲城郡。

＊3　小豆畑　永山正昭の祖父の家。現、北茨城市華川町。

昭和三一年九月二日のこと――迅 †

昭和三一(一九五六)年九月一日の夜、晩めしをすませて、のこりのアルコオルをのんでいい気持になった私は、たたみにころがったまま毛布をかぶっている迅をだきかかえ、私の寝床にはこび入れた。よく寝入っているのに可哀想だという瑞枝に、たぬきね入りらしいと私が言うと、目をさましていたのか、笑声を立てた。しかしすぐまた目をつぶり、そのまま眠ってしまった。私はそのわきに入って寝た。

こんな風に迅と寝ることは、何回かあったことだが、おこすことになって可哀想だとか、甘やかすことになるとか、そのつど瑞枝から文句が出るので、そう始終はしなかった。たまたまその晩は迅と一しょに寝たのだが、それがやはりひとつの思い出となった。

二日の日曜日の朝、アパートの奥さんたちが、アパートの敷地の中の、地面のくぼんだところに、石をはこんで来てつめていた。雨ふりになると、水たまりになるからで、道路修理用の石ころの山が、道路にあるのだが、そこから石をはこんでくるのだ。それをみた迅が、アパートのこどもたちをよんできて、みんなで手つだった。

「迅ちゃんは病気あがりだから、ほどほどでいいよ」と奥さんたちの一人が言うと、「大丈夫だよ」といって、やめなかったという。

その石はこびがおわったころなのだろう。迅と七魚《なな》と征矢と、おくれて瑞枝が私の机のわきに来た。お茶をのもうといい、お菓子を買ってこようということになった。迅がアイスクリームを主張し、私が反対した。私が折れて、七魚が出かけて買ってきた。十円のアイスクリームを家族五人に一つずつである。食べおわったとき、迅が、「おとうさん、ぼくこのアイスクリームを、食べたいだけ食べてみたいなあ」といった。「一つたった十円だから、大したのぞみでないね」などと征矢がいい、「たべたいだけたべるのでは、きっとおなかをこわす」と私がいった。「五つは食べられる」と、征矢がいい、「十はたべられるな」と迅がいった。そんな話のなかで、前日の土曜日、迅がおはぎを三つ食べた話が出た。高島さんのおばあさんが、おはぎを五つ下さったのを、迅が三つ食べて、あと一つずつを七魚と征矢が食べたというのだ。

「高島さんのおばあさんは、〝迅ちゃんにあげる〟っていったんだ。ひとりで食べなさいといったよ。でもぼくは七魚ちゃんたちにとっといてやったんだ」「あんたはひとりで三つも食べるなんて、よくばりよ」

こどもたちの話をよくきくと、高島さんのおばあさんが、迅がひとりで留守居をしているときに、おはぎを五つもってきて下さった。たしかに、〝迅ちゃんにあげる〟ということだったらしい。

ところで迅はそのうちの二つをひるめし代りに食べて、三つのこしておいた。姉二人が帰宅してから、一つずつ食べようと考えたわけで、お皿にどんぶりをかぶせて戸棚の中に上手にかくしておいたので、おはぎがあると迅にきかされた七魚が、いくらさがしてもわからなかった。姉二人にせがまれて迅はおはぎを出し、さてどれを誰が食べるかということでじゃんけんをしたが、一番がちが迅、二番がちが征矢、まけが七魚という結果になり、迅と征矢があんこのを、七魚がきなこのをたべた。ところですでに迅が二つたべていることをきいた七魚は、五つを全部とっておいて、お父さんお母さんが帰った上で一つずつ食べるのがほんとうだったのだと主張し、迅と征矢が反対、前日来対立しているわけだった。

五つみんなたべたいところを、当初二つでがまんしたのをほめていいのか、さきに二つたべてしまったのを責めていいのか、三つのこしたという芸のこまかい迅の顔つきをみているとおかしくなって、私はわからなくなったが、さらにそのおはぎのいわれをきいて、それはどうでもよくなってしまった。

私の父は草花つくりが好きだったが、それに似たのか迅も好きで、いろんな種や苗をもらってきては手入れして、庭先でながめては楽しんでいた。まるで年よりみたいなどと言われたりしたが、わるいことではないので、私たちもむしろほめてやっていた。その草花に虫がついているということで、迅はその日の朝か、瑞枝が人からもらってきた外国製のＤＤＴ液をもち出し、ふん霧器で熱心にかけていた。それをみつけた瑞枝が、ＤＤＴをまくのはよいが、家で使うものなのだからやたらに使わないように、と注意したそうだ。ところで迅は、うちの草花にまきおわると、そのとなりに立派につくられている高島さんの花壇にいって、おなじようにＤＤＴ液をまいてあるいた。高島さんのおばあさんに、このごろとくに可愛がられていたので、そんなことをしたのだろうが、それを知ったおばあさんから、おはぎがとどけられたというわけなのである。

瑞枝がおはぎのいわれを涙さえまじえて明らかにするにおよんで、迅がよいことをしたということに、みんなの意見が一致した。おはぎをさきにひとりで二つたべたという話で、いささか受太刀にもなっていた迅は、にわかにてれていた。そのあたりから、すっかりきげんのよくなった私が、今日はひとつ、迅の自転車にのるのをみてやろう、と言い出した。

今年の春あたりから、私はときどき、迅が自転車にのれないのをからかっていた。迅だけでなく、七魚も征矢ものれず、ことに長女の七魚には、深川にいたころ私自身手をとって教えたこともあったが、どうにもうまくのれなかった。女の子にあきらめて、この高松へきてからは、迅をけしかけたが、なかなかのれるようにならなかった。小学校の四年生にもなって、自転車にものれぬなど、いくじなしだ、と私は言った。迅と歩いていて、迅よりも小さい子が、たくみにペダルをふんでいるのをみて、私は立ちどまってながめた。

「迅ちゃんより、うんと小さい子じゃないか」

そういう私を、そんなとき、迅はいいようのない目つきをして見た。

その迅が、下駄に枝をはめて、妙なものをつくっているのを私はみつけた。高下駄といって、むかしの竹馬みたいなあそびなのだが、その高下駄でずんずん歩く迅をみて、私は少しおどろいた。

「高下駄であんなに歩けるなら、自転車にものれるぞ」

私は迅にいった。迅はうれしそうだった。

実は私自身、こどものころ、兄や友だちが自転車にのれるようになっても、なかなかのれなかった。それがくやしくて、夜更けの街路で、ころんだり、ひざをすりむいたりしながら、何回も自転車のけいこをした。そのあげく、ある夜ふとしたきっかけで、中心をとって自転車で走れるようになったとき、思わず涙が出るほどうれしかった記憶がある。私はその話を迅にくりかえしきかせて、はげました。

「お父さん、迅ちゃんが自転車にのれるようになったよ」

七魚からそうきかされたのは、夏休みの前ころだった。

「ほう、ほんとかね」

私は、そんなことあたりまえじゃないか、といった風にいったが、わが家のうれしいニュースの一つだと思った。迅自身がどんなにうれしいかと思うと、私自身、胸がわくわくしさえした。

七魚は、迅が非常に熱心に練習したこと、その結果のれるようになったことを話した。

私は迅にきいてみた。

「うん、のれるさ」

迅は例の調子で、てれくさそうに答えていた。私は早速私自身たしかめたかったのだが、たまたまいそがしくて、迅の自転車にのるすがたを、ついぞみる機会がなかった。

果して迅は大よろこびだった。すぐにも借りてこようというのだったが、午後からにしようと私が言った。

昼食は冷しそばだった。家族五人で楽しく食べた。

久しく風呂へ行かなかったことを思い出し、私は風呂へ行くことを思いついた。自転車のあとの方がいいが、自転車の前だっていいだろうと思った。風呂へ行こうと迅をさがしたが、家の中にいなかった。瑞枝は窓から探したが、見あたらないという。見つけたらすぐよこすようにといって、百円札一枚もって私は出かけた。

アパートの階段をおりると、昇降口のわきに迅がいた。男の子二人ばかりと、何かしてるらしかった。私が少しいらいらしてよぶと、迅はすぐきた。男の子二人に、何かすまなくなって、私は風呂へつれて行くから、とことわった。こういうつれ出し方は、あまりよくないな、と心の中で私は考えた。歩きながら、私は迅にまた自転車にのるところをみてやろう、と言い出した。迅はもう忘れていたが、たちまち元気づいた。お風呂の帰りに借りてきてよいか、とただし、私が借りてこいというとうれしさで一ぱいだった。

迅と私が行った風呂は、板橋四丁目の松の湯であった。私の家では、迅と私だけがその松の湯へ行き、瑞枝と女の子たちはアパートの南側の清之湯に行っていた。

清之湯の方が新しく、大きくて立派だったから、アパートの人たちは大ていその方へ行った。アパートの奥さんたち、こどもたちと一しょに行くことがある瑞枝と七魚と征矢は、自然清之湯へ通うことになった。

松の湯の方が距離はすこし近かったので、はじめは何ということなく私は松の湯の方へ行った。清之湯の方がきれいだから、清之湯へ行こうと迅がいって、清之湯へ行ったことも幾度かあった。

アパートへこしてきて、迅とつれ立って風呂へ出かけた何度目かのとき、迅は私にこれからは清之湯に行くことにきめようと言い出した。

私はそれもよいと思ったが、なぜ清之湯にしたいのかとたずねた。迅は理由をいくつかあげた。きれいなこと、新しいこと、大きいこと、瑞枝たちも清之湯だし、アパートの迅の友だちも大てい清之湯に行くこと、などを言った。最後にあげた理由に私はなるほどと思い、それなら清之湯にきめようかなどと言った。ところが迅は、もう一つ理由をあげた。

「それに、松の湯に行くなって、みんないうんだよ。松の湯は朝鮮人がやってるんだってさ」

全然知らないことだったので、私は迅にくわしくきいた。迅の友だちの幾人かの話では、松の湯の経営者というのは朝鮮人で、朝鮮人のやっているお風呂なんかに行くな、といわれたという。朝鮮人のお風呂へ行ってるのか、と、みんなにひやかされたと迅はくやしそうだった。

「迅ちゃん、そういうことならおとうさんは松の湯に行くことにきめたよ」

気おいこんで詳しく説明する迅の話をきいた上で、私はそう言った。そしてそのまま一しょに松の湯に行き、お風呂に入っているあいだ中、私がなぜそうきめたかを苦心して説明した。私は迅に、私の小学校時代同級だった徐載運《ソジエウン》、金武宣《キムムソン》という二人の朝鮮人少年の思い出や、私の朝鮮人の友人たち、金昌吘《キムジャンオ》、金慶宝《キムキヨンボ》といった人のことなどを話した。朝鮮人問題、ということを、迅にわかるように説明せねばならなかった。熱心に私のいうことをきき、つぎつぎ質問してくる迅に答えながら、私は自分自身の話に涙が出たりしたが、私の話で迅にのみこませることは、ほとんど不可能だと思ったりした。

李原泰碗君という友人がおり、私が深川にいたころ幾度か訪ねてきて、迅を可愛がった。李原君が朝鮮人だというと迅はおどろいた。私のいうことも、いくらかはわかったようだった。

私はそのとき、最後には算術の話にしてわからせようとした。

「朝鮮人だっていうことで、松の湯に行かないという人があるだろう。だから朝鮮人だっていうことで、松の湯に行く人がなければ、不公平になるだろう。パパと迅とが、松の湯にいくときめると、その不公平がいくらか減ることになるじゃないか」

そして私は、算数の問題にした。この算数の問題は、一おうのみこめたらしかった。しかし私の苦心の説明の全部が全部は、わからないようだった。ただ私のしつような態度に、気押されるものを感じとったようだった。そしてそれなりに、松の湯にきめることを承知した。

「よくわからないだろうが、だんだん迅ちゃんが大きくなるにつれて、お父さんのいうことがわかるようになるよ」

一度では無理だし、時間をかけなければと私は考えた。

「わかったよ、わからんことはないよ」

迅は笑いながら答えていた。とにかく、そういうことで、私と一しょのときは松の湯という不文律ができ、迅ひとりで清之湯に行ったこともその後ないでなかったが、私と迅とは松の湯ということに、だいたいきまってしまった。私はその後何回か、よくわからなかっただろう私の説明をくり返そうとこころみたが、迅はそれはもうわかったといって、むしろ不満げだった。私は直接それを話題にすることをあきらめた。その後、私は迅をつれて「和平萬歳」という中国映画を二人でみた。映画がおわったとき、迅はいきなり起ちあがって、熱心に拍手をした。ぴょこんとたちあがった迅の恰好を、近くの席の人たちが可愛がって、私はなかばてれながら、いい気持ちになって目頭を熱くした。

九月二日の午後、松の湯に行ったとき、迅が私に言った。

「おとうさん、もっと宣伝すればいいのにねえ。宣伝すればみんな来るのになあ」

ちょっと私はわからなかったが、すぐ風呂賃の値下げのことだと気がついた。松の湯では丁度そのころ、大人十五円、こども十二円の風呂賃を、大人十二円、こども十円に値下げしたばかりで、入り口に貼紙が出ていた。

「みんな知らないんだよ、宣伝すればいいのに」

迅がしきりにくやしがっているので、私は笑い出した。はだかになって、浴場に入ってからも、それをくりかえしていた。私は迅が、いつのまにか松の湯びいきになっていることに、すこし感心した。

「迅ちゃんがみんなに知らせたらいいじゃないか、そう思ったら、自分でまずやることだよ」

「ぼく、みんなにいってやるかな、安いんだからな」

いつものように、風呂桶にくんだお湯を、迅のあたまからぶっかけ、手や足を洗ってやって、湯つぼへはなしてやった。深いのと浅いのとある湯つぼは、同時に熱いのとぬるいのとで、迅は大てい浅い方に入り、私は深い方に入る。松の湯に入りはじめのころには、深い方に入っては迅は立てなかったが、いつごろからか立てるようになっていた。それで私は、ときどきよんで、迅を立たせたりしていた。

風呂でも、私は自転車のことを迅にたずねた。どの程度うまくのれるようになったかをきいた。回転が自由にできるか、ハンドルから両手をはなしてのれるか、などとたずねた。

「もうへっちゃらにのれるんだよ」

迅は自信満々だった。両手をはなすことは、できることもある、といっていたが、できる方がいいが、正しいのり方でないのだから、むしろしない方がいい、などと私は言った。

「じゃ、ぼくさきに行って借りてくるから」

そういう迅に、私は十円玉をひとつ渡した。迅は私にかまわず、かけ出して行った。

おくれて外へ出た私は、迅をさがしたが、もう見えなかった。自転車屋がどこか私は知らなかったので、迅がどっちの方向へ走っていったのか見当がつかなかった。仕方なく松の湯のわきの四つかどへ出て、四方につづくみちを一つ一つ見渡したが、どこにも迅のすがたはなかった。私は途方にくれて、その四つかどに立った。迅が出るとつづいて私も風呂を出たのだから、みえそうなものなのにと少しいぶかしく思い、仕方なくて十字路のひとつひとつをながめまわした。それに自転車を借りに行ったのだから、すぐにもあらわれそうなのに、さっぱり見えないのも変だった。私は少し不安になり、しかも自転車屋を知らないから見当もつかず、ひとりでにいらいらしてきた。

そんな恰好でいる私を、通行人が不審げに見た。それに気づいて、私はあきらめて先に帰ることにした。

帰宅した私は、迅がさきに帰ってきていないかと思ってたずねたが、やはり帰ってきていなかった。ところで迅をさがしていた瑞枝は、迅が私と一しょに風呂に行っていたことを知って、すっかり安心した。

事実まったく不要な心配だった。それにしてももう来そうなものだとアパートの窓からみおろしていた私の前に、自転車に乗った迅が元気一ぱいであらわれた。

「ほう、なるほどなかなかあざやかなものだな」

私はそんなひとり言をいって窓からのり出した。

「迅ちゃん、うまいぞ、うまいぞ」

私は窓から声をかけた。迅は私をみあげて、にっこりした。自転車はたちまちアパートのはずれに消え、いくらもなくまたあらわれた。

迅は得意満面というところだった。瑞枝も、七魚も征矢も窓に集まっていた。

「あのうれしそうな顔、どうでしょう」

瑞枝がそんなことを言った。二回、三回、四回と、自転車にのった迅が私たちの前をすぎた。

「そこでまわってごらん」

何回目かのとき、私はそう声をかけた。アパートの前の道路で、迅の自転車は何回か円をえがいてまわった。

「あれだけまわれれば、おとうさんよりうまいわい」

誰にいうともなく、私はそう言った。七魚と征矢がおりていった。


下から迅がさけんでいた。

「おとうさん、今何時」

「四時二十分前だ、もう時間がないのか」

「四時すぎまでだからまだあるね」

下では、征矢がしきりにけいこをしていた。今日は迅にとっては、どうやら〝わが生涯最良の日〟のようだ。私はそんなことを考えた。

「迅ちゃんの自転車を、松田さんのところでも、みんなで見ているのよ」

七魚が瑞枝に報告していた。下から迅が私をよんでいた。

「おとうさん、もう三十分よけいに借りてもいい、三十分だから五円でいいんだ」

私は瑞枝の方をみて、「いいだろう」とひとり言のように言った。

窓から、五円玉を私がほうった。征矢がひろった。下では征矢と迅がしきりに自転車をけいこしていた。すこし走れることがあって、征矢ははずんでいた。先生格の迅は、しきりと講釈していた。迅が自転車にのり、征矢がついて行った。アパートの前のみちを右に行き、豊南高校の校庭をはずれると十字路で、松の湯へ行くみちである。自転車にのった迅のうしろすがたが、そのみちに消えて行った。そのうしろすがたが、私のみた最後の迅のすがたとなった。

〔手記「昭和三二年九月二日のこと（三二年九—一〇月記）」抄、未発表〕

〔編者補記〕

迅は、貸自転車屋へとって返し、時間まであと七分あると聞かされ、三十分の延長を頼まずに、そのまま自転車に跨って小路からバス通りに出て、バスにとばされた。その前後の有様は永山の近所の知人、また迅の同級生の何人かが目撃していた。検屍の結果は、頭部脳挫傷、頭蓋骨折、腹部内出血、脚部骨折であった。

なお、この手記の後半には、目撃者の話をふくむ、事故の詳細が記録されており、それとともに、東京都豊島区高松に越してくる前に住んでいた、東京都江東区深川佐賀町のアパート時代の迅の想い出が記されている（鹿児島県出水から深川に越してきたのは、迅が満三歳のとき）。次のようなエピソードもみえる。

深川のアパートは、戦災者のために東京都が強制収用したとかいう古い建物で、欲目にもきれいとはいえず、台所も、便所も、玄関も、すべてが共同だった。そのためいろいろ悲喜劇もおこったが、二十四世帯のおたがいが、独得の親しさをもちあう面も出た。

渕上さんという自動車工場につとめている家の奥さんが、迅を可愛がってくれたが、迅がお腹をこわしていると瑞枝に知らせてくれたことがあった。便所が二つつづいているので、隣の便所に入って、もう一つの便所に入った迅の下痢を知ったのである。

「こういう有難い親切は、このアパートなればこそだ」

私たちは渕上さんに心から感謝し、そう言って笑った。その渕上さんがある日天ぷらをあげていた。すると迅が、渕上さんの部屋に入ってきた。渕上さんのこどもたちは外へ行っておらず、渕上夫人だけしかいなかった。渕上夫人と顔を合わせて、迅は何とも困った顔つきをした。そしてまじめな顔をして言った。

「おばさん、おばさんのところにお米何合ある」

何か用件をつくらなければならなくなって、お米があるかときいたのがおかしくってと、渕上夫人が話してくれた。天ぷらのにおいに、ずるずるひかれて行った迅を、渕上さんは可愛がってくれたのだった。

管理人の田中さんが、飴玉などをおいて、アパートのこどもたちに売っていたことがあった。こどもたちがそれを買うのを、だまってながめているだけで、ついぞ買ったことのない迅が、ある日五円玉をもって買いにきた。田中夫人は、迅に五円分の飴玉をわたし、そのお金はお母さんに言ってもらってきたものかどうか、もしそうでないならその飴玉は迅におばさんがあげるから、お金はいらないから、とやさしく言った。迅はお金をおいて行った。田中夫人は瑞枝にそのことを報告にきて、迅を決して叱らないでくれといい、アパートでこどもに飴を売ることを今日かぎりやめる、と語った。まるで反対に詫言のような話だったと、涙まじりに瑞枝からきかされて私もまいってしまった。

迅ひとりのために、飴や菓子をおくことをやめるなど、かえって困るからと瑞枝はたのんだが、田中夫人は決して迅ひとりのためでないといって、きかなかった。五円玉は、迅が部屋のなかで、拾ったものとわかったが、瑞枝も私もしらなかった。

田中夫人の申入れどおり、瑞枝も私も迅を叱らないことにしたが、私はマカレンコや陶行知の本などをよんで、こういう田中夫人のことを幾度か思いおこしたりした。

二十四世帯のアパートの人たちは、職業もいろいろだし、私たちなどを最低に生活水準も区区《まちまち》だったから、感情的なごたごたなども時にないでなかったが、ちいさな迅は、いたずらも随分して叱られることもたびたびあったにしろ、ほとんど誰からも可愛がられ、多くのこどもたちと友だちになった。こどもたちみんなで日本橋の白木屋〔百貨店。現在はない〕に出かけ、エスカレーターにのって半日あそんでくるなどということもやってのけた。

出番——バス †

国際興業のバスには、都営バスにはついている辷り止めが、乗降車口についていなかった。冬期、そこに雪が溜って一度とけたあと凍ると危険で、私自身一度足を辷らせて、運転手に労働組合でとりあげるように話したことがあった。その後いくらもなく、バスで通勤していた瑞枝が帰宅の折り辷り落ち、転んで腰を打ったのだった。〔一九七三年四月二〇日〕

翌日から起きられなくなったが、近くの医者は大事ではなかろうと言い、その通り、数日休んだだけで回復した。心配して、その後総合病院で一応腰の骨の検査をうけたりした。

私は国際興業に電話して事情を話し、辷り止めをとりつけるようにきつく申し入れたが、相手はおそろしく鄭重に、十分検討すると言った。先年とおなじ慇懃無礼でしかなく不愉快だけのことだった。

それから、一年あまり経った後だった。

歩くには歩けるのだが、ときどき思うようにいかぬみたいと瑞枝が言い出し、彼女がバスから辷り落ちた事件を彼女自身も私も一様に思い出した。後遺症というのでないか、と思ったのだった。

近くの医師の診断も、別の外科医のそれも、しかし、はっきりしなかった。

知人のすすめで、その方面で新機軸をひらいたという指圧に通った。若い指圧医は研究熱心な人で、週一回の通院をつづけたが、はじめ四、五回ほどは、そのつどたしかに効果がありそうと瑞枝はうれしそうに話した。

しかし、三ヶ月ほどもして指圧医の方から、指圧をつづけるにしても、別に診てもらうようにと医師を紹介された。

指圧医に紹介された医師もいい人に思えたが、数度の診察の後、逆に指圧をつづけるのは不要と言い、ある大病院の神経科の医師を訪ねるようにと一筆書いてくれた。私はなんとなく、盥（たらい）まわしというのを思いうかべた。

大病院の神経科でもはっきりしたことはきけなかったが、キャプセル入りの薬だけは幾種類も随分と大量にくれた。しかし、病院の指示通り服用すると、しばしば夜中にふるえが来たり、呼吸困難になったりした。あわてて病院に連絡すると、きまってある種のくすりの使用量を三分の一減とか二分の一減とか指示されたが、副作用とでもいうのだろうか、その後もなお時に七転八倒みたいにもなって、瑞枝は薬をのむことを怖がる始末だった。

私自身その神経科を訪ねたが、担当医師はパーキンソン病の疑いがあるがはっきりしないと言い、そのパーキンソン病なるものも、医師の説明をきいても私にはよくわからないのだった。医師自身が困惑している印象もあって私は途方にくれた。

瑞枝はむしろ指圧をつづけたがったが、前の医師から連絡があったのか、すでに指圧医の方が消極的になってしまっていた。

いささかならず思いあまって、私は古い友人の精神科専門の医者に相談した。

私たちの話をきいて、彼はやはり、瑞枝がバスから辷り落ちた事実が根本だろう、と言った。

その事実はあったのだったからうなずく私に、彼の友人で少々変人だが天才肌の整骨医が千葉にいて、さいわい東京に分院をひらいているから一度診せよう、と言った。

彼はパーキンソン病についてもいろいろ調べてくれて、パーキンソン病というのは、はっきりした病名というより、むしろ症候群というべきものだ、と言った。

数日後の夜、彼にともなわれて瑞枝と私は、東京中野のX整骨院に行った。

院長は私たちも同席させて、電気装置なども用い、瑞枝の上半身を随分と綿密に診察した上、月二回東京に出てくるから、月二回その日に通院するように、半年も通えばよくなる、と言った。

そのあと、私と友人とは上等な洋酒をご馳走になったりしたが、院長の古武士めく風貌と、飄々とした話しぶりがたのもしかった。瑞枝も好印象をうけたようだった。

そこで、それから半年あまり、月二回の整骨院通いがつづくことになった。そのころ、瑞枝はすでに勤めを休んでいたのだったろうか。しかし、往復の往きだけは私がつきそっていったが、帰りはまだ一人で、電車やバスをのりついで帰ることができたのだった。

最初まず、整骨院の待合室が患者で一ぱいなのにおどろかされた。院長来診日はいつもそうなるとのことだった。次からは思いきって早く行ったが、まだあいてない病院の前に、すでに数人の行列ができているのに二度びっくりした。私は、有吉佐和子が小説に書いた華岡青洲という幕末の医者を思い出したりした。そんな日はとどのつまり、半日ほど、或いは半日あまり待たされるとのことだった。しかし、整骨院に行ってきた日の瑞枝は、目にみえて元気になっているのだった。彼女はほとんど感嘆して言った。

「院長先生に背中のつぼをくりかえし押されると、奇妙に身体全体がらくになるのが不思議みたい」

そしてその元気さは数日つづくのだが、日とともにうすれていく按配なのだった。だからいつのまにか、通院の日が、頼みの綱の日といったことになっていった。

そして折角行っても、院長来診日に院長が千葉から来ない日があるようになった。

ところで、瑞枝が整骨院通いをつづけているころだった。

私のアパートからバス停まで数分の往復で、いつからか言葉を交すようになったA女を、瑞枝は「なんとも感じのいい人なの」とむしょうにほめちぎっていた。私の長女よりいくつか上らしい若い奥さんで、夫君がどういう人かもしらぬまま、私とも黙礼は交すようになっていた。

ある朝、路上で出会ったA女に、ないことに笑顔で問いかけられた。

「あの、……奥様、その後如何ですか？……」

私はいくらかあわてて、いまひとつはっきりせず、はかばかしくなくて困っている旨を正直に答えた。

　彼女はつづけて、冬にバスから辷り落ちて、転んで腰を打ったのが原因とかきいたがほんとうか、と言った。

　そんなことまで知っているのかとおどろき、瑞枝にきいたのなら私にたしかめるわけもないはずなどと思いながら、それが原因かどうかはわからないが、先年その事実はあったことを私はみとめた。

「お宅では、坊ちゃんもバスでしたでしょう、……それに、奥さんもまたバスで、……ひどいわ、ほんとうにひどいわ」

　はげしく言う彼女が涙さえうかべているのに、とまどいながら私は感動した。

　そして、ああいう悪徳バス会社は何とかしてやらなければと、なおも熱っぽく言いつぐ彼女に、バスのことが原因かどうかはよくわからないわけで、とか何とか、むしろバス会社のための弁明を私はくりかえしたのだった。

　そして後から考えてみて、ここ数十年、何がしかマルクスやレーニンを勉強してきたと思う私の「階級意識」よりも、ひたむきにバス会社に腹を立てていきまく彼女のそれの方が、とにもかくにも桁ちがいにより純粋なのだと思いつき、私はいささか複雑な悔しさを味わったのだった。

＊

　整骨院分院の院長診察日が、全く有名無実となって、自身通院意欲をなくしたころ、瑞枝は一夜またまた発作的に呼吸困難症状を起した。こういう場合、やはり近所の医者をよんで注射を打ってもらうしかないのだった。そして、こういう病気には門外漢なのでと率直に言うその医者のつよいすすめで、やや仕方もないみたいにN大病院に入院となったのだった。友人の精神科医も整骨医師の病状悪化を知っていたから、すなおに諒解してくれた。

N大病院の精神神経科の診断には、はっきりとパーキンソン病、動脈硬化、心気症状、とあった。担当のZ医師は、パーキンソン病の権威とかきいたが、私をよんで、意外にしずかに言った。

「簡単によくなるというわけにいかんのです、……これ以上わるくならないように、極力病気を進行させないように、せいぜい気長に努力する、そういう心がまえをして下さい……」

後々から考えれば、パーキンソン病の権威と言われる医師の言葉としては謙虚というかまことにひかえ目で、むしろ感謝感激すべきだったのだが、またまた持ってまわったような言いまわしときめこんで、少しく気分をわるくして私は訊きかえした。

「率直にうかがいますが、なおらない、なおるのはむずかしい、ということでしょうか……」

「よくなった例もないことはないのです、……が、まあ、そんなことです……。とにかく、あせらずに、気を落とさずに、長期戦覚悟でいく、……そういうことです」

医者に同情されている感じが屈辱的で、私はとにかくうなずくしかなかった。

それにしてもN大病院に入院した瑞枝は、前記した医師の「宣告」にもかかわらず、例の通りはじめのうちは、日とともにめっきり元気になったのだった。

私は隔日くらいに病室をのぞいたが、瑞枝は三人部屋の同室の女性患者二人とたちまち仲よしになり、彼女らも、また医師も看護婦たちも、みんなほんとうによい人ばかりで、まるまる運がよかったと、訪れるたびにむしろ楽しそうに言った。

入院して数日のうちに、持参した書物二冊を読み上げて代りがほしいと言い、これは死後一年ほどもして見つかったのだが、ノートに病床日記をこまごまと、しっかりした字で書きつづけてもいた。私はそのノートをみつけたとき、そのころまでは読むことも書くことも全く自由にできたのにと、何か夢のような、ありえないことに出会ったような、不思議な感慨をおぼえた。

そして、担当のZ医師もはじめのころ、経過は順調で、このぶんなら意外にうまくいきそうと目をほそめて言っていたのだった。

その後入院して十日目ごろだった。夜中の電話におどろくと同室の女性患者の一人からで、瑞枝がベッドから辷り落ちて負傷し大さわぎになったこと、しかしとにかく手当して今は落ちついて眠っているので翌朝どなたか来るように、とのことだったから私は暗然とした。またしても私は、先年バスから辷り落ちた事件を悪夢のように思い出さぬわけにいかなかった。

翌朝、病室へかけつけてみると、瑞枝の顔、肩、手足などの膏薬や繃帯が痛々しかった。それにもまして私に「すみませんでした」「すみませんでした」と幾度もくりかえすのが哀れであった。これは病人の過失というものだろうか、と思い、病院は完全看護のはずなのに、とも思った。病人が詫びる必要はないと私はややきつく言ったのだが、それに瑞枝は一そう哀しげな顔をした。

Z医師は、折角あれだけよくなっていたのに、と、しんじつ残念そうに言った。その落胆ぶりに、私は自分が叱られているような気がした。腹を立てるのはむしろこちらの方なのに、と心の中で思いながら、現実にはさながら裁判官の前の被告人みたいになっている自分自身がなんともみじめだった。

同室の女性患者二人に交々、なんにもしてあげられなくてと言われ、またすっかり顔なじみとなった少女のような看護婦に廊下で出会い、申し訳ありませんでしたと詫びられて、私はいくらか救われたような気がした。

その後の瑞枝の病状は、一変しておよそはかばかしくないようになった。繃帯や膏薬はいくらもなく次々ととれたが、その日その日がなんとなくマンネリズムみたいになって、いまひとつ元気になれないのだった。

そして更に十日ほどもして、担当のZ医師から、通院できるのだから、退院して自宅療養にしたらどうか、と勧められた。この種の病気には、病院という場所は決してよい環境ではない、と言うのだった。

よくわからなかったが、医師の言うことにしたがうしかなかった。

バスから辷り落ちて転んだのが、瑞枝の病気の原因かどうかはわからない。バスから辷り落ちたことで病気になったのではなく、既に病気が始まっていて、それでバスから辷り落ちたのかもしれない。

しかし、それにしても、バスから辷り落ちて転んだことは、いずれにせよ大変な体力の消耗で、病気に、これ以上わるいことはないくらいにわるくひびいたことにまちがいないのだ。国際興業というのは、近所のA女の言ったとおり、ひどいのだ、ほんとうにひどいのだ、……と私は独語した。(一九八二・七)

〔『星星之火通信』三九号、一九八二・一〇・一二、抄〕

星星之火可以燎原——私事蕭蕭 †

△「星星之火通信」という題名については、人に訊かれるたびに、私なりの説明はしてきていた。「星星之火可以燎原」からとったが、偶然というか、このほど岩波の雑誌『図書』八月号に、この一句を題にした清水茂氏の論文が出て、この題名についての懇切きわまる解説ともなっているので、有志は金二十円を投じてそれを読んで下さるとありがたい。こういう立派な論文が出たりすると、この通信の題名も何とも畏れ多すぎる気もするが、今更変えるわけにもいかぬので、不遜の非難を覚悟してこのままつづけさせてもらうことにする。そして以下は全く蛇足ながら、この題名及びこの通信にかかわる私ごとのいくつかである。△「星星之火可以燎原」は、中国の古文献の一句をとった毛沢東初期論文の題名だが、伊藤仁斎の『語孟字義』の中に同じ句のあるのを日本の学者がみつけた。「余

談ながら『語孟字義』に見える比喩「星星の火、以って原を燎くべし」は、何の書を出典とするか未詳だが、近頃毛沢東氏の語でもある」（吉川幸次郎「仁斎東涯学案」『決定版吉川幸次郎全集』第二三巻、筑摩書房）。つまり時代はちがうが、伊藤仁斎と毛沢東とは同じ中国の古書を読み、同じこの一句に惹かれたわけだが、実は私はそのことがぞくぞくするほど（或いは泪の出るほど）おもしろくてたまらない。そこでそのことを知って早速、一夜病中の嫣を相手に酒をくみ、志賀直哉作「盲亀浮木」や、又仁斎がS船長の祖先に当るなどにもふれて滔々と談じ、いつしか彼女を泪ぐませてしまった。あげく思いついたのが「星星之火通信」という題名で、まことによい題をみつけたものと、あいともに喜んだのであった。△しかし通信の実物のできたのは更にはるかに遅れ、加えて第一号はコピーとりに失敗して辛うじて判読できるのは、二、三にすぎないぶざまさであった。しかし嫣はこれこそ文字通りの手づくり通信で、私の本当の仕事だろうとよろこび且つはげましてくれた。終戦直後の若松在住のころ、若い船員を相手に薄汚いガリ版通信「ひきづな」をつくるのに、私が屢《しばしば》徹夜したのを思い出すとも言ったのだった。△第二号がいささかより鮮明にできあがったことを、本当に喜んでくれたが、ひと通り読んでやった後、私が感傷的にならないように、「どうかね、一部二千円、日本一高価なミニコミだろう」というと、まじめくさった調子で「『一同』に〝本のねだんについて〟って書いたでしょう。日本一安い新聞かもよ」と言って笑ったので、びっくりした。「残念ながら『瓢鰻亭通信』があり、一冊二十円の『図書』もあるから、それはちとムリだろう」と私も笑った。ごきげんとりは、およそ口にしない方だったから、めずらしいことと、いぶかった。殆ど、彼女の死の直前のことであった。△

本号には、旧稿のみを集めた。十数年前の、処分しかねた書きだめまで、いくつか入れた。第一号の再製したものと同じように、この「うめくさ」〔原題〕以外のすべては、いずれも孀の目（又は耳）を通したもののみである。よってもってひそかに追悼記念号としたかったからで、むしろ醜態ともいうべきこの私的感傷を、読者各位に、ひたすらお許しねがうほかはない。△〝星星之火の星ひとつかけにけり〞▽（一九七七・八・二〇）

〔『星星之火通信』三号、一九七七・八・二〇、「うめくさ（私事蕭蕭）」〕

畏友——田山幸憲[*1]†

田山幸憲は、三十数年前、十歳、小学校四年生のとき、交通事故で急死した私の長男（といっても男の子は姉・妹二人の下にひとりきりだった）のクラス・メートである。そして田山と私とのつきあいは、今につづいているのだから亡き迅よりも私の方がはるかに長くなってしまっていた。そう気がつくと、多少の感慨、というより何か複雑な気持になる。

彼も私も大の呑兵衛で、そして彼は酔うと、時々私がハッとするような「名言」を吐く。そしてどうやら、私はそれをきくのが、楽しみになってしまっているようなのだ。

以下はそのいくつかである。

「小父さん、小父さんは小母さんをだました、うまいことを言って、だまくらかしたんでしょう……」

そう言われて、私はすぐには答えられなかった。何を言い出すのだろうといぶかった。一ときおいて、そうかもしれない、いや、たしかにその通りかも、と思いもしたのだったが。そして私は言った。「だますつもりはなかったと思うがね、……。が、その通り、だましたのかもしれない……。たぶん、だましたのだったろうな……。」

瑞枝（彼のいう小母さんである）が生きていたら「だまされてなどいないわ、……もし、だまされていたとしても、私はそれでいいの……。」と言うにきまっていた。しかし、私はそんなことは言わぬことにした。もし私がそう言ったら「そう、そうだろう、やっぱり、そこまでだましていたんだ」と田山に言われるにきまっているからである。

「ここんち（この家ということだろう…注・筆者）では、一ばんは小母さん、つぎは征矢（私の次女）、小父さんはそのつぎ、三枚目だよな、……。」

やはり、酔った田山が言った。酔うと、口癖みたいに言い、いつか私の方もきき馴れたぐあいになってしまった。そして幾度もきかされているうち、思いついて辞書でしらべた。私は「三枚目」というのを「悪役」と思いきめていたが、辞書には「喜劇役者」とあって少々びっくりした。田山のおかげで私は悪役ならぬ喜劇役者になれたようで、田山に一種感謝した。が一ときのことで、やがてうらめしくなった。

また、ある夜、したたか酔ってのあげく、田山が嘆息するみたいに言った。

「小父さんはねえ、小父さんが好意をもつ相手を男でも女でもだよ、当然のこと小父さんにも好意を持ってくれると決めこむんだよな、……小父さんが相手をいくら好きでも、先方は小父さんを好きでないこと、きらいなこともあるんだよな、……でも、それは小父さんのいいところでもあるんだけれど、……」

そう言って田山はややかなしげな顔をして笑った。私はまさしく、田山にこの上もなくいい説教をされていた……。

自分のこどもと同年の田山を、私が「畏友」と書くのはやはり少しくおかしいと思いますが、と、敬愛する女性の友人が手紙に書いてきた。彼女の好意はわかりすぎるくらいわかるのだが、フェミニストを自認する私も、「女子と小人養い難し」なる馬鹿げた文句を思い出してしまったのは、仕方もないのであった。（一九九一・四）

〔未発表〕

＊1　田山幸憲　永山の長男、故迅の小学校の同級生。東京大学中退。『パチプロ告白記』他、著書多数。二〇〇一年没。

第三節　星　霜

肥前鹿島

九州はほぼ二十年ぶりだった。

その二十年あまりむかし、戦後まもないころの数年間、私は月一回ほどのわりで北九州と長崎とのあいだを往復していた。だから月に二回ほどずつ、勘定してみると合計して四十回あまりも肥前鹿島駅を通過したわけだが、通過するたびにそのつどいつも、私は何がしか気が重くなった。或いは、気を重くしたということか。

一九四二（昭和十七）年春に、福島県小名浜沖で遭難殉職した神瑞丸無線局長森田正男は、目黒無線で私と同期同級、親友以上のつきあいだったが、その肥前鹿島で生れ育ったのだったから、そこに彼のお墓があるかもしれないのだった。

私は探してみたいと思い、探さねばならぬと思い、しかし探しようもないとも思い、それにそのころ日々を滅法忙しく生きていたりもして、遂に一度もその駅で下車しないでしまった始末だった。そしていくらもなく東京に移り住んでからは、九州はめっきり遠くなってしまっていた。

数年前、ほとんど偶然のように森田夫人が鹿島で健在とわかり、病人をかかえて動きのとれなかった私は、とりあえず鹿児島県出水在の宮路貞純に速達して、森田夫人を訪ねてもらった。森田の墓は果してそこにあって、夫人の案内で墓参ができたと手紙がきて、私は二十年前の苦い悔を新たにせずにおれなかった。まもなく私自身、三十数年ぶりに森田夫人と東京駅で再会し、その悔は一そう重いものとなっていた。夫人は今では足利市に、父親の顔を知らない令息夫妻と暮している。

〝野辺の送り〟という言葉さながらの墓地で、地名の大木庭《おおこば》以外あまりはっきりしないが、行けば何とかわかるだろうと、出水から宮路が案内方同行を承知してくれた。私たちは途中大牟田で数時間をすごし、その日のうちに長崎に着かねばならぬ日程だったが、肥前鹿島には四十分ほどいられる計算だった。

よく晴れた日で、肥前鹿島駅にまずまず明るいうちにつけて、それがよかった。駅前のタクシーの運転手は、大木庭の墓地へと言ったのに、墓地なら別のところのはずとややためらったが、三十年前逝った友人の墓参りときいて、とにかく大木庭へと走ってくれた。鹿島は城下町とのことで落ちついた家並がつづき、下校の中学生と次々とすれちがって、森田少年の通学姿がそぞろしのばれた。

大木庭は鹿島の町のかなりの町外れだった。不安気な運転手をのこしてくるまを降り、私たちはやや途方にくれた。

ともあれと、仕方もなく目の前の坂みちを登っていったが、いくらも登らぬうちに宮路がやや頓狂に「あれだ！」と声をあげた。

坂みちから外れて、小高い草むらの中に、いくつか墓石が列び立っていた。私たちはいきおいづいて、小走りに走りよってそこによじ登った。一ばんてまえの、古色蒼然とした墓石の表には、はっきり森田家代々之墓と刻みこまれていた。

「これだ、……これにまちがいない」

ホッとしたように宮路が言った。たしかに、墓石の裏側には、宮路が書きとめていた「盡誉鏧道居士」という戒名も読めた。

私は帽子を草むらにおいて、折角丁寧にぬかずいた。数十年来の心の重荷を、やっとのことおろしたという思いがあり、一方、それはこんなあっけないことだったたか、という気もした。とにかく早くみつけてと急いだあまり、花束一つ、好きだった酒の小壜一本、買ってこなかったと気づいたが、森田がそれをとやかく言うはずもないとも思った。

お墓は森田のふるさとの鹿島の町を遠望するかたちで、よい場所に、よい姿で立っていた。風もしずかに吹いていた。

くるまをUターンさせて待っていた運転手が「みつかってよかったですね」と喜んでくれたのが、むしょうに有難かった。帰りのくるまから「洋服・森田」という看板がみえ、つづいて「理容・モリタ」というのもみえたので、それを言うと、大木庭は森田姓が多いと彼は言った。

駅につくと、ようやく日は昏れはじめていた。次の長崎行までに、まだ十分足らずほどあった。忘れてきて、百円ライターを買いたいのに、駅の中の立派すぎるほどの売店はすでにしまっていた。駅前のデパートめくストアに行くと、閉店したばかりで店員が手をふった。私たちは付近をしばらく探したが、食堂やみやげ店ばかりで、たばこ屋は奇妙にみつからなかった。

仕方もなく、私は駅の切符売場口に行き、近くにたばこ屋はないか、ときいた。

「ここらは、みんな早仕舞なもので……」

そう言って口ごもった中年の駅員が、いきなり「これ、おもち下さい」と口のあいたハイライトをさし出したのには、私の方がびっくりした。

「まるっきし森田だよ、……森田とおんなしだよ……」

ハイライトを突き出した駅員のことを宮路に話して、私はそう言った。

一九三四（昭和九）年四月、目黒無線を卒業して、森田は翌五月、私よりさきに関東丸に乗船したが、横浜を出帆するとき、借金を私に返してくれと、あり金をそっくり全部、園部茂に托していった。そのころ私は、電車賃をうかすために、大阪築港と天王寺駅間を歩いたりしていたのだった。また森田、園部、それに宮路、私など、目黒時代、当時非合法だった『アカハタ』をまわし読みしたなかまでもあった。

園部に、森田からの金を手渡されたとき、私は森田に金を借りたことはあっても、貸したことなど、昔も今も私にはただの一度もないことを告げた。

「森田ってのは、永山君、そういう男なんだよなあ……」

そう言って園部は、私よりもさきに涙ぐんでいたのだった、と、私は思い出していた。

終戦翌年の放送ゼネストのリーダーだったその園部茂も、不慮の交通事故で逝って、もうおおかた十年になる。

〔『星星之火通信』二八号、一九八〇・七・二〕

〔編者補記〕

一九七九（昭和五四）年一二月、田中松次郎の死去が伝えられた。永山にとって因縁浅からぬ田中の死は、友人岸の死とは違った意味で、一つの時代の区切りと思われたのだろう。田中松次郎弔問を兼ねて、関西・九州に多く住む旧友たち——その大方は『星星之火通信』の読者でもあった——を訪ねる旅を思い立った。実際の旅立ちは、体調不順から、翌一九八〇年四月一〇日から月末まで二〇日余りとなり、心ゆくばかりの旅であったようだ。この旅行について永山は『通信』に何度か旅行記を寄せている。「肥前鹿島」「出水」はそれに属する。

出水

小倉駅朝九時の特急列車は鹿児島県出水駅に停車するので、四月十八日朝発ってその日のうちに出水に着いたのだが、小倉で流連《いつづけ》くせがついたというわけか、それから二四日までだから、ほぼ一週間ほども、出水の麓町、町ぐるみ文化財指定とかいう武家屋敷跡の宮路宅に、連日焼酎びたりでいたことになる。

そのあと出水を朝出て大牟田に三時間あまり、肥前鹿島に四十分ほど立ち寄って二四日のうちに長崎に着くように、急行列車ののりかえ、のりつぎを丹念に調べてくれた宮路が、結局私と同行してくれることになって出かけたのだが、朝の出水駅は意外に乗客が多く、改札口に行列ができていたのにはおどろかされた。

出水駅の待合室の長椅子に、明るい紫色のワンピースをきた女性がいて、いやでも目についたが、改札では行列のはるか前方にいた彼女を、プラットフォームの砂利みちを歩いていっていくらもなく私たちは追いこした。

そのとき、少女のようにあどけない表情をしながら、体つきでは三十をこえてもいそうな彼女が、年輩のつれの男女二人に両側からかかえられ、足をひきずるようにして歩いているのに気がついた。よい天気で、プラットフォームには暖かい春の日ざしがさんさんと幽かな音をたててそそいでいる感じだった。

私たちは列車の最前部の車輛にのりこもうと、随分と長いフォームのほとんどはずれまで行ったのだが、その途中さらに同じように歩きづらそうな女性二人ほども追いこしたのだから、私はやはり奇妙に思った。

亡き瑞枝がパーキンソン病で完全に歩行不能になるまでの三年間ほど、私が付添って病院通いをつづけたので、たしかに脚のわるい人というのが、私にはとかく目につくのだった。それにしても、と私は思った。

三々五々といった恰好にはちがいないのだが、それでも大すじのところでは、どうやら一列のかたちに乗客が横に列んだともみえるプラットフォームのはるかうしろの端の方に、例の紫のワンピース姿が眺められたから、私は宮路に言った。

「武家屋敷のしたたか残っている出水では、名家名門の家が今も多くて、今日なお纏足の女性がいるということでもあるまいが?……」

宮路は全く不可解といった顔をしたから、私はつづけて言いそえた。

「秋風秋雨人を愁殺す……、秋瑾女史[*1]のことがあったろうが……」

たしかその前日の夜でなかったかと思うが、或いは数日前だったかもしれない。宮路宅の茶の間で、夜八時のNHK教育テレビで「秋風秋雨人を愁殺す」のヒロイン、中国の女性革命家秋瑾女史のことが放映されたのだった。女史専攻の日本人女性歴史学者の解説で、秋瑾女史の故郷、生家、墓誌銘など中国での現地取材のビデオもあった。そしてそこで、女史は地方の名家に生れ、中国の名門上流の女性は、幼時から纏足を慣習とするのだが、革命家秋瑾女史の出発は、その纏足に反抗することから開始された、……云々といったことだったと思う。とにかくそこで、纏足のことが、殆ど歩行できない美女の実像を写しなどしてなまなましく放映されていた……。

ようやく解ったらしく、宮路は苦笑した。

「そんなことは、あるはずもないが……」

そしてつづけて、いくらか重々しく言った。

「それにしても多すぎるというか、目につきすぎるが……、出水は水俣のとなり……、水俣は出水のとなりにしても……だね……」

私はハッとした。いや、愕然とした。「出水は水俣のとなり、水俣は出水のとなり……」とは、私自身の書いた文句だった。なんといううかつさ、何という軽薄さ、……と思いつき、思いかえされてただただ困惑した……。

お別れだからということで、その日は朝から焼酎が出て、その酔いがのこっていたにしても、……と、暖かい日ざしを浴びながらのそのほのかな酔心地もたちまち吹きとばされたようであった。

＊

出水の宮路宅に泊って幾日目だったか、たまたま茶の間にあった『出水文化』昭和四十六年十二月号をひらいてみて、私はおどろいた。表紙に『出水文化 22』とあり、つまり二十二号にちがいなかったから、おどろいたどころではなかった。

その号には「私の奇病」「水俣病患者の手記」の二篇の記録のほか、「水俣病発生の範囲と国・地方自治体の責任」という論稿まで掲載されていたからだった。

気がつかなかった、……全然気づかなかった、……まったくうっかりしていた、……と私は殆ど呻いた。

『出水文化』は当時、宮路のすぐ下の弟（神戸須磨のHはそのまた弟にあたる）の宮路Mが、文字通り専心没頭して年四回ほどの発行に当っていた雑誌だった。二十五号記念の特集号を出すので、私にも何か書き送るように再三手紙を貰い、私は仕方もなく、土本典昭監督の映画「水俣」をみた感想に「苦言冗語《くげんじようご》」という題をつけて送った。出水は水俣のとなり、水俣は出水のとなりなのに、『出水文化』に水俣病にかかわる文章が殆どみられないことに「苦言」を呈したのだが、その一文は特集号の巻頭に出されたから、私の方が面くらったりした、……。ところが、豈はからんや、『出水文化』二十二号にすでに、水俣病についての文章が堂々と三篇も出ていたのだから、私は顔色を変えぬわけにいかなかった、……。それに私はその特集号を土本典昭にも送ってもらい、彼から過分の礼状までうけとっていた、……。

責任をとらねばならぬ、と思ったが、咄嗟には今からどう責任をとっていいのかもわからぬ始末だった、……ともあれ自分の軽率と不明とをあきらかにして『出水文化』に陳謝の一文を書かねばならぬ、……思うだけで気の重くなることだが、仕方もないことだった。

私は宮路に、その『出水文化』二十二号を手渡して、ありのままを話した。宮路は私のただならない気配にとまどい、困惑しきった顔で言った。

「それは、……それはおかしい、……おかしいな、……」

宮路のすっかり困りはてた表情が、私にはまたまたやりきれなかった。宮路にも全く申訳もないことだった。

……四年も前のことをむしかえすことになって相すまないがこういうことはやはりはっきりさせねばならない、頰かぶりするのは厭だから、……など、私は愚痴こぼしみたいに、ボソボソと言ったりした。

押し黙ったまま座を立っていった宮路がいくらもなくもどって来て、いきおいづいて言った。

「やっぱりそうだったよ、……あんたがあれを書いて、それ以来水俣病のことが次々出るようになったのさ、……」

宮路が持ち出してきた別の『出水文化』は昭和四十六年五月という日付で二十号記念特集号だった。「苦言冗語」はたしかにその号に出ていた。二十号を二十五号とかんちがいしていたことがわかり、安心した私はほんの少し涙が出てき、また自身それが滑稽になって笑い出したくもなった。

「いまごろ『出水文化』は水俣病問題を大いにとりあげたなどと自慢しているが、あんたの〝苦言〟からのことなんだから、……」

時折の癖で、のばした中指二本を振りながらなおも言う宮路に、私は宮路も吻としたわけだと感謝しながら、同じ特集号に私と同じことを、私よりももっと率直に、宮路の二ばんめの弟のHも書いていることを指摘した上で言った。

「とにかく安心した、……これでどうやら、焼酎もうまくのめるということだ、……」

宮路はたちまち吹き出して、ほんとそういうこと、催促されては仕方もない、とか言いながら、まだ昼だったが、宮路夫人に声をかけた。たちまち茶袱台に、お猪口と箸とが列べられた、……。

ついこないだ、ほんの二、三日前、そんなことがあったばかりだった。なのに、水俣は出水のとなり、出水は水俣のとなり、と書いた本人の私が、歩行不自由な人を一人ならず目のあたりにしながら、まるっきし水俣病のことを忘れていた、……なんといううすっぺらさ、なんというあさはかさであろう、……これは、朝鮮の道の名を、ろくに言えないどころではない、*2……と私は思わぬわけにいかなかった、……。

とにかく九州というところは、見るものきくものそのすべてについて、うかうかしてはおれないということか、……と考えて、私はいくらか自分自身を慰めようとしたが、もちろんそれは、九州にかぎられることのはずもなかったから、心の中のにがい澱（おり）のようなものは拭いさられようもなかった。（一九八〇・六）

〔『星星之火通信』三三号、一九八一・一・二五「小倉」抄〕

＊1　秋瑾（一八七五―一九〇七）　中国最初の女性革命家、婦人解放運動の先駆者。一九〇四―七年、東京の青山実践女学校で学ぶ。その時に魯迅と出会う。帰国後、武装蜂起して処刑された。秋瑾の論文は『秋瑾集』にまとめられている。「秋風秋雨人を愁殺す」は秋瑾の絶命詞とされている。またその詞を題名とした小説（武田泰淳）がある。

＊2　この文章「小倉」の前半に、小倉南区に住む、目黒無線で同窓で十年ほど後輩に当たるGを訪ねた文章があり、「朝鮮の光州中学を出ていて、目下光州学生事件のことを調べている」Gに、朝鮮の道の名前を知っているだけ言ってみろと言われ、四つしか言えなくて、Gに「朝鮮のことになると、みんなこれだから、全くいやになる」と言われたことが書かれている。

一九七八年一月三十一日酔余狂吟

酔っぱらって、さめて、考えてみると、どうやら私は六十年あまりの生涯、自分のためというよりも、人のために生きてきたらしい、人のために、いや、もっといえば、人びとのために、ということになるのか。

(そういう言い方はおこがましいと誤解されかねない。変えた方がよい。人びとのために、自分の一切を犠牲にした佐倉宗五郎気どりにきこえかねないからだ。そうではなく、自分自身からというより、より重く、人との関係、人びととの関係でこそ生きてきた、ということだろう? 自発的にではなく他発的に、自主的にというよりむしろ他発的にか? なるほど、そしてそれで、悔がないのか? と、自身に問いつめてみても、ふしぎに悔がない、というわけなのだった。)

自発的にではなく、他発的に、自主的にではなく他発的にと、「他発的」を二度くり返してしまったが、二度目の「他発的に」は「他主的に」と書くべきだったようだ。でも、これはどうやら、自発的、自主的な判断らしいのだが。

酔っぱらって、さめて、いろいろ考えたあげく、気がついてみたら、どうやら私は六十年あまり、自分自身でというよりも、人のおかげで生きてきたみたい。人のおかげ、いや、正確には、人びとのおかげということになるのか。

そして、いや、しかし、という方がいいようだ。しかし、その人びとが、次々と死んでいった。なんと沢山、次つぎと死んでいったことだろう。

クラスメートの森田正男は神瑞丸で遭難殉職し、おなじ園部茂は戦後交通事故で即死し、野中峡彦、上田転、瀬賀博、山口徳三など若い彼らも。御園潔、米山大甫、上西与一、増田正雄、河野実など、えがたい先輩も戦火の海に消え、石本友治は戦後自殺し、及川照男はドックで墜落し、下山と福永はそれぞれ癌で死んだ。

私のひとり息子は十歳でバスにひかれて即死し、昨年七月十五日、四十年ともにくらした孀の瑞枝は、あしかけ五年わずらったパーキンソン病で世を去り、ついこないだ生涯の友人岸秀雄まであの世へ逝ってしまった。

ということで、去っていった人びと、さらにおびただしいそのほかの世を去った人びと（例えば、近年でいうと広津和郎、春日庄次郎、平野謙、中野重治といった人びとがその中にいる）を数えていくと、その人びとのために、いや、その人びとのおかげで生きてきた私自身が、今なお生きている、生き残っているのが、あさましいというか、はては、やはりふしぎなことのようなのであった。

嫣うせて（友うせて、でもよい）今はあらぬにわれ生きてありふかしぎにおもうことあり

酔っぱらって、さめて、いろいろ考えてのあげく気がついてみると、私はX年マイナス六四年ののこりわずか幾年或いは十幾年か、やはり自分のためというより、（自分自身でというよりも）、人のために生きていくしかないらしい（いや、これも、人のおかげで生きていくしかない、とすべきだった）。人のため（いや、人のおかげ）、否、人びとのため（いや、人びとのおかげで、ということだ）。

人びとよ、……生き残っている人びとよ、
どうか生きていいてくれ、……。私の死ぬ翌日まで、是が非でも生きていて下さいませ。

酔っぱらって、さめて、また飲んで、酔っぱらって、あげく、それが今年、一九七八年の、年のはじめ、いや、はじめではなかった、正月のおわりの、私の切なる願いです。（一九七八・一・三一）

『金釘通信』二号、一九八九・三・三〇）

林南壽《イムナムス》先生との出会い

浦田乾道という私よりひとまわりくらい若い友人ですが、戦後間もなくエンジニアとして船に乗っておりました。そんな関係で知り合ったのですが、彼は船をやめて一九五六（昭和三一）年に弁護士になったのです。そして銀座に事務所をもちました。浦田君は京城（現ソウル）で育ったためか、有志を集めて「ハングル」の勉強会を始めたのです。最初の朝鮮語の先生は朴商勛《パクサンフン》という人でした。今から十年以前のことです。その人が病気か何かで都合がわるくなって、親友の林南壽さんを後任に据えたわけです。

これは余談ですが、二人は非常に仲がいいんですが、よく喧嘩もするんですよ。例えば、全斗煥《チョンドゥファン》が「柳宗悦は韓国のことをよくやってくれた」というわけで、没後何年かに息子さんに記念品か何かを贈るんですね。それを朴商勛さんが、「なかなかよいことをやる」というのに対して林先生は、「あんなもの人気とりだ」と言って大喧嘩になったことがありました。仲がいいためジャンジャン喧嘩する。二人はそんなふうでした。

朴商勛さんと林南壽さんは南鮮労働党（韓国共産党）の党員で、浦田弁護士が紹介してくれました。私はハングルなど全然わからないから勉強会には参加しませんでしたが、勉強会には銀行員だとか新聞記者だとかいろんな人がきているわけです。みんないい人ばかりでした。私を一九七九年ころから夏は「暑気払い」、冬は「忘年会」や「新年会」に特別に参加させてくれました。そんなことがあり、林先生と仲よくなったわけです。勉強会の会員は八名ぐらいでしたが、男女ともみな若いんですよ、林先生だけが僕と同年代なんですね。二人で話している時に僕が「マカイショウ（馬海松《マヘソン》）知っていますか」――馬海松は昔、博文館から出ていた『新青年』という雑誌にきれいな童話を書いていました――といいますと、「馬海松！　覚えていて下さいましたか」といきなり握手されたんです。その馬海松が林先生の先生だったんです。文藝春秋社の『オール読物』を創刊（一九三二年）した人で、編集長でした。その馬海松のヒキで林先生は文藝春秋社に入って『モダン日本』の編集部にいたのです。その時林先生にはじめて聞いたのですが、『モダン日本』は朝鮮語版を三号くらい出しているそうです。菊池寛（作家）が文藝春秋社の主幹でしたが、あのころに、馬海松だとか林先生だとか、朝鮮人の実力者をどんどん抜擢しているんですから、ちょっとした〝人物〟ですね。

林先生は一九一四年生れで、私と一つちがいです。そんな関係もあって、勉強会の人や友人の弁護士をとび越えて急速に仲よくなったのです。仲よくなった原因はいろいろありますが、昔『新青年』に出ていた「お・それ・みを」という短篇小説について話したことがあります。小説の内容は、丘の中腹の妙な家でコツコツやっている若い人と少年が仲良くなる――。何かコツコツやっているけれど何をやっているのかわからない。そうしているうちに屋根がドームになり、家全体が風船になって死んだ奥さんの遺体を入れたまま飛んで行く。「お・それ・みを」のレコードをかけながら飛んでいくという変な小説ですよ。私がその小説について、「城昌幸の「お・それ・みを」」と言いましたらば、「違う！　その作者は水谷準（作家　一九〇四年生れ、第四代『新青年』編集長）です！」と林先生が言ったのです。「あッ！　そうだ水谷準だった！」と思いちがいに気づいたのです。実は以前古本屋で『城昌幸著作集』というのをみつけて、「お・それ・みを」を捜してみたのですがその時みつからなかったのです。ないはずですよね、思いちがいをしていたのですから。

「お・それ・みを」は私が中学一年と二年の間、大正十五年の『新青年』に出たと思いますが、その小説をいまだに覚えているのは日本国中で、林先生と僕の二人だけだろうと笑いあいました。いささか大袈裟な話ですが。

その話をしたとき、林先生も私も女房を亡くして〝ひとり〟でした。（林先生は私より少し先に奥さんを亡くしております。）お互〝ひとり〟だということをその時まで知らずにいたのです。二人とも女房を亡くしていることなど関係ない話だけれども、後から考えると何だか偶然でないような気もするわけですね、お互に。

林先生は文藝春秋社にいましたから、作家とか絵描きさんとかいろいろ知っているわけです。話をしていて「あれはいやな野郎だ」と言うと「俺もきらいだ」。「あの人はいい人だ」と言うと「俺もそう思う」と言って好みが一致するのですね。なんでこんなに同意見なんだろうと思うほどです。会うたびに何か共通点を発見するんですね。

例えば新宿に「秋田」という呑み屋があります。今は東口にありますけれど、戦前は西口にありました。そこの息子が最近亡くなりました大坂志郎という俳優です。そういうことを林先生も私も知っているわけですよ。「戦前はむこうにあって「しょっつる鍋」が自慢で……」という話などすると、話が合い、隣同志で呑んでいたかもしれないのです。

会う時はほとんど林先生から電話がかかってきました。林先生は韓国の新聞か何かに原稿を書いていたようです。それで「原稿料が入ったから」とか言って。円高になってからは原稿料も目減りするので随分こぼしていました。

先程話しました林先生の先生の馬海松が、ハングルで自伝を書いていましてね。その日本語訳を西田書店の日高徳迪君に「ぜひ出してくれ」と頼みこんだんですよ。林先生ものり気になっていたんです。ところが馬海松の奥さんがアメリカにいて、(当時日本に帰ってこられていたんですね)、自伝には初恋の人のこと、前の奥さんのことなどを書いていたので出版することを承知してくれないのですよ。とうとう陽の目をみないでしまった。

(藤田省三によるインタビューより。一九八九・四・二八、於影書房、未発表)

追悼 林南壽先生

一九八九年一月十六日。

林南壽が板橋医師会病院を退院して、高島平の自宅に帰ったのは、たしか八八年十一月の終わりころだったろう。

この退院が林南壽の、もうのこり少なくなった日々を自宅ですごさせようという病院の計らいなのはあきらかだった。

そして私の〝病院通い〟は、おのずから〝林哲《イムチョル》宅通い〟になった。

林南壽は帰宅後、見舞客にビールをすすめて自分もコップで少し飲んだりして、一時的ながらいくらか元気になったのだが、後で考えればいたましいかぎりだった。

一九八九年一月十五日、堀江博子[*1]の絵本『竜になった少女』の原画展と出版祝賀パーティがあった。参会者のほとんどは、林南壽の知人で、彼の欠席を残念がった。

そのパーティで、私はピアニストの鶴巻裕子から、サウンドテープをもらった。

翌一月十六日、林哲宅通いの幾度目だったか、田山（幸憲）をつれて訪ねて私はそのテープを林南壽にきかせた。果たして、彼は「幻想即興曲」でたわいもなく涙ぐんだ。

テープをかけ終わったころ、堀江康[*2]が来た。林南壽に原画展パーティのビデオをみせるためで、いれかわりに私たちは辞去した。

帰途、同行した田山が言った。

「林先生、もうだめかなあ、……目がすっかり澄んでしまった、……人間より神さまに近くなった……。」

うなずくしかない私に、彼はつづけて言った。

「ピアノのテープもいいけれど、林先生、小父さんともっと話したかったのに、……。」

「林先生、ショパンの〝幻想〟に泣いていたんだよ……。」

「それでもちがう、林先生は小父さんともっと話をしたがっていた、……。」

田山は断定するように言いきった。そして林南壽の没後も、彼は同じことで私を責めた。テープとビデオのあと、病人も疲れたにちがいないから、堀江も早々とひきあげたのだろう。私のでんでいけば、田山は堀江にも同じことを言うのかしらん、と考えて私はひとり苦笑した。

林南壽の亡くなったある朝、私は夢をみた。

夢の中で田山が私をにらみつけて罵った。

「林先生を、小父さんも、堀江さんも、ちっともわかっていないんだ！」

ギョッとして私は目をさまし、枕の濡れているのに気がついた。


一九八九年一月二十日。

その日は日高徳迪と一緒だった。

林哲宅に近づくと「ウオーッ」という号泣といった叫び声がきこえて私たちはハッとした。ドアがあき「おじいちゃん死んじゃいや」という孫むすめの泣きじゃくりがくりかえしきこえて、出て来た林哲夫人は早口に、だがしっかりした口調で言った。

「折角いらしていただいたのに申し訳ございません。明日から入院することになっているのですが様子がおかしいので救急車をよびました。私は迎えにそこまで行きますので、あとよろしくお願いします。」

私たちが何を言うひまもなく彼女は駆け出して行き、孫むすめに「しっかりするんだよ」と声をかけて二人は通いなれた書斎に走るように入った。目をとじたまま仰臥した林南壽に私たちは交々「林先生！」とよびかけたが何の反応もなかった。

日高が、枕もとのコップにあったろう紙の吸のみ管（喫茶店のアイス・コーヒーなどについてくる）をとって二つにちぎり、一つを銜えて林南壽の口を押しあけ、自分の口ごとそれを突っこんで彼の喉にからむ痰を吸い上げて、パッパッと吐き出し、私は感動した。私などにできない、思いつきもしないことだった。私にできたのは彼の吐いた痰をティッシュペーパーに受け、くず籠に積むことだった。ティッシュペーパーはたちまち山のようになった。

「林先生！」とよびつづけているうち、林南壽の目もとが少し動いたような気がしたが一度だけでつづかなかった。

どやどやと救急隊員三、四人が入ってきた。私はまず注射をうつものとばかり思っていたが彼らは一とき人工呼吸作業をくり返しただけで、林南壽を担架で救急車に運び出し、「板橋医師会病院は遠すぎる、近くの××病院だ」などと言いながら林哲夫人ら家族二人をのせて走り去った。私は板橋医師会病院は車なら五分なのにと思い、それよりも彼らの作業のまだるっこいのにいらいらして、走り出してからの威勢のいい警笛のそらぞらしさにむかついた。けれど日高は、「今日のはす早い方ですよ、……医師が同行しないのはこの国の救急体制の欠陥です」と言った。

私は電話機を探して、浦田に現状を詳しくしらせた。ほかにすることもないのでタクシーで××病院にかけつけた。

救急治療室に、医者と孫むすめがいた。林南壽はベッドで、相変らず目を閉じていた。電話をかけつづけていたという林哲夫人があらわれ、夫君の所在がどうしてもわからない、と嘆くのには同情するしかなかった。

いきなり瀕死というより屍体となった患者を運びこまれていくらかとまどったかにみえた医者が、夫人に質問をはじめたので私たちは遠慮し、廊下のベンチで待つことにした。一ときして、男の人三人が救急室に入って行ったので、身内の人びとがみえたのなら私たちはひきあげようと挨拶に顔を出すと、医者はいなくて、様子がおかしく、三人は林哲夫人を「尋問」していた。

「死んだ人との関係は?」「夫の父です」「死んだ人の本籍はどこかね?」「ソウル特別区です」「ソウル特別区? ソウル特別区といったって、何町何丁目何番地くらいあるだろうが……。」「それは私にはわかりません」「外国人登録証はもっているのかね?」「もっていますが家に置いてきました……。」「板橋医師会病院に入院とのことだが、外泊許可証はあるのか……。」「そういうのはありません」「じゃ、勝手にとび出して来たのか?……。」

私はたまらなくなって、口をはさんだ。膵臓癌という重い病気で、死期も迫ったので、あとは好きなものを飲みくいし、せいぜい余命を楽しむようにと、病院側が退院、帰宅させたのだ、退院したのだから、外泊許可証などあるはずがない……。私がほとんど喧嘩ごしだったので、相手はびっくりしたようだった。私は声を荒げている自分が少々気恥かしくなって口調をあらため、肩書などをふりかざすのは嫌いなのだが、相手によっては仕方がないと思いきめたのだった。

「こちらの御夫君は大学の教授です。亡くなられたその父君は文藝春秋社に長年つとめられ、名記者と評判の高かった方です。……言葉づかいを、いま少しお気づかいいただけませんでしょうか。同じ日本人として、聞き苦しくて困ります、……。」

慇懃無礼どころか、慇懃罵倒？　だったが、三人の態度がとたんに変わったのはたしかだった。板橋医師会病院との連絡で事情もわかり、いくらもなく医師の検死証明もとれて遺体が自宅にひきとられて一安心だった。

身内、親戚、友人知人へのしらせ、葬儀屋の手配、来客への準備など大変だったが若くて美しい林哲夫人の奮闘ぶりは、はたからみても感心するほかなかった。つつましく通夜が営まれた。

その夜、帰宅して、私は林南壽の小さな写真を前に、とっておきのシバース・リーガルをあけて、私だけの通夜をした。松風荘のパーティのときの写真で、林南壽と私と堀江、それに朴姉妹の母堂が写っていた。

一ときして、もう寝《やす》もうとベッドに入り、目まぐるしかったその日一日を思いめぐらしていたときだった。玄関のドアがたたかれ、あけてみるともう十一時をすぎているのに、べそをかきながら朴媛淑《パクウオンスク》が立っていた。

「林先生がなくなられて……」

むせび泣くように言われて、その日の通夜に、朴姉妹[*3]を私は見なかったと思い出した。

「林先生のことを、誰かと話したくてたまらなくなってしまって、ご迷惑かと思ったのですけど、お寄りしてしまいました……。」

彼女の気持はよくわかったからとにかく、はなれの客間に通すしかなかった。おのずからシバース・リーガルののこりを出すことになった。

もちろん林南壽についてのもろもろの思い出噺にはじまり、彼女の身の上のこと、私の半世紀前のアメリカ体験の話などしたのだったろう。その途中シバース・リーガルが底をついたとき、彼女が「私も持ってきていますから」とウイスキーの罎をとり出したのに私はおどろいた。話し合いはいつまでもつづいて、夜があけ、朝になり、私が手早くつくったハム・エッグとトーストの朝めしのあと、彼女はきまりわるそうに詫言を言って辞去した。

八時ころ、朴仙姫《パクソニ》から「昨夜姉がうかがったと思いますが、そのあと、どこへ行くか申していませんでしたろうか?……まだ帰ってこないもので……」と電話がかかり、「三十分ほど前に、私宅から帰った」と答えると、彼女はおどろいて、「まあ……」と言っただけだった。

林南壽の告別式は無宗教で営まれ、来会者は韓日人半々ぐらいだった。

林南壽と私とのつきあいは、私が瑞枝を亡くしてしばらくの後からだったから、彼の晩年、わずか十年ばかりのことである。今更、そのことにおどろくのだが、私たちはそのわずか十年をなんと濃密に、何かを燃焼しつくすかのように、つきあったことだろう。

夜半など、ひとり考えると、何か鬼気迫るといったものさえ感じるのであった。

平野謙を追悼する文章に、本多秋五は、たしか「片身の魚」という題をつけていたのを思い出す。私もいま、片身をうしなって、正直、途方にくれている。

合　掌。

〔『辺境』第三次、第一〇号（終刊号）、一九八九・七、抄〕

＊1　堀江博子（一九三〇―）　東京都出身。画家。日本美術家連盟会員。堀江康夫人。

＊2　堀江康（一九二五―）　中国上海市出身。東京商船大学航海科卒。停年まで乗船し、その後、地元横須賀市で市民運動にかかわる。在職中、韓国人との混乗船に乗った経験から韓国延世大学で韓国語を学んだ。

＊3　朴姉妹　姉、朴媛淑。妹、朴仙姫。当時、東京大学大学院博士課程へ留学。

独酌低吟　転《うたた》荒涼＊1

――先輩未亡人S女史に――

あらたまの
年のはじめの
ことほぎに
わがこのごろを
つたえまほしく

似而非七文字に
ことよせて
〝独酌低吟転荒涼〟

〔書簡・執筆年不詳〕

＊1　永山は七〇歳になるころから、親しい友人の何人かへの年賀状に、この例のように、「独酌低吟転荒涼」と書き添えるようになる。また、この言葉が気に入っていたようで、エッセー風の書きものにもそれが現れるようになる。

年譜

一九一三（大正　二）　九月二九日、小樽市色内町に生まれる。父、彰（一八八七〔明治二〇〕―一九五一〔昭和二六〕）、母、たけ（一八九一〔明治二四〕―一九五八〔昭和三三〕）の末子。姉、幸（一九〇九―一九八三）、兄、公明（一九一一―一九七一）の三人姉兄弟。

一九二六（大正一五）　庁立小樽中学入学。

一九三二（昭和　七）　官立無線電信講習所（通称目黒無線　現・電気通信大学）に入学（三四年卒業）。

一九三四（昭和　九）　岸本汽船関西丸（香港―ニューヨーク航路）に次席通信士として乗船、三六年に下船。

一九三五（昭和　一〇）　無線技士倶楽部が海員協会から脱退、「日本無線技士会」として再出発。常任委員に選出される。翌年四月、常任委員に就任。機関誌『無線通信』の編集を担当。

一九三七（昭和一二）　木田瑞枝と結婚、神戸市再度筋に新世帯を構える。

一九三八（昭和一三）　日本無線技士会、海員協会と「合同復帰」。機関誌『制海』の編集を担当。

一九四〇（昭和一五）　海員協会、海員組合等々の解散後、「日本海運報国団」結成。四一年八月、日本海運報国団に厚生課厚生係長として就職。

一九四二（昭和一七）　全国機帆船海運組合連合会（全機連・四三年に木船海運協会と改組）に就職、機関紙『機帆船』の編集を担当。

一九四三（昭和一八）　西日本石炭輸送統制株式会社に就職（四五年秋まで在職）。

一九四五（昭和二〇）　敗戦。秋、社会党若松支部書記長、九州地方船員労働委員会の労働側委員に推される一方で、「一切を現場の船員の自発性に委せる」海員労働運動づくりに没頭。一〇月、全日本海員組合結成。

一九四六（昭和二一）　日本共産党に入党。九月、「解雇反対」海員ストライキが起こる。九月二〇日の完全雇用協定調印後、全日本海員組合は「中闘派」と「組合長派」とが対立。一一月の第三回定期大会で分裂は回避されたものの、永山ら中闘派幹部五二名が除名処分。

一九四七（昭和二二）　日本共産党中央委員会組織指導部員として、九州地方を担当。党組織内に「海上区」をつくる。

一九四八（昭和二三）　党本部勤務。労働対策部員、『アカハタ』記者などを歴任。

一九五六（昭和三一）　九月二日、長男迅（一〇歳）、交通事故で死去。

一九五七（昭和三二）　このころより『埠頭通信』『かもめ通信』など、海員向け機関誌を編集。

一九五八（昭和三三）　共産党第七回党大会。『アカハタ』記者からふたたび労働組合対策部に復帰。

一九六五（昭和四〇）　船員中央労働委員会が、船長を非組合員とする裁定を下す。

一九六八（昭和四三）　退職（五五歳）。

一九七四（昭和四九）　「浦田（乾道）法律事務所」に勤務。

一九七六（昭和五一）　嬬瑞枝の看護のため「浦田法律事務所」を三月に退職。六月、永山を精神的、経済的に支援する「海の旧友クラブ」発足。『星星之火通信』誕生。第一号の発行日は一九七七年六月二〇日（終刊は八七年一月発行の五六号）。

一九七七（昭和五二）　七月一五日、嬬瑞枝、死去（享年五九歳）。

一九八〇（昭和五五）　関西・九州を旅行し、一五名ほどの友人と再会。

一九八三（昭和五八）　専修大学の海上労働運動史研究会で報告者となる。

一九八七（昭和六二）　『という人びと』（西田書店）刊行。

一九八八（昭和六三）　一二月、『星星之火通信』の続きとして『金釘通信』を六号まで発行（七五歳）。

一九九四（平成　六）　一二月二二日、死去（享年八一歳）。

飯田は三井船舶株式会社本社に勤務し、労働組合執行委員であった一九五〇年一二月三〇日、労組委員長の江藤肇に永山を紹介された。江藤は永山を「組合運動に関わるエライ人」だと言った。飯田は三井船舶に在職していた五九年までのあいだ、永山に断続的に組合運動全般にわたって指導を受けた。指導は運動の方法だけでなく、個人の美点や弱点の指摘にもおよび、飯田の人間形成にも深く関わりをもったと言える。

平岡は、大学四年生であった一九五三年秋から五五年春まで、本書、第二章第一節「単独部」に記されている永山の仕事を手伝って、行動を共にした。

永山と丸山眞男との親交は、本書、第一章第一節「四人組」以降、随所に記されているが、丸山はゼミが終わってからの雑談のなかで、「ぼくの友だちに、一人、共産党員がいるのだが、彼が党で重用されるようになったら、ぼくも共産党を信用する」と、年に一回ぐらいは話していた。平岡は、丸山ゼミに二年加わって、その話を聞いていた。平岡は永山（当時はペンネームであった）が、丸山の話していた人物であることを知って驚いた。

飯田・平岡とも、永山との組織的繋がりがなくなってからも、永山との交流は、彼の死まで続いた。永山の住居は豊島区高松にある都営住宅で、3Kの広さであった。一九七七年、妻瑞枝が亡くなったとき、長女、山口七魚《なな》と次女、尾崎征矢《そや》は、居宅の片づけをしたが、一室はほとんど新聞紙・紙類で埋まっていた。九四年、永山が亡くなったときも、新聞紙や紙が山と積まれていた。長女山口が中心になって整理を始めた。

整理中のアパートへ飯田が訪れたとき、古新聞に紛れて、折り込みチラシや包装紙の裏に書いた原稿や、手紙類が数多く混じっているのを発見した。若い読者の方は想像できないかもしれないが、永山が猛烈に原稿を書いた時代は、新聞の折り込みチラシの裏は白紙であった。なかには清水豊（元三鷹事件被告）のように、たくさんの原稿用紙を届けた者もいたが、永山は原稿用紙を清書にしか使わなかった。飯田はそれらを一括借り受けることを山口に申し込み、了承された。その量は飲料水用のコンテナ六個分であり、本郷の飯田宅に運ばれた。

飯田と平岡は、永山を通じて互いに名前は知っていたが、面識を得たのは永山が亡くなったときが初めてであった。遺稿の整理が始まったのは一九九五年の春からである。私たちは、原則として週二日を原稿の整理に当てた。チラシ、包装紙の裏に書かれた原稿を画用紙に貼りつけてゆくことから整理は始まり、それを終えるのに、ほぼ一年を要した。

一通り作業が終わった頃、本書、第二章第二節「星星之火可以燎原」記載の『星星之火通信』の原稿全部が、アルミ製の菓子箱に詰まっているのを発見した。読んでみると、画用紙に貼りつけた原稿の大半が『星星之火通信』の原稿であることがわかった。それでもなお、画用紙に貼りつけた他の原稿が相当量あった。

一九九六年夏から、それらをひとつの原稿にまとめ上げる作業に取りかかった。永山の原稿にある出来事や事件、裁判などを裏付ける必要もあることから、資料の収集や聞き取りも併行することとした。これらは主として飯田が担当した。

二人でさらに、長女山口、船舶通信士労働組合の松山照夫および常勤の方々、全日本海員組合元組合員の小林三郎、弁護士の浦田乾道（故人）の諸氏を訪問したり招いたりした。国会図書館にもたびたび通った。平岡は、鹿児島に在る永山の親友、宮路貞純を訪ねた。飯田は、永山の原稿を掲載した書誌の発行者の方々に再録許可をお願いして快諾を得た。『一石通信』については一艸堂石田書店店主の石田友三、『無線通信』については船舶通信士労働組合常任委員長の宮内清志、影書房におけるインタビューと『辺境』所収のエッセイについては影書房編集長の松本昌次に、この場を借りてお礼を申し上げます。

こうして、九八年春に四〇〇字詰原稿用紙約七〇〇枚の原稿ができあがった。さて、出版社はどこにお願いすればよいのか？　思案にあまって平岡は永山と面識のあった藤田省三（故人）に相談した。藤田は「みすず書房」を推せんすると同時に、同社については松沢弘陽から頼んでもらったほうよい、というアドヴァイスであった。このような経過を辿って、九八年夏、飯田・平岡が、みすず書房、元社長加藤敬事の許に、ダンボール二箱に詰めこんだ原稿を持ちこんだ。この原稿をたたき台として、編集部の秋吉聖樹、栗山雅子が検討に加わり、紆余曲折を経て、二〇〇二年春に本書の骨格がほぼできあがった。

なぜ七年ものあいだ、この仕事にかかりきりになったのか、私たち自身にもよくわからない。

永山が亡くなったとき、丸山眞男は東京女子医大消化器病センターに入院していたが、永山の訃報に接し、重い病床で一文を認めた。

……永山君とはずい分長い間のつき合いでしたが、私とはべつに学校関係でも、職業関係でも、隣近所に育ったというわけでもないのに、こんなに長く親しい交際をつづけたとは、思えば不思議な間柄でした。お子様たちにはきびしい父親だったようですが、彼のなかには、限りない思いやりと、その反面における峻厳なきびしさとが、表裏一体となって存在していたように思われます。私が観察してきた限り、永山君のようにおどろくべき広い教養が一つの確固とした世界観の背景に窺われ、その世界観をこのうえなく豊かに、瑞々《みず》しくさせていた例をほかには知りません。名声にも、富にも、地位にも、権力にもまったく無縁であった君の生涯は、俗世間的な価値規準から見れば必ずしもめぐまれていたものとは言えないでしょう。けれども、亀田喜美治、岸秀雄のような、小樽時代からの無二の親友に圍まれ、瑞枝さんという、ほとんどこれ以上を想像できないような好伴侶にめぐまれた永山君は、人間の本当の意味での幸福を味わうことができた羨ましい例ともいえるのではないでしょうか。それだけに、この三人に相ついで先立たれた君の晩年の寂寥は思い半ばにすぎるものがあります。さりながら君の生き方、君の考え方、君の感じ方は、君を慕って来た後輩たちに、言葉で言い尽くせないような微妙な形で、今後とも影響をあたえつづけるでしょう。私はそのことを信じて疑いません。

……

意を尽くしませんが、これをもって、病床からの追悼の言葉といたします。

たぶん、私たちもこれに近い気持ちであったように思う。「「君を慕って来た後輩たち」の、また後輩たちに」という気持ちもあったのだろう。

それにしても、第二章第一節「退職経緯」は、なんとしても残念だ。永山のためにも、共産党のためにも。

あらためて、永山の冥福を祈りたい。

（文中敬称略）

二〇〇三年五月二〇日

平岡茂樹

飯田朋子

著者略歴

（ながやま・まさあき）

1913年，小樽市に生まれる．1934年，官立無線電信講習所卒業後，次席通信士として岸本汽船関西丸に乗船．1936年下船，無線技士会常任委員に就任．のちに海員協会勤務．1946年，日本共産党入党，47年党本部勤務．労働対策部員，『アカハタ』記者などを歴任，1968年退職．戦中戦後を通じ，一貫して機関紙・誌の編集にたずさわる．1994年没．

編者略歴

平岡茂樹〈ひらおか・しげき〉 1927年，朝鮮平安南道，鎮南浦府に生まれる．1954年，東京大学法学部政治学科卒業．

飯田朋子〈いいだ・ともこ〉 1928年，千葉県に生まれる．1953年法政大学第二文学部日本文学科卒業．

永山正昭

星星之火《ほしぼしのひ》

平岡茂樹・飯田朋子編

2003年 7月 4日 印刷
2003年 7月 16日 発行

発行所 株式会社 みすず書房
〒113-0033 東京都文京区本郷5丁目32-21
電話 03-3814-0131(営業) 03-3815-9181(編集)
http://www.msz.co.jp

本文印刷所 理想社
扉・表紙・カバー印刷所 栗田印刷
製本所 鈴木製本所

Printed in Japan
ISBN 4-622-07045-6
落丁・乱丁本はお取替えいたします